桂冠译丛

完美伴侣

A Severed Head
Something Special

〔英〕艾丽丝·默多克 著
Iris Murdoch

丁骏 程佳唯 译

人民文学出版社
PEOPLE'S LITERATURE PUBLISHING HOUSE

著作权合同登记号　图字 01-2020-2080

图书在版编目(CIP)数据

完美伴侣/(英)艾丽丝·默多克著；丁骏，程佳
唯译. —北京：人民文学出版社，2020(2023.3 重印)
　(桂冠译丛)
　ISBN 978-7-02-013942-2

　Ⅰ.①完⋯　Ⅱ.①艾⋯　②丁⋯　③程⋯　Ⅲ.①中篇小
说-英国-现代②短篇小说-英国-现代　Ⅳ.①I561.45

中国版本图书馆 CIP 数据核字(2018)第 042749 号

责任编辑　卜艳冰　潘爱娟
特约策划　任　战
装帧设计　钱　珺

出版发行　人民文学出版社
社　　址　北京市朝内大街 166 号
邮政编码　100705
印　　制　山东临沂新华印刷物流集团有限责任公司
经　　销　全国新华书店等
字　　数　180 千字
开　　本　890 毫米×1240 毫米　1/32
印　　张　7.375
版　　次　2020 年 7 月北京第 1 版
印　　次　2023 年 3 月第 2 次印刷
书　　号　978-7-02-013942-2
定　　价　60.00 元

如有印装质量问题，请与本社图书销售中心调换。电话：010 - 65233595

目　录

完美伴侣

丁　骏　程佳唯　译

1

"你确信她不知道。"乔姬娅说。

"你是说安东尼娅吗?对我们的事情?当然不知道。"

乔姬娅默不作声,片刻之后说道:"那就好。"一句干脆的"那就好"是她的风格,在我的感觉里这份典型的生硬更多出于诚实,而非无情。她对我们这种关系的干巴巴的接受态度是我喜欢的。我能骗过我的妻子,也只能是和一个理智到如此非凡程度的女人。

我们躺在乔姬娅的煤气暖炉前,半搂着对方。她斜靠在我的肩头,而我正仔细观察她的一绺黑发,看到黑发中掺杂了那么多偏红的金色,我再次惊讶不已。她的头发很直,像马的尾巴,几乎也和马尾一样质地粗糙,而且非常长。乔姬娅的房间此刻光线昏暗,只有火光,还有壁炉上燃着的三只蜡烛。这些蜡烛,加上一些随意摆放的参差不齐的冬青,对乔姬娅来说就算是圣诞节的装饰了。她制作出的"效果"往往有些狂放不羁,然而整个房间还是散发着依稀可辨的藏宝洞的魅力。蜡烛的前面摆着我送给乔姬娅的礼物之一,仿佛摆在祭坛上似的,那是一对香台,两个小小的青铜战士将燃着的香如长矛般高高举起。朦胧的灰烟忽前忽后,直到借着烛火的暖意忽而一转,仿佛狂舞的托钵僧般扶摇直上,升入高处的黑暗之中。房间里充满令人窒息的科什米尔罂粟和檀香木的味道。亮闪闪的包装纸扔了一地,都是从我们送给对方的礼物上拆下来的。餐桌被推到角落里,上面还摆着我们吃剩的午餐和一只空酒瓶,桑西·德·帕拉贝儿酒庄一九五五年的红酒。从中午我就和乔姬娅在一起了。被窗帘遮挡着的窗外是伦敦阴冷生粗、雾气迷蒙的下午,此刻已近尾声,黄昏里仍然飘着微微发亮的雾霭,可即便在正午也从未真正有过日光的感觉。

乔姬娅叹了口气，脑袋一骨碌钻进我怀里。她已经穿戴好了，除了鞋和袜子。"你最晚什么时候走？"

"大概五点。"

"可别让我逮着你克扣时间。"

这一类话就是她作为一个情妇最咄咄逼人的表现了。我还能去哪里找一个比她更乖巧的情人呢。

"安东尼娅五点结束，"我说，"五点敲过我就得回希福德广场。她总喜欢跟我讨论一会儿，而且我们晚上有个饭局。"我把乔姬娅的脑袋略微抬起，把她的头发往前撩，披在她胸上。罗丹会喜欢的样子。

"安东尼娅的心理分析进行得怎么样？"

"热火着呢。她喜欢得忘形了。当然，反正也就是图个好玩儿。她的移情治疗非常成功。"

"帕穆尔·安德森，"乔姬娅叫出安东尼娅的心理分析师的名字，他也是我和安东尼娅非常熟悉的一位朋友，"是呀，我能想象对他上瘾。他有张聪明的脸。我想他干那一行应该不赖吧。"

"我不知道，"我说，"你所谓的他那一行我可没兴趣。不过他肯定在某方面有一手。也许他就是单纯地有一手吧。他不光人好，有礼貌，温文尔雅，也就是美国式的人好有礼貌温文尔雅，尽管他确实如此。他这个人挺厉害。"

"听起来你自己也像对他着迷了！"乔姬娅说。她慢慢挪动身体到一个更舒服的姿势，脑袋靠在我膝盖的弯处。

"也许我是着迷了，"我说，"认识他带给我很多变化。"

"哪方面的变化？"

"具体我也说不清楚。也许他让我不再那么为规则忧虑！"

"规则！"乔姬娅笑起来，"亲爱的，你难道不是老早就不把规则当回事了吗？"

"老天，不是的！"我说道，"我现在也不是不把规则当回事的。我和你不一样，我不是'自然之子'。不是的，不是那么回事。不过帕穆尔很擅长解放人的精神。"

"你要是觉得我不担心——不过也没什么。至于说什么解放人的精神，我向来不相信这些专业的解放者。任何擅长解放别人的人也擅长奴役别人，如果我们相信柏拉图的话。马丁，你的问题在于，你总是在寻找一个主人。"

我笑了："我现在有了一个情人，我才不要什么主人呢！不过你是怎么认识帕穆尔的？哦，当然了，通过那个妹妹。"

"那个妹妹，"乔姬娅说，"是的，好奇的奥娜·克莱恩。她有一次给她的学生们开了个派对，我就是在派对上见到帕穆尔的。但是她没给我介绍帕穆尔。"

"她到底行不行？"

"奥娜？你是说作为一个人类学家？她在剑桥名声不错。当然她从来没教过我。反正，她人总是不在，总在访问她的某个野蛮部落。照理说她要帮我把我的活儿理出个头绪，再帮我处理我的道德问题。上帝！"

"她是帕穆尔同父异母还是同母异父的妹妹，是吧？那到底是怎么回事？他们看上去像是隔了好几个种族呢。"

"我想是这样的，"乔姬娅说，"他们有同一个母亲，苏格兰人，她先嫁给了安德森，安德森死了以后又嫁给了克莱恩。"

"我知道安德森。他是美国丹麦人，是个建筑师之类的。不过另外那个父亲呢？"

"伊曼努尔·克莱恩。你应该对他了解一下。他是个不错的古典主义学者。当然，是个德国的犹太人。"

"我知道他是个有学问的什么人，"我说，"帕穆尔提起过他一两次。有意思。他说他还是会做到有关他继父的噩梦。我怀疑他也有点儿怕他的妹妹，虽然他并没有这样说。"

"奥娜是会让人发怵，"乔姬娅说，"她身上有些原始的东西。也许都是那些部落的关系。不过你见过她的，不是吗？"

"我不久前刚见过她，"我说，"尽管我对她没什么印象了。她看着就像是大学女老师的化身。为什么这些女人看上去全是一副样子呢？"

"这些女人！"乔姬娅笑起来，"我现在也是她们中的一员了，亲爱的！不管怎么样，她肯定是个厉害角色。"

"你看起来不像一堆干草，却也厉害着呢！"

"我？"乔姬娅说，"我不是她们那一类的。我身上带的枪没她们一半多。"

"你说我对这家的哥哥着迷。你看起来是对这家的妹妹着迷了。"

"哦，我可不喜欢她，"乔姬娅说，"那是另一回事。"

她突然坐了起来，挽拢头发，开始很快地编辫子。她把大粗辫子甩到肩后。接着她猛地拉起裙子，还有几层硬硬的白色衬裙，然后开始往上拉一双我送给她的孔雀蓝的丝袜。我就喜欢送乔姬娅一些惊世骇俗的东西，稀奇古怪的外套和便宜货，都是我根本不可能送给安东尼娅的，夸张的项链、丝绒长裤、紫色内裤、让我发狂的网眼紧身内衣。我站起身，在房间里踱步，充满占有欲地看着她。她感觉到我的注视，紧张而矜持地继续穿着那双鲜艳的袜子。

乔姬娅的房间是个乱糟糟的很大的一室户，正对着一条小巷，就在考文特花园¹附近，房间里堆满了我给她的东西。乔姬娅的品位之缺乏简直到了残酷的地步，我与之作了长期而又徒劳的斗争。无数的意大利版画，法国镇纸，德比、伍斯特、科尔波特、斯波德、

1　考文特花园（Covent Garden），伦敦一个著名的蔬菜花卉市场。

科普兰[1]的瓷器，还有其他各种摆设——因为我几乎从来不会空手上门——摆得到处都是，枉费我一片苦心，全都罩着一层灰，乱哄哄的，使这里更像是个旧货店而不是一个文明人的房间。乔姬娅，不知怎么回事，天生就不是占有东西的人。我和安东尼娅不但常常买东西，而且无论买的是什么，都会立即在我们多姿多彩、高度融洽的镶嵌式环境中找到适合的位置。乔姬娅则似乎没有这样的外壳，所有属于她的东西她都可以心甘情愿地送人，而且绝不会后悔。与此同时，她的东西像是一个临时的杂货堆，尽管我不断地整理收拾，却始终收效甚微。我亲爱的人有这样一个特点真是让我抓狂，但是这也与乔姬娅非同一般的遗世独立以及毫不世俗的做作分不开，因此我还是敬佩并喜爱着她的这个特点。更重要的是，我有时候在想，这恰恰也是我和乔姬娅之间关系的体现和象征，即我占有她的模式，或者更确切地说，我是如何无法占有她的。我对安东尼娅的占有某种意义上，与我占有家里那套装饰楼梯的精彩的奥杜邦[2]版画并非毫无共同之处。可我不曾占有乔姬娅，乔姬娅只是在那里罢了。

乔姬娅穿好了袜子，身体向后靠在扶手椅上，抬头看着我。她有一头浓密的黑发，却长着一双清亮的灰蓝色眼睛。她的脸很宽，坚硬而非精致，但是她的肤色异常白皙，表面犹如象牙。她有点儿上翘的大鼻子令她绝望，却带给我欢乐。她总喜欢捏摸自己的鼻子，徒劳地想让它变成鹰钩鼻，这会儿鼻子被遗忘了，安静地歇息着，她的表情因此多了某种动物的特征，使她的聪明不再那么锋芒毕露。这会儿在熏香缭绕、半明半暗的光线中，她的脸因为阴影而显得格外凹凸有致。有一段时间我们就这样彼此凝视着。这样安静的凝视犹如心灵的给养，我从未和其他任何女人经历过。我和安东尼娅从

---

1 德比（Derby）、伍斯特（Worcester）、科尔波特（Coleport）、斯波德（Spode）、科普兰（Copeland），这些都是英国著名瓷器品牌。

2 奥杜邦（John James Audubon，1785—1851），美国著名画家、博物学家，以其绘制的鸟类图鉴著称于世。

来没有这样互相看着对方。安东尼娅不可能这样长时间地承受如此恒定的凝视：她热心肠，占有欲强，爱卖弄风情，是不可能如此暴露自己的。

"大河女神。"我终于开口道。

"商人王子。"

"你爱我吗？"

"是的，爱得发疯。你爱我吗？"

"是的，无穷无尽。"

"别无穷无尽，"乔姬娅说，"我们还是确切点儿吧。你的爱是一个巨大但有限的数字。"

我们彼此都清楚她指的是什么，但是有一些话题讨论也无济于事，这一点我们彼此也都清楚。我是不可能离开我妻子的。

"你要我把手伸进火里吗？"我说道。

乔姬娅仍然和我对视着。在这样的时刻，她的智慧以及她的清醒使她的美丽犹如一枚银币般丁零作响。接着，她飞快地一转身，把她的头放在我的脚上，匍匐在我面前。凝视着她这一献礼的短暂瞬间里，我心想我自己绝不可能这样匍匐在这个世界上任何一个人的脚下。接着我双膝跪下，把她揽进了怀里。

片刻之后，我们的亲吻暂告段落。点上烟之后，乔姬娅说："她认识你哥哥。"

"谁认识我哥哥？"

"奥娜·克莱恩。"

"你还在想着她吗？是的，我想她是认识的。他们在那次墨西哥艺术展的某个委员会里见过。"

"我什么时候能见你哥哥呢？"乔姬娅问。

"要我说的话，永远不能！"

"你说过你总会把你的女人转手给他，因为他自己一个女人都弄不到!"

"也许吧,"我说,"但我肯定是不会把你转手给他的!"自从我说了那句很不明智的话,我的哥哥亚历山大就成了我的情妇浪漫幻想的对象。

"我想见他,"乔姬娅说,"就因为他是你哥哥。我喜欢兄弟姐妹,我自己一个都没有。他跟你长得像吗?"

"是的,有点儿像,"我说,"林奇-吉本家的人都是一个模子里刻出来的。只不过他是圆肩膀,也没我这么帅。我可以把你介绍给我妹妹罗斯玛丽,如果你想见的话。"

"我不想见你的妹妹罗斯玛丽,"乔姬娅说,"我想见亚历山大,而且我会一直一直拿这个烦你,就像我会一直一直拿那次纽约之行来烦你。"

乔姬娅一心要去纽约看看,我去年秋天一时冲动答应到那里出差的时候带上她。然而,想到要对安东尼娅撒这么大的一个谎,我还是在最后一刻出于良心改变了主意,或者更可能是因为害怕。我还从没见过谁失望到这样气恼、这样孩子气的程度,那以后我就重新答应下一次会带上她。

"没必要为那件事来烦我,"我说道,"总有一天我们会一起去纽约的,条件是别再跟我说什么你要出自己的路费之类的胡话。想想你有多么反对不劳而获吧!也许你至少可以让我把我不劳而获的那些钱花在一个明智的项目上!"

"你是个商人这件事当然是够荒唐的,"乔姬娅说,"你太聪明了,你本来应该做个大学老师的。"

"在你的想象中聪明人的唯一出路就是做大学老师。可能你毕竟是要变成一个女才子的。"我抚摸着她的一条腿。

"你历史得过年级第一,不是吗?"乔姬娅说,"顺便问一声,亚历山大拿第几?"

"他拿了第二名，所以你看，他真不值得你那么关注。"

"至少他有足够的明智没去从商。"乔姬娅说。我哥哥是个才华横溢且颇有名气的雕塑家。

乔姬娅认为我应该做个大学老师，事实上我自己多少也有这样的想法，这个话题会让我心痛。我父亲是个成功的红酒商，林奇-吉本和麦克比公司的创始人。他去世后公司一分为二，麦克比家族控制大的那部分，小的那部分做祖父最初感兴趣的干红葡萄酒生意，现在由我自己经营。我也知道乔姬娅认为我成为生意人跟安东尼娅有关，尽管她从来没有说过。她这样认为也不完全错。

我对这个讨论毫无胃口，也不想再提我那位亲爱的哥哥，于是我说道："圣诞节当天你做什么？我会想你的。"

乔姬娅皱起眉头。"哦，我会和学校的一帮小伙子出去，会有个大派对，"她补充道，"我可不想想你。很奇怪，这种时候不是你家庭的一部分竟然会让我那么难受。"

我不知道怎么回答。我说："我会和安东尼娅安静地过一天，这次我们会待在伦敦。罗斯玛丽会和亚历山大一起在莱姆伯兹。"

"我不想知道，"乔姬娅说，"我不想知道你不和我在一起的时候做些什么。最好还是别鼓励想象力了。我更愿意相信你不在这里的时候就不存在。"

事实上，我也有类似的想法。此刻我正躺在她边上，握着她的脚。透过薄薄的蓝丝袜，她美丽的卫城[1]之脚依稀可见，我这样叫她的脚。我吻了吻她的脚，再次回头凝视她。大粗辫子搁在她的两个乳房之间，她把几绺散发使劲地掖到耳朵后面。她的头型非常美：是的，亚历山大绝对不能见她。我开口道："我还真他妈走运。"

"你是说你还他妈安全，"乔姬娅说，"哦，是的，你很安全，

---

1 卫城（Acropolis），著名的古希腊城池，以供奉雅典娜的帕提侬神庙著称。

你去死吧！"

"'危险的关系'[1]，"我说道，"然而我们总会撒谎，因为危险。"

"是你撒谎，"乔姬娅说，"安东尼娅一旦发现，你就会像扔掉个热土豆一样把我给扔了。"

"胡说！"我说。然而我怀疑也许她是对的。"她不会发现的，"我说，"如果她发现了，我也会处理好。你对我至关重要。"

"没有谁对谁至关重要，"乔姬娅说，"你又看手表了。好吧，要走就走吧。上路前来一杯怎么样？我把那瓶'年轻之夜'开了吧？"

"我得跟你说多少次干红至少要打开三个小时以上才能喝？"

"别这么一本正经的，"乔姬娅说，"要我说，这东西不过就是酒罢了。"

"小野人！"我温柔地说，"你给我来点儿杜松子酒加法国苦艾吧。喝完我真的必须走了。"

乔姬娅给我拿了只酒杯，我们像个美丽的日本荷包坠一样互相缠绕着坐在温暖低语的火炉前。她的房间像是藏在地下般，遥远、封闭、隐秘，那一刻对我来说是真正的安宁。那时我不知道那也是最后一刻的安宁，是一个古老的纯真世界的结束，是我被甩进噩梦前的最后一刻，这本书接下来要讲述的故事正是这个噩梦的原原本本。

我把她内衣的袖子往上撸，抚摸她的手臂。"美妙啊，肉体。"

"我什么时候能见你？"乔姬娅问。

"要到圣诞节以后了，"我说，"如果能走开的话，我大概二十八或者二十九号过来。不过那之前怎么也会给你个电话的。"

"我在想我们的关系难道就不可能更公开些了？"乔姬娅说，"我讨厌谎言。嗯，我想是不行了。"

1　原文用了法语 Liaison dangereuse，这是一本法国18世纪书信体小说的名字，中文译本名即《危险的关系》。

"不行。"我说。我不喜欢她这样说重话，但是我也只能一样不客气地回敬她。"我们是甩不掉谎言了，恐怕。不过，你知道，这可能听起来有点儿变态，但是这种关系的部分本质，几乎算得上是它的某种魅力，就在于它是如此彻底的私密。"

"你的意思是说它的精华就在于偷偷摸摸，"乔姬娅说，"而一旦暴露在光天化日之下，就会分崩离析？我想我不喜欢这个说法。"

"我没有真的那么说，"我说，"但是，知情，其他人的知情，确实无可避免地会让所知的部分发生变化。记住普赛克[1]的传说，如果她告诉别人她已经怀孕，她的孩子就会是个凡人，而如果她不说，这孩子会是个神。"

和乔姬娅告别时说这样一段话真是不幸，因为这让我们想起了那件事，至少我这会儿完全不愿去想起的一件事。去年春天我的情人怀孕了。除了把孩子处理掉，没有其他办法。乔姬娅经历了这个可怕的过程，她的态度正是我所期待的：平静、干练，该怎么样就怎么样，甚至还用她阴郁的幽默感来安慰我。即便那时候我们也觉得讨论这件事实在太难了，那以后我们就再也没有提起过。这个灾难在乔姬娅骄傲耿直的精神深处到底留下了多么巨大的伤害，我无从知晓。至于我自己，倒是极其轻松地解脱了。因了乔姬娅的个性，她的强硬，她对我近乎坚忍的全心全意，我不必为此付出代价。整个过程不痛不痒到怪异的程度。事后，我感觉自己没有经受足够的痛苦。只有在梦里，有时候我会经历某种恐惧，依稀瞥见也许仍在等待时机的惩罚。

---

1 普赛克（Psyche），希腊神话中与丘比特相爱的公主，她的名字 Psyche 后来在英语中是心灵、灵魂的意思。

2

几乎每个婚姻中都有自私的一方和无私的一方。一种模式一旦固定下来，很快就会变得难以改变，其中一个不断提出各种要求，另一个则不断妥协。在我自己的婚姻里，我很早就将自己定位成获取而非付出的那一方。和约翰逊博士[1]一样，我及时地走上了我想走的那条路。我热衷于这样去做，既然世人都认为我能娶到安东尼娅真是好福气，连我自己也是这么想的。

当然，乔姬娅不会知道我的婚姻有多成功。又有哪个有情人的已婚男子不会误导自己的情人呢？除了没有孩子这一事实是我心头之痛，我和安东尼娅的婚姻可谓百分之百的幸福成功。我只是也想拥有乔姬娅，而且我也不觉得为什么我不应该拥有她。正如我早已说过的，尽管我并非对"规则"无动于衷，却可以绝对平静而理性地接受通奸。我是在教堂里和安东尼娅结婚的，但那主要是因为社会原因；我也不觉得婚姻的纽带具有独一无二的神圣性，尽管它是严肃的。这里不妨补充一句：我没有任何宗教信仰。粗略地说，我无法想象一位有知觉的全能者竟会残忍到要创造出我们居住的这样一个世界。

我似乎是在对自己做一些一般性的解释，在我开始描述接下来的事件之前，也许不妨继续做点儿自我解释，因为一旦开始叙事，就很少有机会思考了。我的名字，正如你已经猜到的，是马丁·林奇-吉本，我父亲祖上是盎格鲁-爱尔兰血统。我聪明的艺术家母亲是威尔士人。我从没有在爱尔兰住过，尽管我总感伤地觉得自己和

---

1 约翰逊博士（Samuel Johnson，1709—1784），著名英国散文家，词典编纂者。

那个可怜的倒霉国家有着某种联结。我哥哥亚历山大四十五岁，我妹妹罗斯玛丽三十七岁，我的年龄是四十一岁。有时候我感觉自己已经是个老人了，这种姿态确乎有些奇特的、令人感伤的魅力。

描述某人的性格是件难事，而且并非一定能带来多少启示。接下来的故事会揭示我是个什么样的人，不管这是否是我的意愿。就让我在这里提供一些基本事实吧。我在战时长大成人，整个战争期间我都很安全，也无所事事。我断断续续受过一系列机体失调之苦，其中最广为人知的是哮喘和枯草热，尽管它们并不是最难以忍受的疾病。我也从来没能被认定为身强体健之人。战争结束后我进了牛津大学，就这样在一个相对较大的年龄开始了我作为一个普通公民的生活。我个子很高，也算得上仪表堂堂。我一度是不错的拳击手，年轻时曾被认为是个放浪不羁、爱吵架，且有暴力倾向的家伙。这个名声对我来说很是宝贵；同样宝贵的是我最近才落下的孤僻抑郁的名声。一个遁世者，不妨说是哲学家加犬儒主义者之类的人物，对这个世界不再有什么期待，冷眼看世事变迁。安东尼娅指责我轻浮，但乔姬娅有一次说我有着一张笑看悲剧的脸，这话我更爱听。我的脸，我不妨补充一下，是所有林奇-吉本家的人都有的苍白的大长脸，凝重老派，是哲学家休谟和演员加里克[1]的混合体。我的头发是棕色的，松松软软，随着年龄增长逐渐褪成白胡椒的颜色。我们家族从来不秃顶，感谢上帝。

我和安东尼娅结婚算是迈出了决定性的一步。我当时三十岁，她三十五岁。尽管她现在仍然很美，但看起来要比她的实际年龄大，而且不止一次被当成我的母亲。我真正的母亲是位画家，我十六岁时她去世了。我结婚的时候父亲还健在，我当时虽已涉足红酒生意，但也无心为之。我更热衷于成为一位军事历史学家，尽管也只是半

---

1 加里克（David Garrick，1717—1779），英国演员、戏剧家。

吊子，如果我能让自己摆脱业余的状态，也许是可以在这个学术领域有所建树的。然而，我和安东尼娅结婚后，有那么一段时间，一切都停滞了。正如我所说，我能娶到她是我的福气。安东尼娅那时是个有点儿与众不同的社交名媛，事实上她现在也还是。她父亲是个了不起的职业军人，而她母亲来自布卢姆斯伯里文化圈[1]，是个小有名气的诗人，还和弗吉尼亚·伍尔夫是远亲。因为某些原因，安东尼娅从来没有接受过正规的教育，虽然她在国外住过很长时间，能够流利地说三种语言。又因为某些原因，尽管她的追求者很多，她却没有在年轻时结婚。她出入一个时髦的社交圈，比我自己常去的圈子更时髦，由于她一再拒绝结婚，她成了那个圈子的丑闻之一。她嫁给我，也算轰动一时。

我当时不确定，现在也仍然不确定，我是否就是安东尼娅想要的那个人，她是否因为觉得是时候该找个人了，所以才找了我。不管怎么样吧，我们幸福得无以复加。有很长一段时间，我们是漂亮聪明的一对，是所有人的宠儿。所以有一段时间一切都停滞了，我完完全全专注于做安东尼娅的丈夫这一令人愉悦的任务。等我回过神来，从头几年蜜月期的金色迷雾中探出头来的时候，我发现有几条路已经不再对我敞开了。与此同时，我的父亲去世了，我便安定下来做了一名红酒商人，这会儿虽仍然觉得自己是个外行，却也干得不坏。而且，尽管我对自己的看法多少发生了改变，我却没有变得不幸福。毕竟，身为安东尼娅的丈夫，我不可能不幸福。

现在让我试着来描述一下安东尼娅。她是个早已习惯了被仰慕的女人，也早已习惯了自认天生丽质。她有一头长长的金发——我更喜欢长发的女人——一般把头发盘成老派的发结，而"金色"确实是对她外貌的最恰当的概括。她犹如某个镀金的贵重物件，被时

---

1 布卢姆斯伯里文化圈（Bloomsbury），指伍尔夫、福斯特等经常聚会的一批英国 20 世纪初的著名文人。

间罩上了一层月亮白的温柔饰面；或者用个更明了的比喻，可以把她比作威尼斯古老街道上泛着水汽的阳光，因为安东尼娅身上总有着某种流动的、颤抖的东西，总在移动中，总是颤巍巍的。她老了，尤其是这两年，脸上有了一种有时候可以称之为"备受蹂躏"的表情，我注意到当本质上非常精致的五官开始松弛变形时常常会有人用这个词。在我眼中，这样的表情可以显得格外感人，格外有吸引力，形成一种尊严感，这是同一张脸更年轻时无法具有的东西，安东尼娅便是如此。安东尼娅那双美丽的茶色眼睛透着智慧和敏锐，她的双唇富于表现力，经常噘着，像是饶有兴味，或是稍感兴趣。她个子很高，而且尽管有些偏丰满，却总被说成"婀娜"，我觉得那是指她特有的扭曲、不对称的姿势。她的脸和身体从来不知道什么是休憩状态。

安东尼娅尤其热衷于人际关系。她是个认真、热情的女人，也因此被认为缺乏幽默感，尽管这样的说法并不符合事实。和我一样，安东尼娅没有宗教信仰，但是就某些信念而言，她可以说达到了所谓虔诚的境界。她相信所有的人都应该追求，并且通过努力可以达到，一种灵魂与灵魂的完美交融。这一信条从流行的东方玄学和安东尼娅本人残存的基督教信仰中借了点儿东西，虽然都不多，对它的最好描述莫过于客厅里的形而上学。安东尼娅认为这种信仰的形式是她自己原创的，尽管我能在她母亲身上观察到她信仰的前身。安东尼娅的母亲如今虽年迈体弱，却仍机敏异常，我与她保持着脆弱但也颇具骑士风度的关系。在安东尼娅非教条的理解中，一种毫无保留、毫无隐藏的精神上的联结终将实现，她的热忱足以弥补这理解本身的混沌。一个女人怀着这样一种信仰，尤其又是一个漂亮女人，当然容易在她周围形成强大的情感向心漩涡，于是乎为信仰本身提供即时而又实际的确证。尤其是早些时候，人们总在爱上安东尼娅，愿意向她倾诉他们自己的烦恼。我对此毫无异议，因为这样我就不用太担心要是她只有我这么一个可联结的灵魂，我该怎么让她更幸福。

最近她全副精力都放到帕穆尔·安德森身上去了，她总管他叫"安德森（Anderson）"，因为她对于名字开头字母和她自己一样是A的人都会感到神秘的联结。她和我哥哥亚历山大（Alexander）的这一神秘联结一度也很活跃，他们之间有种相当强烈的、近乎煽情的温存，尽管最近不那么明显了，因为安德森已经让她疯魔。我想不出还有谁比安东尼娅更不需要做心理分析，而且我觉得她让安德森给她做分析至少有一部分原因是想在他身上验证自己的信仰。我有一次嘲讽地说，我不明白为什么自己要每个星期花那么多大洋，就为了安东尼娅可以问问帕穆尔他的童年是怎么度过的，安东尼娅听后开心地笑了，也没否认我的影射。当然，心理分析对她来说也只是一时的"狂热"，就像她以前曾对学定约桥牌、学俄语、学雕塑（跟亚历山大）、做社工（跟罗斯玛丽）、研究意大利文艺复兴历史（跟我）等等都疯狂过。我还应该补充一句，不管安东尼娅学什么，她总能证明自己会学到令人吃惊，我一点儿也不怀疑她和帕穆尔相处得一定极其融洽。

介绍一下帕穆尔这个人也很有必要，但我觉得这很难。说起帕穆尔，我的心情复杂而纠结，其情状原委在接下来的故事中会水落石出。眼下我将尽力按我初见他时的印象来描述他，那时我尚未了解一些有关他的重要事实，而且还真有点儿被他给"迷住"了。帕穆尔一眼看去就是个美国人，尽管他事实上只是半个美国人，而且是在欧洲长大的。他高高瘦瘦，所谓"身高腿细"型的从容优雅，剃着平头，极其干净利落的美国人模样。他的脑袋滴溜浑圆，而且很小，长满一寸长的银灰色头发，软软的，像绒毛；他脸蛋光滑，比实际年龄年轻得多，简直有点儿诡异，很难让人相信他已经五十多岁了。他穿衣服也是美国风格，用皮带，而不是背带之类的，故意穿很多纨绔子弟式样的随意的奇装异服，包括扎一块鲜亮的丝手绢代替领带。我只要看见艳丽干净的丝手绢就一定会想起帕穆尔，这玩意儿总有那么点儿偏偏能让人想起他来的东西。帕穆尔给人的第一印象是温柔、和蔼，而且几乎可以说是善良，只因彬彬有礼也会给人留下富有德行的感觉。他也是一个特别有文化的人。"发现"帕穆尔的人其实是我，而不是安东尼娅，而且在她接手之前，我有很长一段时间常常去看他。我们常常一起读但丁；他轻松欢快的情绪，他对乐趣的充分享受，虽没有驱散我强作的忧郁，但也有减轻和弥补的作用。帕穆尔在我宽厚仰慕的视角中俨然一位圆满成功之人。他曾在美国和日本行医，但只是普通医生，年纪很大才开始从事心理分析，已经拥有了时髦的所谓现代魔术师的名声。他一周一半时间住在剑桥他妹妹那里，倾听神经质的大学生们的倾诉，另一半时间住在伦敦，他的病人中名人似乎多得吓人。他努力工作；在我眼中，他是个难得的幸福之人，而这也是他应得的。

　　这个故事开始的时候，我认识帕穆尔已经四年了。我认识乔姬娅·汉兹有三年，她成为我的情妇有十八个多月的时间。乔姬娅二十六岁，是剑桥的本科生，拿了个经济学学位。之后她成了研究生，再后来在伦敦政经学院当了名讲师。我是在她刚到伦敦时认识她的，有一次我去她的学校给一个学生社团做讲座，讲的是马基雅维利关于博尔基亚[1]的一系列政治运动的看法。之后我们又见了几面，一起吃中饭，甚至友好地互相亲吻安慰，彼此心里都没有什么特别的感觉。到那时候为止，我从来没有对妻子不忠过，也想象自己不可能有这样做的意图；一开始什么都还没发生的时候，我没有把乔姬娅介绍给安东尼娅纯属巧合。乔姬娅那时住在女生宿舍里，我不愿意去那个可怕的地方。后来她搬进了自己的小公寓，我也就

[1] 博尔基亚（Cesare Borgia，约1475—1507），教皇亚历山大六世的私生子，曾是教皇的主要顾问。

及时地爱上了她。听起来可能有点儿荒唐，但我觉得我就是在看到她的床榻的一瞬间爱上她的。

我并没有疯狂地爱上乔姬娅；一份年轻的爱情意味着奋不顾身和无所不为，我认为自己的年龄已经不适合了。但是我对她的爱带着某种欢快和漫不经心，比真正的春天更像春天，一个充满奇迹的四月天，却没有生命变形和降临的剧痛。我对她的爱带着一种狂野的、有损尊严的欢乐，也带着某种轻快的野蛮，这在我和安东尼娅始终相敬如宾、举案齐眉的关系中是无处可寻的。我喜欢乔姬娅还因为她的干脆，她的坚强，她的独立，她的不紧张，她的机智，总而言之因为她与我可爱的妻子身上所散发的更温柔更湿润的魅力，更像露珠般的光泽，正好形成如此鲜明的对比，如此恰到好处的补充。她们两个我都需要，拥有了她俩，我也就拥有了全世界。

如果说安东尼娅有多么深入社交圈对我来说很重要，那么乔姬娅有多么远离社交圈也同样重要。我可以爱上这样一个人对我来说是一种启示，一场教育，也是某种成功：这包含了对我自己的重新发现。乔姬娅的毫不做作对我有好处。罗斯玛丽和安东尼娅始终以不同的方式扮演着女人的角色，而乔姬娅什么角色都不演，这对我来说是那么新鲜。她就是她自己，只不过碰巧是个女人，也是造化的神妙。她对角色和地位都不关心，有时候我兴奋地完全把她当成一个社会的弃儿。

乔姬娅怀孕之后，这种与乔姬娅一起"出逃"的感觉有了变化。那之前我们放纵无羁的生活感觉欢快甚至无辜，但那之后就与某种痛苦相联结了，这种痛苦始终可以感觉到，并不激烈，却也盘桓不去。我们丢了我们的无辜，我们的关系需要重新修复，却一拖再拖，部分是因为我的优柔寡断，部分是因为乔姬娅的沉默坚忍。她有孩子的那段时间，我说了很多希望自己的命运和她更完全地结合在一起的夸张的话。这些话没了下文，但还是留在我们之间，就像是日后必须复习、修改，或者至少解释一下的课文。与此同时，对我来说在安东尼娅眼中保持贞洁的形象很重要，非常重要。带着那样的自欺欺人，我甚至真的感觉自己是贞洁的，这对于一场漫长且成功的化装舞会来说至关重要。

3

　　我躺在希福德广场公寓的大沙发上读纳皮尔[1]的《半岛战争史》，心里琢磨着不知乔姬娅的熏香会不会让我得哮喘。壁炉里的煤块和木头烧得正旺，火光闪闪，嘶嘶作响。各种灯都亮着，长长的房间里一片温柔的金色。因为安东尼娅的法力，即便在冬天，房间里也总有一股玫瑰的香味。一大堆昂贵的圣诞卡在钢琴上方排开；墙上暗重重的常青藤扎成各种精致的花样，用长长的红色垂带和银丝带连在一起，越发一派节庆气氛。安东尼娅的装饰将传统喜庆与有节制的欢快结合在一起，是她所有家庭布置的特点。

　　我刚从乔姬娅那里回来，仍然独自一人。关于安东尼娅回来的时间，我没跟乔姬娅说实话——安东尼娅与帕穆尔的见面要到六点才结束——这是为了在激动的聊天风暴到来之前能一个人安静一会儿，这场风暴无疑会紧随安东尼娅到家。每次从帕穆尔那里回来，安东尼娅都会处于一种无所适从的兴奋状态。我本来总以为做心理分析是件可怕又丢人的事，我这样想有些自以为是，也是因为看心理医生的人总会给人这样的印象，但我的妻子却似乎能从心理分析中获得由衷的愉悦，甚至自我满足。我呼吸着静谧的空气，与世无争，心平气和，周身温暖放松，躺在这个我和安东尼娅创造的明亮鲜艳的小窝里，丝绸、银器、紫檀、红木，以及柔和的镀金糅杂在一起，背景是贝利尼鸡尾酒的绿色。我为我俩调了些带霜的甜马提尼，一面啜着酒，一面感觉自己真是这世上最幸运的男人。在那一刻，我所感到的幸福是一种无所事事的、无忧无虑的幸福，带着独

---

1 纳皮尔（Robert Cornelis，1810—1890），英国陆军元帅。

特的自甘堕落的无辜，这种幸福感此后再也没有在我生命中出现过。

我正看着手表，心想安东尼娅怎么还没回来的时候，她在门厅里出现了。通常，她只要走进一间房间，便是那里的主人，她会立即飘到房间的正中，即便是和熟悉的人在一起，她也会左转右顾，好像要让每个角落缝隙都充满她的存在。但是今晚，她在门边站着，这就够不寻常了。她仿佛害怕进门，又仿佛她意识到自己的进门竟充满戏剧性。她站在那里，眼睛瞪得大大的，手放在门把上，极其不安地盯着我看。我同时也注意到她没有换衣服，身上仍然是今天早晨穿的条纹丝衬衫和肉桂色裙子。一般安东尼娅一天要换三四套不同的衣服。

"你还没换衣服，亲爱的。"我说道，一边坐起身。我的魂灵还留在慢悠悠的旧世界里。"怎么了？你看上去有心事。过来喝一杯，跟我说说是怎么回事。"我把纳皮尔的书放到一边。

安东尼娅这时走了过来，她走得很慢，脚步带着刻意的沉重，眼睛始终盯着我。我心想她是不是在晚报上看到了什么我错过的消息，某个遥远的地方发生了什么大灾难，或者是哪个熟人遇到了什么意外。不管是什么，她都将带着某种深刻的兴趣向我宣布。她在沙发的那一头坐下来，仍然带着严肃的表情，没有丝毫笑意。我搅了搅鸡尾酒壶里的长玻璃棒，给她倒了杯马提尼。"怎么回事，亲爱的？中国发生地震了吗，还是你超速被抓了？"

"等一等。"安东尼娅说。她的声音很低沉，几乎像喝醉酒的感觉。她正慢慢地深呼吸，像个要恢复力气的人。

我正色道："是什么事，安东尼娅？发生了什么糟糕的事情吗？"

"是的，"安东尼娅说，"等一等。对不起。"

她喝了一口她的酒，把剩余的倒进我杯里。我注意到她因为情绪激动而说不出话来。

"看在上帝的分上，"我说道，开始彻底警觉起来，"到底是什么事？"

"对不起，马丁，"安东尼娅说，"对不起。等一等。对不起。"她点了一支烟。然后她说："你看，马丁，是这样。我必须现在就告诉你。不可能有什么婉转的办法。是关于我和安德森。"她这会儿已经不看我了，我能看到她拿烟的手在发抖。

我还是没回过神来。我说："你和安德森怎么了，宝贝？"

"嗯，就那样，"安东尼娅说，"就那样。"她把烟扔进火里。

我盯着她，开始思考，读她脸上的表情。她的态度远比她说的话更让我害怕。她简单自信的精神给人安宁，我太习惯在那份安宁中休憩了。我几乎从来没见过我金色的安东尼娅如此魂不守舍，这是可怕的。我温柔地说："我不知自己算不算听懂了。如果你的意思是你有一点儿爱上了帕穆尔，我并不吃惊。我自己都有点儿爱上他了。"

"别开玩笑，马丁，"安东尼娅说，"这很严重，这很致命。"她转身面对我，但没有和我对视。

她宽大苍白带着皱纹的额头上贴着几绺短短的金发，我把那些头发捋到后面，手沿着她的双颊往下，停在她嘴边。她眼睛闭了一会儿，仍然僵着身体。"好吧，别再这副模样了，我最亲爱的。你看上去像是要被枪决了。冷静一下，喝点儿酒。给你，我再倒一杯。跟我说说清楚，别把我吓坏了。"

"你看，这不是有点儿爱上的问题。"安东尼娅说，目光呆滞而困惑地看着我。她语音单调，仿佛在睡梦中，带着昏迷般的绝望。"是深深地、无可救药地爱上了。也许我们应该早点儿告诉你的，但那太不可能了，那么极端的爱。不过，现在我们已经确定了。"

"你们俩玩这样的游戏，就不嫌年纪太大了点儿吗？"我说道，"行了！"

安东尼娅看着我，眼神变得严厉起来。她突然变得更清醒，更有意识了。接着她难过地笑了笑，轻轻摇了摇头。

这让我印象深刻，但我还是说："听着，亲爱的，我们有必要为这件事这么严肃吗？"

"是的，"安东尼娅说，"是这样的，我要离婚。"

这两个字对她来说有点儿难以启齿。我吃惊地盯着她。她挺直身体，也盯着我，努力控制自己的脸。她缺少足以应付如此严峻的一幕的表情。我说道："别犯傻了，安东尼娅。别说疯话了，你不知道自己在说什么。"

"马丁，"安东尼娅说，"求你帮帮我。我不是故意的，如果你现在就能听懂我的意思，看明白现在是怎么回事，就能让我们都少受很多痛苦。我知道这肯定是个可怕的打击，但是求你试一试。这样伤害你我实在难过极了。求你帮帮我，听懂我的意思。我很确定，也很坚定。如果不是这样，我是不会对你说的。"

我看着她。她很快就要流眼泪了。她脸上空荡荡的，五官紧张犹如暴露在强风中，但是她仍然保持着自控，这多少流露出一些让人感动的尊严。我仍然不能相信她，或者说不能相信眼前的任何事是我无法用惯常的意志力横扫一空的。我平静地说："你现在太激动了，甜心。难不成那个坏蛋帕穆尔一直在给你吃药？你说你爱上他了。好吧。这是做心理分析很容易发生的事情。离婚这样的胡话我们就别提了。现在我们能不能先不说这个了？我建议你喝完这一杯，然后去换衣服吃晚饭。"

我想站起身，但是安东尼娅抓住了我的胳膊，抬起一张可怜兮兮却也透着暴力的脸。"不，不，不，"她说，"我必须现在就说出来。我没法告诉你对我来说这有多难。我要离婚，马丁。我深陷爱河。你就相信我吧，然后放我走。我知道这很荒唐，我知道这很可怕，但是我爱上他了，决不放弃。对不起让你受惊了，对不起我要这样说话，但是我必须要让你明白我是什么意思。"

我又坐了下来。她的态度中有一种决绝，但是也有害怕，对我的反应的害怕。是这种害怕开始逐渐让我相信了，一种噩梦般的恐惧第一次轻轻地触到了我。然而这个半野蛮、半恐慌的生物仍然是我的安东尼娅，我亲爱的妻子。我说道："好吧，好吧，如果你那么爱你的心理分析师，也许你最好和他上床！就是别跟我谈什么离婚，因为我不想听！"

"马丁！"安东尼娅震惊地说。接着，她又回复到单调的语气："我早就和他上过床了。"

我的脸颊一阵充血，变得很热，就像挨了一拳似的。我的膝盖正贴着安东尼娅的膝盖。我一把握住安东尼娅仍然抓着我袖子的两只手，紧紧地握在我的左手中。"从什么时候开始的？有几次了？"

她也看着我，害怕却又坚定。安东尼娅有她自己的一套办法，既温柔又神经质的模棱两可的办法，总能达到自己的目的。我能感觉到她的意志如蚂蟥般盘吸着我。她说道："那无关紧要。如果你真想知道细节，我以后会告诉你的。现在我只想告诉你主要的真相，告诉你你必须让我自由。这事已经让我六神无主了，马丁。我只能向它屈服。真的，要么就是全部，要么什么都不是。"

我的左手用力捏紧她的手。也许听上去很奇怪，但我意识到自己在疑惑，在想我如今应该怎么反应。我清楚地意识到她害怕会挨我一拳。我放开了她的手，说道："好吧，那我建议什么都不是。"

安东尼娅放松下来，我们稍微分开了些。她深深叹了口气，说道："哦，亲爱的，亲爱的——"

我说："如果我现在扭断你的脖子，我可能只要判三年。"我站起身，靠在壁炉上低头看着她。"我做了什么，你要这样对我？"我问她。

安东尼娅不安地笑了笑。她按了按自己的头发，长长的手指抚过发鬓，推了推发卡。她整了整衬衫领口。她看上去像是意识到最糟糕的部分已经过去了。她说道："我不想这样的，马丁。我备受折磨。你那么完美。可是我想不出任何解释的说辞。我就是太绝望了。"

"是的，我一直很完美，不是吗?"我说道，"但我还是不接受你说的。我们在一起一直很幸福。我想继续这样幸福下去。"

"幸福，是的，"安东尼娅说，"但幸福并不是关键。我们一直停留在原地。你跟我一样清楚。"

"婚姻里的人没有必要一定要到达哪里。又不是公共交通工具。"

"你必须面对事实，"安东尼娅说，"你是个失望的男人。"

"我要是个失望的男人我就见鬼了，"我说道，"而且就算我真是这样，也不是你的错。你的意思是说你是个失望的女人。"

"婚姻是一场不断往前的冒险，"安东尼娅说，"而我们的婚姻却停滞不前。在我爱上安德森之前我就意识到了。部分原因是我比你大得多，有点儿像你的母亲。我让你一直没法长大。所有这一切迟早都得面对。"她喝了一口酒。她看上去已经不害怕了。

"饶了我吧，看在基督的分上，别给我来心理分析这一套，"我说道，"这让我恶心。你想要别人，所以要离开我。来点儿诚实的欲望，别来什么伪科学了。不过不管怎么样，你哪儿也去不了。你这把年纪不能再做改变了。你是我的妻子，我爱你，我要继续和你做夫妻，所以你最好咬咬牙接受现实——一个丈夫，一个情人。"

"不，"安东尼娅说，"我必须走，马丁，我必须走。我身不由己。[1]"她站起身，面朝我站着，她的肚子向外突出，高高的个子，扭成一根不可动摇的柱子。她补充道："你如此理智地对待这件事情，我感激不尽。"

我盯着她那张美丽憔悴的脸，这会儿脸上凝聚着勇敢的表情，还混杂着一种尴尬的怜悯。她灵活的大嘴嚅动着，仿佛是在咀嚼本

---

1 原文这句话用了法语 C'est plus fort que moi。

来有可能说出口的温柔话语。我感到一种悲伤的困惑，感到事情已经完全不在我的控制之中了。"我没有很理智，"我说道，"我能听到你说的话，安东尼娅，但是你的话对我来说不比一个女疯子的话更明白。我想我最好是去和帕穆尔谈。如果他说我们得有文明人的样子，我就踢掉他的大牙。"

"他等着你呢，亲爱的。"安东尼娅说。

"安东尼娅，"我说道，"别让我再继续做噩梦了。清醒一下。我们的婚姻，这才是真实的。"

她却只是继续摇头。

"不管怎样，我亲爱的，我的安东尼娅，我要是没有你可怎么办呀？"

她脸上痛苦的紧张表情加剧了，这时她大叫了一声，脸随之放松，她抽泣起来。她流泪的时候看起来极其可悲。我走到她身旁，她慢慢低下头靠在我肩膀上，没有伸手去擦脸上的泪。眼泪落在我们之间。

"我知道你会好好的，"她过了一会儿说道，"跟你说出来之后，我感觉轻松多了。我厌恶撒谎。而且你知道的，你永远不会没有我。"她又重复了一遍："谢谢，谢谢。"就好像我已经给她自由了。

我说："好吧，我没有扭断你的脖子，不是吗？"

她说："我的孩子，我亲爱的孩子。"

4

"这么说你不恨我,是吗,马丁?"

我正躺在帕穆尔书房的长沙发上,他的病人常常躺在那里。我实际上确实就是他的病人。我被一路又哄又骗地以文明理性的方式去接受一个无情的事实。

"是的,我不恨你。"我说。

"我们是文明人,"帕穆尔说,"我们必须努力保持非常清醒,非常诚实。我们是文明有理智的人。"

"是的。"我说。我一动不动地躺着,从刻花平底大玻璃杯里啜了一口加水威士忌,帕穆尔刚给我加满。他自己没有喝酒,而是一边说话,一边来回踱步。他又高又瘦,两只手背在身后。他在衬衫和裤子外面随意地套了件紫色的丝绸晨袍,发出轻轻的摩擦声。远处的墙上装饰着一排日本版画,他就在那些画前走动,几张土匪的脸在他身后斜睨着眼。他剃着平头的小脑袋在版画模糊的淡蓝色和炭黑色背景前来回移动着。空气温暖干燥,一只不知藏在何处的风扇传出神秘的微风,搅动空气。我在出汗。

"我和安东尼娅一直很幸福,"我说道,"我希望她在这方面没有误导你。我仍然无法理解或者接受这件事。我们的婚姻结构极其牢固。"

"安东尼娅即使想误导我也做不到,"帕穆尔说,"幸福,我亲爱的马丁,不在这里也不在他处。有些人将他们的生活看作一个前进的过程,安东尼娅就是这样,可她的生活却已经停滞太久了。她早晚是要往前的。"他一边踱步,一边不时地看我一眼,他略带美国口音的声音温柔缓慢。

"婚姻是一场发展中的探险。"我说道。

"完全正确。"

"安东尼娅是时候上个高级班了。"

帕穆尔笑了。"你这么说太可爱了！"他说。

"这么看来这件事是无可避免的。"

"我敬佩你接受事实的能力，"他说，"是的，也许就是无可避免的。我这样说不是为了逃避我的责任，或者帮安东尼娅逃避她的责任。谈论罪恶感没有什么意义，我今天晚上见你也不是为了谈论这个。你和我一样清楚，任何这样的说辞都是不真诚的，无论是在你的指责还是我的忏悔中。但是我们确实造成了伤痛，也带来了破坏。比如说对安东尼娅的母亲，她是喜欢你的。还有其他一些人。别管了。我们并非对此或者对任何其他问题视而不见。"

"那我呢？"我说，"去他妈的安东尼娅的母亲！"

"你不会被毁坏。"帕穆尔说。他在我面前停下，低头温柔而专注地看着我。"这是件大事，马丁，比我们每个个体都更巨大的事情。如果不是这样，我和安东尼娅可能就不会是这样的做法了。到那时候才可能骗你，尽管我不知道我们是否真的会那么做。但是这太重要了，它将我们三人都连在一起。你会明白的。我要不是非常确定，也不会这样说。我非常了解安东尼娅，马丁，某些方面比你更了解她。这不是你的错，这是我的专业。我在某些方面比你自己更了解你。"

"我表示怀疑，"我说道，"我从来没有报名加入你的宗教。那么照你说的，我们都会比原来更好。"

"是的，"帕穆尔说，"我没说是幸福，尽管那也是有可能的。但是我们都会成长。你一直都是安东尼娅的孩子，而她则是你的母亲，这使得你们俩在精神上都处于停滞的状态。但是你会长大的，你会改变，远远超过现在你觉得可能的程度。现在的你感觉自己是个孩子同时又心境沧桑，有时候你难道不会意识到这已经有多严重了吗？"

这话很尖锐。"胡扯，"我说，"我拒绝你的解释。你出现之前，我和安东尼娅相处得非常好。"

"未必吧，我亲爱的马丁，"帕穆尔说，"毕竟你没能给她一个孩子。"

"是她没能给我一个孩子。"

"这就是了，马丁，"帕穆尔说，"双方很自然地都认为这是对方的错。而生理原因其实是没有定论的，你知道的。"

温暖的感觉，帕穆尔几乎悄无声息的移动，再加上他一再重复我的名字，我的大脑陷入某种恍惚，以至于都不知道该对他说什么。我说："你不是在催眠我吧，有没有？"

"当然没有，"帕穆尔说，"那能给我什么好处呢？放松，马丁，把你的夹克脱了，你都大汗淋漓了。"

我扯掉夹克，解开西装背心，又捋起衬衫袖子。我没法顺利解袖口链扣。我想坐起来，可是长沙发不是设计给人坐的，所以我又躺了回去。我抬眼盯着帕穆尔，他又停在我的面前，他那张光滑聪明的美国脸上充满温柔和关怀，毛茸茸的银色头发在灯光下闪闪发亮。他的脸上有某种抽象的东西。将邪恶或堕落与这样一个形象联系起来是不可能的。

"有一个重要的事实，"帕穆尔说道，"即这一切是从你我开始的。是从我们开始的，不是吗？我们俩变得格外亲密，那种程度的亲密在我的生命中是很少见的。你确定你不生我的气吗？"

"亲爱的主人！[1]"我说道。我审视着帕穆尔干净坦诚的脸，它是那么不可思议地年轻。"我似乎不知道该怎么生你的气，"我慢吞吞

---

1 原文用了法语 Cher maître。

地说，"尽管我有点儿想生你的气。我今天晚上已经喝了太多了，我还不能确定到底发生了什么事。我感到非常孤独、受伤，并且困惑，但是没有感到生气。"这时我意识到今天晚上是我跑去见帕穆尔，而不是让他来见我，这一点很说明问题。我甚至压根没想到可以命令他来见我。是我一路小跑来见他的。

"你看，马丁，我不是在掩盖什么。"帕穆尔说道。

"你就是在掩盖什么，"我说，"只是非常聪明。全部都是掩盖。你对我来说太聪明了。难怪安东尼娅要你。可能她对我来说也太聪明了，只是我从来没有意识到这一点。"

帕穆尔站着看了我一会儿，一副沉静温和、置身事外的神情，只流露出一丝丝的焦虑。他拉了拉晨袍的领口，能看到里面是件雪白的衬衫，他的长脖子又多露出一截来。随后他又踱起步来。他仿佛是自信地想套点儿什么话出来，说道："我知道你能好好接受的，我知道你绝对没问题的。"

"我还不知道我竟然已经让你看出来我是怎么接受的！"我说。这话刚出口我就清楚而愤愤然地意识到我已经落入自己的角色了，我的"好好接受"的角色，这是帕穆尔和安东尼娅为我准备的角色。一个牲口套被小心翼翼甚至柔情万种地放到我面前，而我则直接把脑袋伸了进去。我高尚地放过他们，让他们不必面对无情的惩罚，这对他们来说很重要。不过就算我曾经有过力量，我也早就放弃了。再想动用武力已经太迟了。我面对的这一切确实是巨大的，而且经过精心设计。

帕穆尔似乎没把我的话当回事。"你看，"他说，"我们完全没觉得你应该离开我们。在某种奇怪但也是神奇的意义上来说，我们是没法失去你的。我们会抓住你，我们会照看你。你会明白的。"

"我以为大家都盼着我长大呢。"

帕穆尔笑了。"哦，别以为这是件容易的事！眼前没有什么是容易的。这将是一场危险的冒险。但是正如我说的，你那么喜欢我才是重要的。"

"你怎么知道我会继续喜欢你呢，帕穆尔？"我说。我已经深感力不从心。

"你会的。"帕穆尔说，

"继续爱自己成功的情敌？"

"人的内心是个奇怪的东西，"他说，"它有它自己恢复平衡的神秘方式。它会自动寻找优势，寻求安慰。它几乎完全是个机械装置，要理解人的内心最好的办法，就是看看机械模型。"

"那么说你没把我看成是个充满同情心的天使？"

帕穆尔开心地笑了。"上帝保佑你，马丁，"他说，"你的讥讽将是我们三人共同的救赎。"

5

我总觉得莱姆伯兹是我母亲的房子，尽管它最初是我祖父买下的，父亲死后亚历山大也对房子做过很多修整。但是这座房子里总有我母亲的痕迹，她那温柔可亲、疯疯癫癫、难以琢磨的个性不可磨灭，在我印象中，这房子的上空永远笼罩着一层浪漫的、近乎中世纪感觉的迷雾。可能这座房子最应该被浓密的枝蔓交错的玫瑰林包围着，就像睡美人的城堡。然而它并不是一座老房子。它建于一八八〇年，一半用的是木料，拉毛粉饰的外墙洗成了厚重的爱尔兰粉色。房子位于僻静之地，建在俯瞰斯陶尔河的高地上，科茨沃尔德村外围，离牛津不远，屋外的景致就是一些光秃秃的山坡，唯一光顾这些山坡的是野兔。我母亲种的紫衫和黄杨长势不错，若不是这地方有着超越时间的魅力，花园可能看起来真要比房子更老，同时也无比破落，像是从米莱斯[1]或者罗塞蒂[2]的想象力中蹦出来的东西。

圣诞前一天的午饭时间，我坐在牛津快客里。伦敦的上空一片铅灰色，列车经过里丁，安静的空气中飘起了罕见的大片大片的雪花。非常冷。我决定和亚历山大还有罗斯玛丽一起过圣诞节，两天前我给他们打电话，告诉他们我要来，也简单地跟他们说了我和安东尼娅要分手的事。安东尼娅和帕穆尔央求我跟他们一起过圣诞，热情洋溢到让人目瞪口呆的地步。自从安东尼娅坦言出轨之后，"他们"立即成了某种现存的机制，我能感觉到这个机制的力量、气氛，甚至传统，速度之快令人叹为观止。安东尼娅现在每天一半时间在

---

[1] 米莱斯（Sir John Millais, 1829—1896），著名英国画家，成名作《奥菲丽娅》。
[2] 罗塞蒂（Dante Gabriel Rossetti, 1828—1882），英国诗人、画家，"先拉斐尔兄弟会"创建人之一。

希福德广场，另一半时间在佩勒姆新月大街帕穆尔的房子里，她努力做到一心处两地。我从没见她这么幸福过；我意识到她的这份幸福很重要的一部分来自照顾我，这让我心情很复杂。我由着她照顾我。我动身前的两个晚上，她坚持在希福德过夜，反正我们一般也都是各自睡一个房间。我每晚都是烂醉后上床。我拒绝了他们的圣诞邀请，不是因为害怕自己会生气或者动武，而是害怕这样一来我也未免太合作了。我需要撤退，以便再披上点儿尊严和理性的破布条。"他们"把我转陀螺似的转了个赤身裸体。我现在就盼着通过在罗斯玛丽和亚历山大面前扮演被欺骗的丈夫的角色，来至少挽回一点儿貌似自尊的东西。更简单的原因是，我需要思考的时间；更更简单的原因是，我需要恢复感觉的时间。

我这会儿才真正开始相信已经发生的一切。安东尼娅承认出轨的那个晚上，我喝了很多酒，回想起来仿佛是个可怕的梦，全是各种恐怖的形状，然而不知为什么却又毫无痛苦的感觉，简直是神秘。后来痛苦感来了，一种模糊混乱到无法言说的痛苦，就像是被诱导后才忆起的童年时代的某种缺失。我在那个熟悉的世界里生活了那么久，那里有道路，有物品，却再也不会接纳我了；而我们可爱的房子突然有了高级古董店的氛围。房子里的物品看起来不再协调。很奇怪这种痛苦首先而且最直接地通过物品发生，仿佛物品一起瞬间成了一种丧失的可悲象征，我仍然无法面对作为整体的这一丧失。物品有感知，且为之悲痛。失去安东尼娅仿佛是永远失去了所有的温暖和所有的安全感，这怎么可能；几天前，我似乎还把自己一分为二，只把一部分给安东尼娅，现在却感觉她就要把我的全部都拖走了，这也真是奇怪。就像被剥皮的感觉。或者更确切地说，就好像我的存在这一明亮清晰的球体，曾与我的灵魂之脸温暖地互为对称，而现在这个球体被粗暴地一把拽掉，只剩下我光秃秃的脸暴露在冷风和黑暗之中。

然而，我表现得体。这一点至少大家都看到了，而且也的确是被确定下来的主要一件事，几乎有点儿非如此不可。我对整个事件的接受态度很好，由此而产生的感激的温暖之光也就持续发散。我既已失去了其他的舒适，就悲惨地被邀请沐浴在这感激之光中。眼下我要逃离的正是这种沐浴的无可逃避。我已经失去了行动的时机，有时候，我想起这一点就后悔得暴跳如雷，尽管那已然失去的行动有可能是什么样的一种行动，我完全茫然无知。安东尼娅与帕穆尔彼此非常相爱，这一点倒是很清楚，有时候这让人感到些安慰，有时候又让人难以忍受。他们之间的爱，以及我的屈从，毕竟我是愤愤然地成人之美，让他们两位体内生出一股近乎疯狂的欢快感。我从没见过他们如此欢快，如此活力四射，如此招摇自己的本性。他们现在似乎就像一刻不停地跳华尔兹。面对这样一股力量，我告诉自己，我几乎是不可能占上风的。然而，我也觉得，面对安东尼娅温柔的决心和随之而来的感激，但凡我能多少试一试留住她——如果我知道以何种方式——那么即便失败了，我此刻也不会感到某种尤其恼人的痛苦。我被哄骗着放弃的是瞬间的暴力，是意志和权力的某种特殊尽管或许也是无用的行动；至少因为这一点，我也永远不会原谅他们。

我坐在火车上默默地想，一个星期前，我似乎还稳稳地坐拥两个女人，这真是莫大的嘲讽啊，现在我很可能一个都没有了。我不清楚与安东尼娅关系的破裂是否也在某种神秘的意义上结束了我和乔姬娅的关系，仿佛这两段关系的发展非但不是互为竞争，反而奇怪地彼此给养。然而，对此我完全不能肯定，我内心谨慎地甚至是害羞地、迟疑不决地回想起我情妇的模样。自真相大白那天起，我再也没联系过乔姬娅，而整件事情还没有弄到人尽皆知，所以她按理应该也还不知道我的境况已然大变。我并不期待向她摊牌的那一刻。我状态不佳，没法被指望做什么；而当我考虑、猜测乔姬娅究竟会指望些什么时，我才意识到我对她的了解真是少得可怜。她会俗不可耐地逼我娶她，这当然不可能。现在的问题是她会多大程度上，以什么样的方式，放了我。此外就是，我是否想被放了。在这个新境况下，一旦乔姬娅或是我"松懈"了，那我们就是在背叛——其实是毁灭——一段珍贵而温柔的关系，这段关系在秘密和模棱两可的状态中曾经如此朝气蓬勃。我需要乔姬娅，我爱她，我感觉我不能没有她，尤其是眼下。然而，我又觉得不太可能和她结婚。我思前想后，觉得一切都还是太仓促，后事难以预料。我还没有开始把事情理出个头绪；也许若以某种方式来整理这些碎片，竟能为我和乔姬娅拼出一幅幸福的画面来。偶尔，我也会抽象地想象这种幸福，与我眼前的痛苦和混乱相距甚远，然而也不是与我全不相干，或者全不可能。

罗斯玛丽会在牛津站接我，然后开车载我到莱姆伯兹。我毫无心情面对罗斯玛丽。她跟安东尼娅始终合不来，发生这样的事她一方面会高兴，另一方面她也会摆出传统的悲伤模样，就像人们听说某个认识的人死了时会装出的那种悲伤，而事实上那只是一种激动和快乐的反光，清晨醒来有种全世界都好得出奇的莫名感觉。我应该补充一下，罗斯玛丽是米什利太太，很年轻就跟一个不讨人喜欢的证券经纪人结了婚，我们所有人都不同意，她也是自作自受，后来就被她丈夫抛弃了。跟大多数婚姻失败的人一样，她听到其他失败婚姻的新闻都兴味盎然。我盼着罗斯玛丽再婚，因为她不仅有钱，而且对男性也挺有吸引力，但是目前为止她仍在谨慎观望。她五官小巧精致，嗓音优美端庄，说话一股林奇-吉本家人的迂腐味儿。她表面上看着很一本正经，但事实上，她毫不矜持。她在切尔西有座神秘公寓，很少请我去，几乎可以肯定，她在那里的浪漫冒险没有间断过。

牛津正下着大雪，肯定已经下了不少时候了，我走下火车开始

找我妹妹，发现地上有足足一英寸软软的羽毛般的积雪。我很快就
看到了她，并注意到她穿了一身黑：这是出于本能，毫无疑问。她
走到我面前，苍白的小脸向后仰着，戴着一顶丝绒小帽，等着我吻
她。罗斯玛丽的魅力有时候被称作娇小玲珑。她有着林奇-吉本家的
长脸，强劲有力的鼻子和嘴，但都因为盖着一层象牙般略带雀斑的
光滑皮肤而显得小巧柔和。林奇-吉本家的脸适合男性，我一直这样
觉得，在我眼中，罗斯玛丽的外表尽管甜美，但始终有种漫画感。

"你好，小花儿。"我说着，吻了她。

"你好，马丁。"罗斯玛丽说，她没有微笑，显然对我的轻松劲
儿有些震惊。"真是糟糕的消息。"我们向出口走去的时候，她又补
充道。我跟着她苗条的黑色身影走出去，我们钻进了亚历山大的
"日光轻剑"[1]。

"是该死的消息，"我说，"别管了。你和亚历山大怎么样？"

"我们都挺好。"罗斯玛丽说。她听起来似乎因为我的倒霉事而
心情沉重。"哦，马丁！我真是难过啊！"

"我也是，"我说，"我喜欢你可爱的小帽子，罗斯玛丽。是新
的吗？"

"亲爱的马丁，"罗斯玛丽说，"你就别跟我装样子了。"

我们正行驶在圣伊莱斯大道上。大雪继续下着，天空是黄褐色
的。悬铃木披上白色的雪，愈发显得凋零晦暗，高大的乔治王朝风
格的房子正面是黄色的，在白雪映衬下亮闪闪的，显出浓烈的赤
褐色。

"我简直不敢相信，"罗斯玛丽说，"你和安东尼娅要分手了，都
这么多年的夫妻了！你知道吗，我真的非常吃惊。"

我几乎难以忍受她的兴致盎然。我低头看着她踩在油门脚踏上

---

1 "日光轻剑"（Sunbeam Rapier），一款 1960 年代出品的老式轿车。

的脚，黑色的高跟鞋。"莱姆伯兹雪很大吗？"

"也没有，"罗斯玛丽说，"不过我得说感觉那里下得比这里要大。好像乡下总是下雪更多，是不是很奇怪？沃特道上周被封了，不过其他路上都挺干净。吉利亚德·史密斯给他们家的车子用链条了，我们嫌麻烦没弄，亚历山大说对轮胎不好。不过，巴吉特还是不得不帮我们把车子推出大门，有过一两次吧。你现在住哪里呢，马丁？"

"我不知道，"我说，"肯定不会住希福德广场了。我想我最好找间公寓。"

"亲爱的，不可能找到公寓的，"罗斯玛丽说，"至少适合住的公寓是找不到的，除非你出天价。"

"那我就出天价呗，"我说，"你来这里有多久了？"

"大概一星期吧，"罗斯玛丽说，"别让安东尼娅在家具这些东西上占你便宜。我觉得，既然出轨的是她，这些东西本来就应该都归你。"

"谁说的，"我说，"没有这样的规矩！这个房子她和我一样出了钱。我们会友好地解决问题。"

"你可真是个大好人！"罗斯玛丽说，"你看起来一点儿也不介意的样子。要是我，早就气疯了。你可是把那个男人当成你最好的朋友呢。"

"他仍然是我最好的朋友。"

"你还挺哲学家范儿的，"罗斯玛丽说，"但是也别过了头。你心里哪一处总归是难受怨恨的吧。你需要的可能就是好好破口大骂几句。"

"我灵魂每一处都难受着呢，"我说，"怨恨是另一回事。怨恨没有意义。我们能说点儿别的什么吗？"

"好吧，我和亚历山大会站在你这边的，"罗斯玛丽说，"我们会给你找间公寓，我们帮你搬家。之后你愿意的话我可以过来，当你的兼职保姆，我应该会喜欢这活儿。过去两三年里，我没见过你几次。那天我还这么想呢。你也必须有个保姆，是不是？专职保姆可又要天价了。"

"你想得很周到，"我说，"亚历山大最近在忙什么？"

"他说他没方向了，"罗斯玛丽说，"顺便说一句，亚历山大对你和安东尼娅的事难过得不行。"

"自然咯，"我说，"他喜欢安东尼娅。"

"他打开安东尼娅的信的时候，我碰巧在边上，"罗斯玛丽说，"我从没见过他这么心烦意乱。"

"安东尼娅的信？"我说，"这么说她写信跟他说这件事了，是不是？"这个消息不知为什么让我心里特别不是滋味。

"嗯，我想是吧，"罗斯玛丽说，"反正我的意思就是，对亚历山大好点儿，说话注意点儿，对他得格外温柔些。"

"他需要安慰，因为我老婆不要我了，"我说，"好的，小花儿。"

"马丁！"罗斯玛丽说。几分钟后我们转到了莱姆伯兹大门前。

6

自打我离开李树镇

离开田纳西

这还是头一回我暖和起来！[1]

亚历山大念着这句诗，修长的、长着宽阔指甲的手垂在他崭新的电热扇前面，白色工作服的袖口在暖风里飘拂不定。

半个小时过去了，我们坐在亚历山大工作室的飘窗上，一边喝茶一边望向窗外。雪花飘落，房屋南侧在渐暗的余晖中隐约可见，建筑的木质结构在暗粉色天幕的映衬下遍布着柔和起伏的白色线条。厅门上挂一只系有红色蝴蝶结的冬青花环，上面撒满雪珠，几乎看不见了。近处的落雪呈白色，再远一些，雪花就融为微黄的幕布，遮蔽了我们欣赏的风景，让莱姆伯兹与世隔绝。

我哥身着乳白色工作服，刻意摆出一副老式派头，看起来能在歌剧里饰演磨坊主。他的脸孔大而苍白，静止时带有一种十八世纪的长相，粗野，睿智，隐隐透出一丝堕落，叫人联想到将军和绅士冒险的旧时光，而且带着地道的英国味儿，如今只有英裔爱尔兰人的脸才有这样的味道。或许可以称他"名贵"，只是这个义项多数时候用来形容动物。

亚历山大身上有一点不寻常，每次我都会重新注意到，尤其是在莱姆伯兹同他见面的时候，那就是虽然他的脸长得很像父亲，面部的神情和动态却神似母亲。与罗斯玛丽和我相比，母亲在他身上

---

1 出自诗歌《山姆·麦吉的火葬》，作者罗伯特·塞维斯（Robert William Service，1874—1958），加拿大英语诗人。

更完整地存活下来，这一点我们俩在与亚历山大的关系中就能深刻体会到。我们看起来像是——我想或许我们的确是——一个和睦的家庭；虽然我们的财产由我管理，在很大程度上我扮演父亲的角色，但亚历山大才是真正的一家之首，因为他承担母亲的角色。工作室粉刷过的白墙上仍然点缀着母亲的水彩画，还有色调柔和的平版画。我就在这房子、在这工作室里清晰地回想起她，感到一阵悲伤的战栗，和以往每次回老家一样。还有窒息感和安全感同时折磨着我，既叫我心生愧疚，又让我激动。尽管安东尼娅给我带来的痛苦要更强烈些，它此刻却与我归家时难以名状的抑郁交织在一起，几乎融为一体。或许一直以来这就是同一种痛苦，是重叠起来的同一个阴影，投射在我面前和身后的命运之上。

我们尚未点灯，靠窗并肩坐着，视线不看对方，而是转向无声飘动的雪和已经看不见的"风景"，几年前亚历山大建造巨大的飘窗就是为了欣赏这片风景。窗帘隔开了飘窗和建筑，帘子另一边的工作室几乎隐没在黑暗中。夏天，这里浸润着木料的味道、室外的花香，还有清新潮湿的黏土气味，可眼下只有四台巨大的燃油加热机散发出石蜡的味道，这气味我同样很熟悉，它让我回想起童年时那些照明糟糕的冬季。

"然后呢？"

"就这样。"

"帕穆尔没有告诉你任何别的事？"

"我没有问他别的事。"

"你说你对他很友好？"

"很友好。"

"倒不是说，"亚历山大说，"我会像头野兽一样扑倒他。但我会质问他。我会想要搞明白。"

"噢，我搞得明白，"我说，"你要记住我和帕穆尔很熟，这让我没法开口问他，但也让我没必要问。"

"安东尼娅看起来很幸福？"

"一幅极乐图景。"

亚历山大叹了口气。他说道："现在我忍不住要说我从来都不喜欢帕穆尔。他是仿制的人类：一个漂亮的成品，上色精致，但是个仿造品。"

"他是一名魔术师，"我说，"这会招人不喜欢。但他是温血动物，他需要爱，和其他人一样。他在眼下的情形这样撑住我，还有安东尼娅，我得说我很感动。"

"要我说，呸，老兄，去他的！"亚历山大说。

"安东尼娅写信给你了？"我转过来看着他，他迟缓的大脸被蜡黄的雪光照亮。

"对，"他说，"是的。我问自己之前是否能预料到这件事，但我不能，在我看来这种事本来就是天方夜谭。事情发生后，她的来信让我惊呆了。"

"想必你没有在我来电话之前就收到她的信吧？她不可能在告诉我之前就写给你了！"

"噢，当然没有，"亚历山大说，"只是你打电话来的时候我没有好好消化这件事。她在信里没有具体说任何事，你知道，没什么确切信息。好了，告诉我，你现在打算住到哪儿去？"

"我不知道。估计会找间公寓吧。罗斯玛丽已经任命自己为我的保姆了。"

亚历山大笑出声来。他说："干吗不过来住呢？你并不是非得管着生意不可，对吧？"

"我在这里做什么？"

"什么也不做。"

"得了吧！"

"有何不可？"亚历山大说，"你可以闲云野鹤，打发时间。这地方是人间天堂，当我们还是孩子，还没被这个世界腐化之前，就已经看清这一点了。如果你坚持要工作，我可以教你用黏土做模型，在树根上雕刻蛇和鼬鼠。当今社会人们的问题就在于不懂得如何无所事事。我费了好大功夫教导罗斯玛丽，在这条道上，她可比你有天赋得多。"

"你是个艺术家，"我说，"对你而言，无所事事就是一桩事业。不。我要回到瓦伦斯坦[1]、古斯塔夫·阿道弗斯[2]和《如何成为好统帅》的怀抱。"这段时间，我静悄悄地忙着写一篇关于"三十年战争"的专题论文，文中会比较这两位指挥官的能力。写成后，这可能会作为一个章节收录进一部更大的著作，讨论军事统领需要具备何种才能。

"这世上没有好统帅。"亚历山大说道。

"你是被托尔斯泰骗了，只因为俄国将领都没有能耐，就以为全世界的将领都没用。反正我该更认真地工作了。安东尼娅，必须承认，是很耗时间的。"

"她很漂亮。"亚历山大说道。他又叹了口气，我们沉默了一分钟。

"给我看看你无所事事的成果。"我说。

他起身拉开帘子。他打开工作室的开关，几盏顶灯闪了两下，亮了。光线像是春天多云的午后。这里原本是科茨沃尔德的一间谷仓，被母亲改造成大房间，不过仍保留着原来高耸的屋顶和粗削的木椽，黏稠的暖风从房椽缝隙间温和地流淌进来，古老的灰尘似乎也跟着飘落。长长的工作台横跨整面墙的宽度，桌面擦得锃亮，整

---

1 瓦伦斯坦（Albert von Wallenstein, 1583—1634），"三十年战争"中神圣罗马帝国统帅。

2 古斯塔夫·阿道弗斯（Gustavus Adolphus, 1594—1632），瑞典国王，1611—1632 在位，在"三十年战争"中为瑞典赢得军事主导地位，被称为"北方雄狮"。

齐有序地摆放着清理得一丝不苟的工具。四下散落着各色物件，看起来倒是都各得其所：未雕琢的石块，堆成帐篷的硕大树根，不同尺寸的木块仿佛特大号的儿童积木，潮湿灰布覆盖着的高大物体，一整箱装饰用的南瓜壳，还有一根乌木柱子，看不出是人造还是天然。窗户底下列着一排黏土做的容器，另一边有一堆塑料模具、躯干像和悬吊着左右晃动的无头人体像，还有头颅摆放在粗糙的木架上。地板是蓝色仿丹麦釉烧瓷砖，亚历山大一时兴起，在上面铺满了干灯芯草和秸秆。

亚历山大穿过房间，开始小心揭下蒙在高大物体上的布。布的下面露出旋转的基座，上面放着一件东西。他拿走最后一块布，关掉顶灯，点亮工作台上唯一一盏万向灯，然后把灯扭向那个基座。上面放着一颗初具雏形的陶制头颅，还在创作初期，铁丝框架刚被大致填满，黏土从各个方向裹住铁丝，显出头颅的形状。这一瞬间总让我觉得心里发毛：看着没有脸孔的雕像带上某种类似人类的气质，叫人想起怪物的诞生。

"这是谁？"

"我不知道！"亚历山大说，"这不是肖像雕塑。不过我对它有种奇怪的感觉，仿佛我在寻找那个雕像背后的人。我以前从未这样工作过，或许到头来也只是徒劳。我倒是做过一些非现实派的头颅，你记得吗，好几年前了。"

"你透明塑胶的创作阶段。"

"对，是那个时候。可我从来没想过虚构出一个现实主义的头颅。"他缓慢移开灯光，光束在一条条黏土间斜斜投下阴影线。

"为什么现代雕塑家不这样做？"我问。

"我不知道，"亚历山大说，"我们不再像古希腊人那样相信人性了。不是程式化的符号，就是讽刺漫画。而我现在致力于某种不可能实现的解放。别提这个了。我会继续摆弄它、审问它，说不定哪天它就会对我开口。"

"我羡慕你,"我说,"你有发掘更多真实的技巧。"

"你也有,"亚历山大说,"它被称作道德。"

我笑出声来。"已经技艺生疏了,哥哥。给我看看别的。"

"这是谁?"亚历山大说。他把万向灯的光打到天花板,照亮工作台上方的一个托架,上面有一尊青铜头像。

甚至在认出它之前,我就感到一阵惊诧。"我有好几年没见过它了。"那是安东尼娅。

亚历山大在我们刚结婚不久时做成这个头像,后来他对它表示不满意,又拒绝将它扔掉。铜色浅金,展示出一个年轻的、前倾的安东尼娅,她的模样我不很熟悉:这个安东尼娅会被人敬香槟,会在桌子上跳舞,看起来属于另一个年代。头颅的形状却很优美,脑后是一泻而下的长发,乱蓬蓬的,有几分希腊风格;富有侵略性的厚嘴唇微微张开,这些是我熟知的。但比起我所拥有的安东尼娅,这一位要更年轻、更欢快,方向也更坚定。或许她存在过,我不记得了。没有任何痕迹表明这是我那温暖的、乱成一团的妻子。我打了个寒战。

"没有躯体,这不可能是她。"我说。安东尼娅袅娜的身姿是她的存在的必要组成。

"的确,有些人相比于其他人而言更多存在于自己的躯体中,"亚历山大说着摆弄起头顶上方的光束,半边脸颊从阴影里显现,"但尽管如此,头颅仍然是我们的主要部分,我们肉身的顶端。身为上帝,最有意思的事应该是制作头颅吧。"

"我不太喜欢没有躯体的雕塑头像,"我说,"那仿佛象征一种不公平的优势,一段不合法、不完整的关系。"

"一段不合法、不完整的关系,"亚历山大说,"对。或者是一种迷恋。弗洛伊德论美杜莎。头颅可以象征女性的生殖器官,让人恐惧，而非勾起欲望。"

"我不是在说那么高端的事，"我说，"野蛮人都喜欢收集头颅。"

"你不让我收集你的！"亚历山大说。他恳求过好几回，可我就是不让他给我做雕塑。

"好把我插在你的长矛上？没门！"我们笑起来，他把手搭在我脑袋上，摸索我头发下面的形状。雕塑家的思考都从头颅开始向外放射。

我们这样站了一阵子，仰头看着安东尼娅的头颅，直到我感到心底涌起一阵痛楚。我说道："我很快就能来一杯烈酒了。对了，我寄来一箱'克莱瑞女贞'和一些白兰地。"

"今天早上运到了，"亚历山大说，"但不要波特酒！只要条件允许，所有干红全会变成波特！"

"只要我及时抓住它就不会！"我说。每年圣诞我们都要来一遍这场争论。

"恐怕明天我们又得招待那帮家伙，"亚历山大说，"我没能推脱。罗斯玛丽说他们满心期待着呢！不过如果运气好，大雪或许会封掉这里的路。"

我们踱步至门口，打开门，驻足观望外面的风景。寒风扑面袭来。此刻天色愈发昏暗，最后一抹余晖却流连不去，灵动的光仿佛直从雪里升起来。没有脚印的皑皑白雪一直延展到草地尽头，两株压满了雪的高大的金合欢树在黑暗中依稀显出轮廓，树影背后的远山已经看不清，连带着群山怀抱的两座失落的铁矿小镇——西伯福德·高尔和西伯福德·菲利斯。雪从无风的天幕中安静笔直地落下，我们在敞开的大门间领略这绝对的静默。我们与世隔绝，宛如墓中。一只归巢的乌鸦冷不丁出现在避风的灌木丛里，它转过头来瞧我们，随后无声低掠过雪地飞向远方，这画面晦暗迷离，宛如一幅中国画。就着最后的余晖，我们看见它的眼和橘色的喙。

> 山乌嘴巴黄沉沉，
> 浑身长满黑羽毛。

亚历山大低声念道。

"这句引用应景得太过分了，哥哥。"

"应景得太过分？"

"你不记得接下来几句吗？"

"不记得。"

> 画眉唱得顶认真，
> 声音尖细是欧鹪。
> 鹡鸰、麻雀、百灵鸟，
> 还有杜鹃爱骂人，
> 大家听了心头恼，可是谁也不回声。[1]

有一会儿，亚历山大默不作声。随后他开口说："你对安东尼娅一直忠诚吗？"

这个问题叫我措手不及，但我立刻应道："是的，当然。"

亚历山大叹了口气。客厅的灯点上了，往暗夜里投入一束金黄的光锥。雪花已是几不可见的灰色，在落地静止前的瞬间被光照亮，宛如金箔。罗斯玛丽费了好大力气按我母亲教会她的方式编好圣诞花环，上面点缀着彩球和橙子，还有长尾羽的鸟和蜡烛，不久就会挂上窗口，挂在槲寄生边上；我能看见妹妹踩着椅子去点亮蜡烛。烛光摇曳，竖起明亮的火焰，总是有风从不合时宜的维多利亚式高

---

1 出自莎士比亚《仲夏夜之梦》第三幕第一场（朱生豪译本）。杜鹃下卵于其他鸟巢，本喻奸夫，其鸣声 cuckoo 演化为 cuckold，后指被戴绿帽的丈夫。

玻璃窗里漏进来，那个含义不明的古老符号就在这微风里轻晃。

"为什么说'当然'？"亚历山大说道。

就在那时我们听见清脆的钢琴声。罗斯玛丽弹起一首颂歌，是《昔日在大卫城中》。我深吸一口气，转身离开门口，穿过房间去拿我放在飘窗上的香烟。亚历山大似乎不指望我会回答他的问题，这时去把万向灯的光转回那尊未完工的头颅上。我俩在隐约的钢琴声中一起打量着它。我总觉得它叫我想起某件事，某件悲伤骇人的事情，这一刻，我看着这颗半湿的、没有五官的灰色脸孔，记起了那件事。母亲去世时，亚历山大想做一个遗容模型，可我父亲不允许。刹那间我清晰地回想起当时卧室的场景，床上静静躺着一个人，脸上盖着一张床单。

我哆嗦着走向门口。屋外夜色已浓。雪花纷飞，只有窗口的光亮里还看得见雪一直飘落进它深深的沉睡之中。罗斯玛丽开始弹奏另一首诗篇。

7

　　我心爱的乔姬娅，圣诞节与我设想得不太一样。我上次见你的当天晚上，安东尼娅突然宣布她要离开我，去嫁给帕穆尔。眼下我先不说细节了，但看起来这件事确实会这样进展。我也没法准确告诉你我此刻的心情。我自己也弄不清楚。你或许可以想象，我很受打击，甚至可以说，我觉得自己失去了理智。眨眼间，一切都不再牢靠、不再真实。你想必能理解，我现在也不能多说什么。反正我得告诉你这些事情，给你写信本身就已是莫大的安慰。如果可以，别抱希望也别怀恐惧。哦，我的恋人，我从来没有觉得自己如此可悲，无力承担任何光明或勇敢的命运。我感到自己黯然失色，像一张旧照片背景里的人影那样。如果你能够，至少试着帮我恢复一些理智和活力吧。亲爱的孩子，你的爱、你的奉献对我弥足珍贵：如今请耐心地支撑我。原谅这封信的怯懦和狂乱。你可怜的、名誉扫地的王子吻你的足。我太过痛苦，不知道该如何思考。请包容我，继续爱我。如果可以的话，明天我会在老时间上你家去，如果来不了，差不多那个时间我会给你电话。

M.

　　写完信，我匆忙把信塞进口袋。安东尼娅和罗斯玛丽从楼梯往下走，两人还在试图同时开口说话。

　　"整幢房子都有燃油中央供暖。"安东尼娅说着。

　　我起身离开自己正坐着的卡顿牌写字台，走到火炉边。才过午后，天色已暗，路灯也亮了。屋里开了两台电暖炉，可安东尼娅执意把壁炉也点燃，照她的说法是为了让我振作起来。

她们走进来并肩站立，脸上带着一种温柔、欣喜的关心注视着我，仿佛女人看着婴孩那样。罗斯玛丽的好奇加剧了她的关切，安东尼娅则带着忧虑。罗斯玛丽穿着时髦低调的灰色伦敦风格服装，在我妻子边上，身形显得很小巧。

"安东尼娅在跟我讲你的公寓，"罗斯玛丽说，"听起来很完美。那里可以俯瞰威斯敏斯特大教堂，景色美妙极了。"

"这么说，你对它已经了解得比我多了。"我说。帕穆尔在朗兹广场给我找了一间公寓。听起来还不错。

"可你今天早上还不让我跟你说！"安东尼娅抗议道。"这人是不是很讨厌？"她对罗斯玛丽说，"你连看一眼都不想吗？"

"不太想。"

"亲爱的宝贝，别赌气，"安东尼娅说，"很快你就得为家具做出一两个决定了。罗斯玛丽和我刚量过窗帘的尺寸。楼梯平台和蓝色房间的窗帘尺寸刚好，不必修改。"

"运气真不赖。"

"反正我想去看看，"罗斯玛丽说，"你不想去也罢。安东尼娅给了我钥匙，我现在就过去。你确定你不想来吗，马丁？"

"对。"

"那我得走了，"罗斯玛丽说，"我得说我已经一瘸一拐了。今晚我会顺道把钥匙拿过来。再见，马丁，亲爱的。再见，安东尼娅。"她拍拍我的肩，又踮起脚轻吻安东尼娅的脸颊。她和我妻子似乎已经如胶似漆。

安东尼娅把她送到门口。我听见她说："记得告诉我你觉得窗帘罩怎么样。"门关上了。

我立在壁炉边看着火苗，试图把找到的一支旧烟斗弄干净——我偶尔也抽烟斗。我听见安东尼娅回到房间。她走过来站在我对面。

我盯着她，她稳稳地回视我，脸上已经没有笑容。从罗斯玛丽陪我回家至今，这是我俩头一次独处。在目前处境的神秘化学作用之下，安东尼娅和我已经是全新的、不同的人。我们悲哀地互相打量，我的沮丧背后潜伏着可耻的恐惧，时刻准备刺探我们之间的不同。突如其来的痛苦叫我一阵眩晕，我没法面对接下来将发生的任何场景。我继续擦烟斗。我说："至少你让一个人欣喜若狂了。罗斯玛丽最喜欢灾难。"

"马丁，亲爱的。"安东尼娅说。她咬字缓慢，语带责备，却又温柔得固执。她站在我面前，抬头挺胸，撅着臀部，扭曲的体态如此亲切熟悉。她穿着一件雪白的真丝上衣，领口敞开，愈发衬得她脖颈修长。她的发髻利落地挽成一只金色的结，几乎和她的脑袋一般大小。我又一次看向她，自从我们决裂以来第一次尖锐察觉到她已经是一个独立的人，再也不是我的一部分了。

"你对公寓挺满意，对吗？"

"对，很满意。"

"别对我发火，"安东尼娅说，"这让我很痛心。"

"我没有发火。"

"安德森费尽周折才找到这套公寓。"

"那真是很好心，何况他现在有那么多其他事要考虑。"

"他会考虑什么，我俩会考虑什么，"安东尼娅说，"不就是你吗？其他事我们根本不关心！"

"你们真是贴心。"我说。我开始装烟斗。

"求你，亲爱的，"安东尼娅说，"不要这样。"

"不要哪样，看在耶稣基督的分上？"

"这样冷漠刻薄。请你，如果你可以的话，对安德森好一点儿。他是那么担心你对他的看法，一心一意想让你开心。在最细微的事情上你都能狠狠伤害到他。"

"我没有冷漠也没有刻薄，"我说，"我确实对帕穆尔心怀感激。我只希望大家别再为我谋求幸福。我有能力好好照顾自己。"我点上烟斗。味道恶心极了。

"可我们想照顾你！"安东尼娅说道。

见我没有应声，她叹了口气，转身给漆黑的窗户拉上窗帘。一整天，昏黄的大雾都笼罩着伦敦，变白昼为黑夜，雾气渗进房子，连安东尼娅的——如今已不是安东尼娅的——玫瑰芬芳的客厅也沾染上隐约的苦涩气味和几不可辨的阴霾。我离开到郊区去时，地上积满厚厚的动人的积雪，等我回到城里时雪几乎没了踪影，只剩下屋顶上融化到一半的白色雪块和僻静街道上铁灰色的长长冰带。我坐到沙发上，开始把烟斗往壁炉上敲。

安东尼娅回到我身边。"你这样会留下难看的印记。"

"反正现在已经没关系了。"

"有关系，马丁。每件小事都有关系。"

所处的环境越舒适、越封闭，她似乎就越自信。她伸手拿走我的烟斗。接着她坐到我边上，试图握我的手。我抽开手。这仿佛是一个奇怪的求爱场景。我说："不要这样，安东尼娅。"

她说："就要这样，马丁。"她再次把手放上我大衣袖口。我开始颤抖。

"这还不够，"我说，"你一定还要这样做吗？"

"这很重要，马丁，"安东尼娅说，"别逃避我。我们必须仍然能够互相碰触。"

"这是你那位心理分析师的建议吗？"

"别这样！"安东尼娅说，"我知道你很受伤，马丁，你内心比你所表露的要伤得更深。但你不可以说这些刺人的话。"

"我倒觉得那很温和，"我说，"可我好像给自己设了很高的标准，那么我现在大概也得保持下去！"我由她握住我的手。我由着她安抚我，像一个人安抚一只动物。

"对，对，"安东尼娅说，"你得保持下去，不是吗！"她宽慰而感激地笑了，跪倒在我面前吻我的手，又把它拉到她胸前。她目光坚定地看着我。"你很大度，亲爱的。"她声音低沉，饱含感情。

我心里想着，但没说出口，"我热恋着你"。那样太疯狂。我说出口的却是："听着，宝贝，我们得安排一下那些该死的家具什么的。"

"时间够着呢。"安东尼娅说。她收回身体，两臂环膝，看起来全然放松。"当然，我们会安排的。不少垃圾可以直接扔给拍卖行。你知道的，就是这些年来我们一直想处理掉的那些。好东西我们会合理分割。"

那一声"我们"仍旧自然而然地从安东尼娅的口中说出来。我对她感到吃惊。与此同时，我又需要她。最可悲的是我需要他们俩。安东尼娅与我之间亲密的丝线到底还未曾断裂。我有些痛苦地意识到这一点。我刚收到自己的讣告。那致命一击尚未降临。

"你看，"安东尼娅说，"你能帮安德森和我个忙吗？"

"这似乎正是我的拿手好戏。"

"今晚你能去火车站接奥娜吗？"

"奥娜？"

"对，安德森的妹妹。她从剑桥过来。"

"噢，奥娜·克莱恩。行，应该可以。只是我几乎不认识她。帕穆尔为什么不能接她？"

"他得了重感冒，"安东尼娅说，"这雾霾天气，他绝对不能出门。"

"她不能叫辆出租车吗？"

"她等着安德森去接她。他担心如果他不去，她会在这种鬼天气里在站台上一直等下去。"

"她听起来不怎么聪明，"我说，"好吧，我去接她。"安东尼娅口中的"安德森"以前听来正式得别扭，现在再听却亲昵得可恨。不知为何，帕穆尔得了感冒的消息叫我万分恼火。

安东尼娅捏着我的手臂，挪过来把她的脑袋靠在我的膝盖上。我开始被对她的肉体欲望所折磨。她说道："奥娜叫我挺紧张。"

"可你之前不是见过她吗？她看起来就是一个无害的老教师。"

"对，我见过她，"安东尼娅说，"但我从未留意过她。"

"我也没有，"我说，"这正说明她无害。"我开始抚摸安东尼娅的头发。

"我本来不紧张，"安东尼娅说，"但安德森看起来有些紧张。他没多说什么，可我觉得他觉得奥娜觉得我配不上他。"

"好一堆觉得，"我说，"你配得上国王，自然也配得上咱们的帕穆尔。根本不用紧张。你是女神，她只是个没钱的德国老处女。就这么告诉你自己。火车什么时候到？"

"五点五十七分，在利物浦街，"安东尼娅说，"马丁，你真贴心。雾那么大，恐怕火车要晚点好一阵子。你也可以直接带她去佩勒姆新月大街。你那么好，你自己是不是一点儿都没有意识到？"

"我开始觉察到这一点了，"我说，"首先，这还真让我痛苦。"

安东尼娅跪坐在脚跟上。她近乎无耻地故意施展她的力量。她全神贯注地、炽热地凝视我，而我就这么让她控制我，心里涌起一股绝望，知道即使我将她拥入怀中也只是徒劳。

"我们不会放开你的，马丁，"她说，"我们永远都不会放开你。"

我曾害怕亲密的丝线终将断裂。在安东尼娅的设想中，这股线却仿佛可以永不断裂。我感到自己松了口气，这让我觉得可鄙，又让我心底一阵恶心，有一瞬间，她的目光看起来几乎可憎。我已经在崩溃的边缘。我说："你不可能拥有一切，安东尼娅。"

她双手放在我的膝盖上，身体前倾，目光炽热。"我能试试看，亲爱的，我可以试试！"

8

利物浦街火车站有一股硫黄的气味。浓雾笼罩，铸铁的高大穹顶都看不见了。站台灯光变得昏暗，光线无力穿透浓厚的阴霾，这片黑暗仿佛已经钻进人们脑袋里去了。大雾天气里兴奋的、莫名激动的人群影影绰绰，隐约显现又匆匆消失。走路的时候周围只有一小圈微光，这之外就是一片昏黄的夜，穿不透但仍有光亮，冷不丁冒出一个人和什么东西的影子，吓人一大跳。这时是五点四十五分。

我生怕迷路，早早开车出发。没想到顺着皮卡迪利和霍尔本闪烁的雾灯，我一路以龟速稳稳前行，倒提前到达。我问过火车会晚点多久，没人知道，于是我去书摊细细审视了一番，买了本讲缅甸丛林战的廉价书。眼下我坐在自助餐厅里喝着快凉透的茶，这里相对亮堂一些。我抖了抖围巾，湿漉漉的，简直可以从里面拧出水来。天冷得刺骨，我整个人狼狈不堪，近乎可笑。这叫我大为恼火。

见到安东尼娅之后，我像被打了一顿，又像是经过跋山涉水，浑身僵硬疲累。我目前的状态只能用"陷入爱河"来形容。但这是一种不寻常的爱，唯一表达这种爱的方式是，我默许她维系我们之间的丝线。可这样的默认又是一种折磨，于我而言，那温柔的纽带仿佛勒着脖颈的绳索。我不明白暴力怎么就完全行不通。然而被悲伤掩盖的暴力仍在心底蠢蠢欲动。最骇人的是，当我与安东尼娅在一起时，我会清楚地感到我需要她，我需要他们。我现在可悲地渴望见帕穆尔一面，渴望从他那里获取某种不可能也不存在的慰藉。我是囚徒，几近窒息。但我又太害怕这之外的黑暗。

我看了看手表。五点五十四分了，但要喝一杯还是太早。我再次起身去站台询问列车何时会到。仍然没人知道会晚点多久，于是我站了一会儿，立起衣领，呼吸着被污染的浓厚的空气。空气压迫到肺里，阴冷、潮湿、污浊，对我半点儿好处都没有。这地方俨然地狱。我怀疑自己会认不出克莱恩博士。我记不起她的长相，只能拼凑出一些德国中年未婚女人的一般形象。我记得我对她和帕穆尔长得分毫不像而感到失望。除此之外，她的长相太过典型，没有特色，叫人提不起兴趣。来接她是一件苦差事，我却从中得到阴郁的满足。待在这个冰冷麻烦的地方，在这火车站上感觉窒息，眼前是漫长难挨的等待：毕竟这是眼下我让安东尼娅和帕穆尔不安的唯一途径。这是我此刻唯一拥有的武器。何况这还能打发时间。

我买了份晚报，读到大雾已经造成多少人死亡。现在是五点五十九分。我想起乔姬娅，想到我们明天的约会。一想起乔姬娅，我心底某一处仿佛有温暖的喜悦生根发芽。但我又害怕见到她。眼下我没法面对关于我俩根本问题的任何摊牌和争吵。可以说，我的身心都完全被安东尼娅重新吸引住了。除了安东尼娅，我什么都不放在心上。倘若乔姬娅的需求给我带来压力，倘若她让我现在设身处地为她考虑，这简直不可忍受，光是想想就让我厌恶。可我又确实想见她。我需要被安慰，我需要爱，为了得到救赎，我需要前所未有的庞大有力的爱。"火车进站了。"检票员说。

火车不见踪影，轰鸣声由远及近，慢慢只剩下车轮的咔嚓声，然后车头出现在车站近端。人群在检票口迅速涌现，我专注地辨识我要接的那个人，现在这任务简直不可能完成。几个中年妇女绷着脸，心事重重地经过我身边，很快消失。每个人都行色匆匆，每个人看起来都不太舒服。这简直就是炼狱。我咳嗽起来。克莱恩博士应该在找她的哥哥，说不定我能从她流露出的寻找和犹豫认出她来。但我得加快动作，她只要离开检票口几步路，就会消失在大雾里。

帕穆尔的妹妹终于出现时，我一下子就认出她来了。这张脸猛地回归我的记忆，感觉就像每次当一件想不起来的东西冷不丁出现在眼前时，你就会发现其实你很熟悉它。这不是一张讨人喜欢的脸：粗野，带着明显的犹太特征，阴沉，有一丝隐约可辨的傲慢。嘴唇有弧度，而双眼和嘴直且窄，让人觉得难以亲近。克莱恩博士通过检票口，驻足四处张望。她皱着眉，在病态的黄色灯光中看起来形容憔悴。她没有戴帽子，黑色短发上已经被潮湿的雾气沾湿。

我说："克莱恩博士？"

她转过身来瞪着我。显然，她不知道我是谁。

我说："我是马丁·林奇-吉本。我们之前见过面，你可能不记得了。帕穆尔叫我来接你。我能帮你拎东西吗？"

我注意到她抱着好几个小包裹，这让她带上几分中欧家庭主妇的气质。我以为她讲话会带着浓重的德国口音，没想到她一口优雅的英国腔，声音低沉。我不记得她的声音了。

"我哥哥在哪儿？"她说。

"他在家，"我说，"他感冒了。不是很严重。我这就带你过去。车子就在外面。来，这个让我拿吧。"我接过她最大的行李。

克莱恩博士把行李递给我，目光锐利地看了我一眼。她双眼乌黑而狭长，看起来略带东方气质，这是某些犹太女人才有的特征。这双眼在诡异的光线里看起来有点儿充血。那目光炯炯的凝视里带有兽性，让我讨厌。她说："你的殷勤出乎我的意料，林奇-吉本先生。"

隔了片刻，我才领会到她话里的嘲弄。这叫我措手不及，而且我也没想到会感觉如此受伤。我意识到，自从我被扣上绿帽子以来，这还是我头一回听到局外人对我的评论。同时我又恼火地发现，在那一瞬间，自己对出洋相并非毫不介怀。这当口，我帮帕穆尔跑腿的确会显得古怪。我们一言不发地走向停车处，人影绰绰，略带着歇斯底里，一些旅客来去匆匆，另一些人的火车已经消失得无影无踪了。

外面雾深依旧，我花了点儿时间才把车开到街上。车灯仿佛一只只被阻隔的小光球，面对穿不透的黑暗的墙徒劳地发出光亮。我们以步速沿着齐普赛街前行。我没话找话地说："剑桥也有雾霾吗？"

"不，没有雾。"

"你的火车很准时。我们以为会晚点。"

她哼了一声作为回答。我对自己说，我不在乎这家伙怎么看我。浓雾如浪潮般稳稳爬过我们的头顶，根本看不清自己在马路的哪个位置。人行道旁到处是被抛下的车辆，左手边有很多障碍物需要避让，右手边车辆迎面驶来，车灯却在最后一秒才从厚实的黑暗里显现，令人猝不及防。要在狭窄的中间车道上笔直前行，及时看清交通灯指示，在昏暗完全降临时还不能乱打方向盘，这桩大事业让我屏气凝神。我身子前倾，紧靠方向盘，额头擦着挡风玻璃，雨刷来回刮着一团湿乎乎的尘垢。我有些振奋地想，我们随时都会撞上什么东西。我突然开口对同伴说："那么克莱恩博士，你对帕穆尔最近的小成就作何感想？"

她蓦然转向我，大衣下摆扫过我握着变速杆的手。她还没来得及回答，右边不到一英尺远的地方突然出现了一辆大货车。我一定是开着开着就让车压线了。我猛踩刹车，急打方向盘，在离货车不到一英寸的地方擦边而过。我说："抱歉。"她拉拢大衣盖住腿，转过身去。这句道歉对刚才的两件事都适用。

我觉得到了沙福兹贝里大道的路口，便拐弯向南。挡风玻璃开始结霜，变得白蒙蒙一片。我摇下边上的车窗，凛冽呛人的风立刻灌了进来。我鼻子上凝起水珠。我对她说："你介意开个窗，留心一下道路那侧吗？"她沉默地摇下窗，有好一阵子，我俩就这样各自探出头去往前开着。奥娜·克莱恩陷进椅子的身体在我旁边颠簸着，仿佛一只没有脑袋的麻袋，我又一次感觉到她外套的粗糙面料轻擦过我的手。海德公园硕大的橙色灯光指引我们进入骑士桥，借着这灯光，我瞟了一眼我的同伴。我只看到她弓起的肩膀，随后，光线片刻照亮她扭转着支撑身体的腿部后侧、一只厚实的胶底鞋，还有她小腿肚饱满的曲线，套在白色和棕色的针织长筒厚袜里，袜子中间有条深色的接缝。我把注意力放回路面。有那么一瞬间，那条弯曲的接缝让我记起她是一个女人。

我们抵达佩勒姆新月大街时，雾霾散了一些。帕穆尔的厅门高大紧实，从来不锁，我开门领克莱恩博士进屋。在我们共同经历的折磨之后，我觉得我和她之间形成了某种纽带。厅里很暖，铺着厚厚的地毯，从外面的雾气进来，屋里闻着很香，有抛光的木料和崭新的纺织品的味道。呼吸瞬间就变成一种享受。站着等她脱外套的时候，我看见她头顶上方悬着一把巨大的饰有流苏的日本武士刀，帕穆尔不合常理地把它挂在这里，刀的下方是一只小巧的蔷薇木五斗橱，安东尼娅和我一度对它十分觊觎。

我不知道帕穆尔和安东尼娅是不是在这里，毕竟我们比我预计的到达时间提早了很多。我友好地对她说："你是否想先上楼去？我去看看帕穆尔和安东尼娅在不在客厅。你想必熟悉这里吧。"

克莱恩板脸瞪着我。她说："你很好客，林奇-吉本先生，不过我之前来过这幢房子。"她大踏步走过我身边，一把推开客厅大门。

客厅充盈着金色的火光，还有一股浓烈的柴火的树脂味。黑色灯罩的台灯被关上了，在摇曳的火光里，皮质触感的深色墙纸映出柔和的红色微光。我立刻痛苦地意识到，帕穆尔和安东尼娅没想到我们会进来。他们肩并肩坐在火炉边两张笔挺的椅子上。帕穆尔胳膊环着我的妻子，他们温柔地对视，两张脸留下清晰的剪影，轮廓仿佛以金色铅笔勾勒而成。那一刹那的画面里，他们就像刻在印度建筑雕带上的神祇，端坐于王位，美得不似凡人，而是宛若一对君王，疏离而宁静。他们转过头来，吓了一跳但仍然坐着，在他们突然定格的结合中保持着优雅。我跟着奥娜·克莱恩走上前。

那一瞬间发生了一件怪事。我转过头去看克莱恩博士时,她像是变了个人。脱掉她那件不修身的外套后,她看起来更高大也更威严。但让我印象深刻的是她的表情。她站在门口,目不转睛地凝视着火炉边那对金色的爱侣,头往后仰,脸色煞白。刹那间我觉得她是一位傲慢威猛的大将军,全副武装,凯旋而归,身上还带着战场的仆仆风尘,他与君主对峙,如果有必要,他会强迫君主顺从他的意志。

这种印象只持续了片刻。安东尼娅一跃而起,一边高声表示欢迎,一边走上前来。帕穆尔急急忙忙打开台灯。安东尼娅问起旅途和雾,奥娜·克莱恩把注意力转向她,缓慢回答时的费力劲儿终于让她有了一丝德国味儿。

　　我头痛欲裂。尽管他们坚持留我吃晚饭，我还是提早从他们家离开，随后喝威士忌一直喝到半夜。到我准备离开办公室时，仍感到头晕恶心。昨天晚上，说来也奇怪，我没觉得多么低落，不过，我推想这是由于威士忌让我产生了错觉，仿佛我很快就能做一番大事，奇迹般地改变现状。我还不清楚这桩大事会是什么，但随着夜色渐浓，我越来越感觉到它壮丽而模糊的存在。当时看来，我可以施展力量的时刻尚未被剥夺。

　　可今天我便看穿了这场梦境的虚无，看穿了这只不过是我作为一个被害者必然产生的空想。我什么也做不了；或者说，我能做的只有不失尊严地完成指派给我的任务，即保持理智和大度，而随着各个利益方对我的理智和大度习以为常，这项任务仅有的一点儿吸引力也会缩水。更确切地说，短期内我无计可施，只能同安东尼娅对家具做出合理的安排，就朗兹广场的公寓写几封信，以及见我的律师商谈离婚手续。只有这些，还有见乔姬娅。

　　我后悔自己昨晚喝了个烂醉，宿醉不仅会让我陷入可恶的抑郁，而且还可能让我在应付乔姬娅时变得愚蠢。想到要见她，我依旧心情矛盾。事实上，两个相反的愿望都有增无减。一方面，我从来不曾像现在这样迷恋安东尼娅。我情愿每分每秒都想她，就算这让我万分痛苦。如同患了强迫症一般，我现在最渴求的是与安东尼娅和帕穆尔谈论"当前事态"，假如他们哪一个有空满足我，我会一刻不停地做这件事。另一方面，乔姬娅的形象本身有种纯净的力量，借此她得以在我内心活跃，在我受尽折磨的大脑里划出一块从容甚至权威的领地，彼处让我心生向往。或许乔姬娅生机勃勃的快活劲儿、她的理智和明白事理的坚韧正是我目前所需，在我陷入幻想地带时可以把我拽出来，带我回归现实世界。然而事已至此，我还能指望乔姬娅快活、明事理吗？尤其当她发现我处于这般虚弱的境地，她还有什么要求不会向我提呢？我对纯粹的宽慰有难以形容的需求。但乔姬娅也可能感到痛苦的折磨。

我锁上书桌抽屉，把我答应过一月份要拜访的客户名单，以及我研究古斯塔夫·阿道弗斯在洛伊滕会战中战术的章节草稿，装进我的公文包。我做好安排，接下来一段时间不必再回办公室。客户会收到便笺，大意是鉴于我身体不适，我年轻的助理米腾先生将代为拜访。米腾暂时还在波尔多与一家新近合作的小酒馆沟通协商，把他派到那里有很大风险，因为他会毫无节制地延长逗留时间。米腾信天主教，贪图享受，是个蠢货，但他为人忠诚，对酒有不错的品位，同我那些格外势利的客户相处甚欢。我可以把拜访客户的差事放心地交给他，不过品酒的活儿自然不行。我注意到我下一场重要约会是品评霍克酒[1]，日期是一月三十日，这种酒我们还在少量经营。当然，我时常礼貌地咨询米腾的意见，在极少数情况下也会听取他的建议买酒，不过小型葡萄酒公司主管常会成为全能、嫉妒的神，林奇-吉本公司的经营全系于我一个人的味觉。总之，我没把米腾当孩子看待，也不信自己能把他训练成第二个我，因此这家公司无疑会随我一起消亡。我父亲曾经那样细心地在他儿子身上训练和培养出敏锐的品位，这种品位，连带着它所象征的某个独特的现实层面，以后将永远消失不见。

在玩忽职守的米腾回来之前，我的两位出色的秘书，赫恩肖小姐和希尔夫特小姐，完全可以自己应付工作。我十分欣赏这两位姑娘，她们能用法语和德语准确，甚至巧妙地撰写商业信件，对业务

---

1 霍克酒（hock），德国的莱茵河白葡萄酒。

也已经很熟悉，不过古怪的是，她们对葡萄酒一窍不通，不管拿到什么酒都赞不绝口。她们跟了我好几年，以前我很怕她们哪个会心血来潮决定嫁人，后来，在收集了越来越多蛛丝马迹之后，有一天我发现，她们是幸福而般配的一对同性恋伴侣。

今天我完成了一桩痛苦的差事，分别对她们讲了我离婚的事，结果发现她们已然知情。坏事总是传千里。她们正站在门口，等着在分别前见我最后一面，脸上都没显出不耐烦的神色。两人的表情和态度体现了她们表示同情的不同方式：高挑靓丽的赫恩肖小姐含着泪花左右摇晃身体，准备握住我的手，迟钝的米腾徒劳追求她已经很久；个子娇小、皮肤黝黑的希尔夫特小姐则关切地蹙着眉头擦拭镜片，不时向我投来短促的同情目光。我最终离开，驱车前往佩勒姆新月大街，留下她们处理圣诞节订单的残骸，享受互相陪伴的愉悦时光。

安东尼娅穿着一件棕色羊绒套衫，戴着一串珍珠项链，这两件东西我都从未见过。以前她连买一条手帕都会询问我的意见。我又察觉到她正处于坐立不安的焦躁状态，没有心情拿她的温柔不停骚扰我，这让我略微松了口气。看到我，她一跃而起，说道："说真的，我原本以为她不会那么快就把房子拆了！"

"谁？"

"奥娜·克莱恩。"

我想起这个女人的存在。"她大概在搬她的东西？"

"亲爱的，把门关上，"安东尼娅说，"我真是心神不宁了。我知道她有权处理自己的东西，可说真的，今天早上她一出现，这里就像被龙卷风袭击了似的。你有没有看到厅里堆满了垃圾？"

"今天早上出现？她不住在这里？"

"不。这又是一件事。为了帮她准备房间，我花了不知多少时间，可她昨晚却决定住到布卢姆斯伯里的宾馆去，说什么那里离大英博物馆近一些。可怜的安德森不得不用出租车送她去，他身体一点儿也不好，再加上大雾天气，他花了好长时间才回到家。"

"帕穆尔怎么样了？"

"他体温又上去了。今天早上是 99 度[1]。我真的觉得她不体谅人。话是这么说，我还是喜欢她的。"

安东尼娅说这句话时态度坚决，我不由笑了起来。"你必须如此。她是帕穆尔的妹妹。我承认，在这方面我就不必勉强自己！"

"关于家具，亲爱的，"安东尼娅说，"我们能明天下午处理吗？安德森和我正要去马洛。我们想不如就在泰晤垂纶酒店[2]住下，就一晚上。那里既可爱又暖和。可怜的安德森实在累过头了，我觉得稍微换个环境对他有好处，而且我们都不想眼看着奥娜糟蹋这幢房子。非常抱歉不能留你吃午饭。我们赶时间，提早吃过饭就得出发。"

泰晤垂纶是我介绍给安东尼娅的。新婚那阵我们常去那里。"反正我也吃不了，"我说，"我自己也要出城一趟。不过我明天就回来。三点以后都行，我们在希福德广场见。"

我本能地撒了谎，作为对安东尼娅有些屈尊俯就的关心态度的回应。我满意地看到她克制住想问我到哪里去的冲动。毕竟，她已经放弃了某些权利。尽管丝线没有断裂，可在不知不觉中，就算我们不愿意，我们之间的隔阂也不可避免地越变越大。她叹了口气。没等她找到词语把我再次温柔地拉回她的方向，我就离开了。

我留安东尼娅在客厅，关上门，结果差点儿摔到奥娜·克莱恩的身上，她半扛半拉着一只装满书的大箱子，刚从门厅那头走过来。

我说："需要我帮忙吗？"我们一起把箱子拖到宽敞的前厅，帕

1　99 华氏度相当于 37.2 摄氏度。

2　泰晤垂纶酒店（Compleat Angler），英国四星级酒店，俯瞰马洛堰和泰晤士河。

穆尔称这个房间为图书馆，可里面只有一个小书架。房间里乱糟糟的，到处摆着茶叶箱，里面放着书、纸张和照片。靠墙堆着一些图画，其中有一系列日本版画。我还注意到一堆信件后面隐约露出一张照片，相框里分明是十六岁还是个男孩的帕穆尔。从对面餐厅的门口望进去可以看到午餐桌和一瓶开了的林奇-吉本干红。桌上只摆了两副餐具。

"谢谢，"奥娜·克莱恩说，"接下来你能不能帮我把这些箱子摞起来？我需要空出些地方。"

做完这件事后我想离开，但想不出合适的客套话，于是我有些尴尬地鞠躬示意，正要离开，她却开口说："昨天你问我对我哥哥的成就怎么看。我能问问你怎么看吗？"

这让我措手不及，不得不斟酌用词。我当即意识到对奥娜·克莱恩说话必须小心谨慎。

她接着说："你认为他们在做对的事吗？"

"你是指道德上来说？"

"不，不是道德层面，"她几乎语带轻蔑，"我是指对他们的生活。"她成功地给这个词添了几分形而上的色彩。

我说："是的，我确实认为他们在做对的事。"同这个女人讨论安东尼娅的事不太妥当，可以说有些让人厌恶，但我突然意识到我想这样。

"你介意我关上门吗？"她说。她背对着门站立，全神贯注地、审慎地盯着我。她穿着墨绿色的外套和一条短裙，放到过去或许可以称得上时髦。在火车站时她看起来身材矮胖，现在看上去好多了。她已经把昨天那双系带圆头鞋擦得锃亮。油腻的头发短而直，乌黑发亮，像顶剪短的假发，搁在她苍白到近乎蜡色的犹太人的脸上。狭长的双眼仿佛两块黑色的芯片。

她说："我不知道你是否意识到，你温和的举动让他们多么不安。"

我又一次感到诧异。"你错了。"我说,又补充道,"无论如何我没有这种能力。如果我决定行为得体,这也是我自己的事。"我怒目回视她。虽然如此,经历了那么多的温柔和礼貌,经过安东尼娅和帕穆尔技艺高超的"包扎"之后,这场直截了当的谈话似乎让我振作,甚至兴奋,甚至让我解放。

"得体!"她嘲弄地重复道,"你想必清楚得很,就算是现在,只要你想,你就可以追回你的妻子。我不是说你本该揍她一顿或是踢我哥哥几脚,但你没必要把他俩推进对方的怀抱。他们两个自欺欺人的本领高着呢。他们受自己的蛊惑,对他们的结合抱有信念。可他们满心不安。他们想免于做出最终决定的义务。他们指望着你帮忙。你看不出来吗?"

我大吃一惊。我说:"不,说实话我没看出来。友好相待是我能帮的最大的忙,我也打算继续保持善意。毕竟我的视角足以了解他们俩的真相。"我语气坚决,但其实已经被她的话搅得心烦意乱,有些糊涂,又不知道自己是否应该感到被冒犯。我向前踏出一步,示意我想离开。但她坚守阵地,仰头靠在门上,抬眼瞧着我。

"在这种情况下真相早就无影无踪了,"她说,"这种事上,你没法既得到真相又保持你所谓的文明得体。你是一个暴力的人,林奇-吉本先生。要是你和你妻子的勾引者保持这种亲密,就不可能全身而退。"

"我不是你那些原始的野蛮人,克莱恩博士,"我说,"我不崇尚血亲复仇。"说到这里,我想起她曾被评价为原始人。她绷紧身体倚在门上,与我离得很近,看起来仿佛一件黑色的、不可触摸的物体。

"你没法蒙蔽黑暗神灵,林奇-吉本先生,"她轻声说,"你选择放弃权利,抛弃你的妻子,这或许与我无关。但现世的一切都有代价,爱情也同样有它的代价。我哥哥那么有钱,为什么还对那些穷困的病人收取高昂的费用？因为不收费他就没法谈论他们的处境。不收费他们就是卑微的。他们就会变成囚犯。我相信你爱我哥哥，可不追究他的责任对他没有好处。他想要、也需要你的无情、你的指责，甚至你的暴力。对他温柔，你只是保全你自己，延长他们在自己还有你周围编织出的虚妄的幻觉。你迟早得变成一匹半人马，踢出重围。"

我全神贯注地听她说话。我想弄明白她究竟是什么意思。"你先前说，你认为他俩都不想继续下去，"我说，"但你刚才的话又似乎暗示，如果我采取暴力，可能会让他们彼此更满意。"

奥娜·克莱恩不耐烦地挥挥手。她的身体不再保持紧张，而是耷拉下来，从门口挪开一段距离。"似乎暗示，似乎暗示！"她说，"假如逻辑发生故障，任何事都可以暗示些什么。你这样温和软弱，什么事都看不清。现在我觉得你也不那么想让妻子回到你身边。我倒是纳闷你怎么还不对我说，这与我无关，是你自己的事。如果你愿意让他们偷走你的神志，像摆布婴儿一样摆布你，那也随你的便。我只是说，赦免从来都只能带来谎言和邪恶。"

我看着她线条生硬的忧郁的侧脸。我说："我猜你从不赦免别人，是吗，克莱恩博士？"

她转向我，忽然微笑起来，露出结实洁白的牙齿，眼睛眯成两道黑色的闪着光的狭缝。她说："在我这里，挣多少就付多少。你很有耐心。祝你早安，林奇-吉本先生。"她打开门。

10

"这下你可倒霉了，是不是，你这老骗子？"乔姬娅说。

我如释重负，几欲落泪。那一刻我如此爱她，差一点儿就当场下跪求婚了。我谦卑地吻她的双手。"对，我倒霉着呢，"我说，"可你会对我仁慈，不是吗？你会赦免我。"

"我爱你，马丁，"乔姬娅说，"这么简单的一点，你这朽迈的脑袋似乎从来就没有弄明白过。"

"你不介意我们的事继续保密吧？否则我真的应付不过来，亲爱的。"

"我不明白为什么，"乔姬娅说，"但如果你想这样的话。要我说，我情愿把我们的关系发表在《泰晤士报》上。"

"假如安东尼娅知道了，她会伤心的，"我说，"我好歹能让她好受一些。我们处理整件事的方式真是一项了不起的成就。互不怨恨，我是说。目前我不想把局面搞得更紧张。"

"'互不怨恨'，这主意倒让我觉得有些下作，"乔姬娅说，"而且我怀疑你之所以扮演委屈的模范丈夫，是为了把帕穆尔和安东尼娅掌握在手心里。不过，说不定是我低估了你的善良！"

"掌握在我的手心！"我说，"现在看起来，我是在他们手心里。不，事情比这简单得多。我只想好好了结这件事，不希望节外生枝。一旦安东尼娅知道了，她就会想和我好好地、深入地讨论这件事。她会想要理解。这我可受不了。你明白吗，小蠢货？"

"你谈到'这件事'的语气好像它是一件艺术品，"乔姬娅说道，"有时候我觉得你真是古怪，马丁。但我确实明白你说的深入讨论是什么意思。向我保证你永远不和安东尼娅深入讨论我？"

"我保证，宝贝，我保证！"

"反正，别担心，"乔姬娅说，"你不必做任何特殊的事，我是说在这里的时候。这里只有我。"

"感谢上帝这里只有你，"我说，"感谢上帝有你，乔姬娅。你拯救了我的心智，我就知道你能行。"

"好了，现在别让你自己显得那么高大了。"乔姬娅说。她刮了刮自己的鼻尖。这举动、这话语熟悉得美妙。我在心底祝福她，然后坐到她的脚边。

她陷在她住所那只破旧的绿色扶手椅里。冷而晃眼的午后阳光照亮了房间，铺了一半的乱糟糟的床，放着烟头的碗，堆满东西的桌子，上面有拆开的信件、脏玻璃杯、吃了一半的饼干和经济学的书。她穿着麦片色的紧身裤和白衬衫，头发挽成乱蓬蓬的髻。她脸色苍白，肤色透明宛如凝脂，两腮隐约透出深深的红晕。她继续不自觉地粗暴对待她上翘的鼻子，冷光下，鼻梁上能看见点点金色的雀斑。蓝灰色的大眼睛稳稳直视着我，眼神里有明澈的智慧和坦诚。她没有化妆。但就算此刻我爱慕着她，我看着那双充满善意的双眸，在颗粒状的虹膜更深处找寻自己命运的遥远形状，我也意识到自己不想要她。

我对她满怀感激。现在想来，她就是这样一个人，要设想她会有别的反应，而非表现得如此仁慈，如此理智和善良，简直可笑。我先前居然对她的反应大为紧张，一定是陷入了不理智的恐惧。我害怕她会出于爱而逼迫我，会强求我完成许下一半的誓言。但她如此温柔、如此真切地希望即刻解救我于痛苦和忧愁之中，我由衷地感激她，同时也略带愧疚地想到，毕竟乔姬娅能为我做的并不多。她的力量有限。至少在这里我是自由的。

这些想法里蕴含某种怯懦和不忠，而且因为此刻对她没有欲望，我又感到难以名状的负罪感，因此我想做一件重要的事让她开心。

我突然开口说："乔姬娅，我想带你去希福德广场。"

乔姬娅坐直身体，双手搭在我的肩上。她审视着我，严肃而坚决。"这无疑是不明智的。"

"如果你在担心安东尼娅，她陪帕穆尔去郊区了。她不会在那里。"

"不全是这个，"乔姬娅说，"你当真愿意在那里看见我吗，这么快？"

我们对视着，互相揣测对方的想法。

乔姬娅又说："别误会我，马丁。"她是在说，刚才的话里并没有暗示她指望自己哪天能在希福德居住的意思。

"我没有误会你，"我说，"你的意思是，在那里看到你可能会让我心烦意乱。正相反，这是件好事，它能让我重获自由，某种意义上这是大势所趋。这会撕掉一些虚伪。"

"你不觉得你只会感到怨恨吗？"乔姬娅说，"我看得出来，这一切让你重新爱上了安东尼娅。"

"你是个聪明的姑娘，"我说，"但不，我不会怨恨。我想给你些什么，乔姬娅。那是我想给你的。"

"你想做对安东尼娅不利的事。"

"不，不，不！"我说，"我现在对安东尼娅的情绪不是那样的。我只不过想打破迷恋。我想叫你知道希福德真实存在。"乔姬娅从来不问我家的情况，我知道她小心翼翼，始终避而不想我的生活。

"是的，"乔姬娅轻声说道，她在刮我的鼻子，"我确实想知道它存在。但还没到时候，马丁。我很惶恐。你会觉得我在那里是个入侵者。至于撕掉虚伪，除非我们不再撒谎，否则那是做不到的。"

我不想和她争论这个。我说："这会象征撕掉虚伪。我想在那儿看到你，乔姬娅。看到你在那儿会给我带来很重要的改变。"

"奇怪，"乔姬娅说，"我平时并不迷信，可我有种感觉，如果我们去希福德广场，就会有灾难般的事情发生。"

"你让我更加决意带你去了，原始的孩子，"我说，"我告诉你，这会帮助我。我需要空气，乔姬娅。我需要寻回自由的感觉。在那儿看到你会打开一个全新的世界。"话没说完，我就愈发意识到，先前我把这当作献给乔姬娅的古怪礼物，但实际上，正如乔姬娅立刻看清的那样，这是至关重要的一步：不是我要给她什么，而是她要为我做什么，要对我做什么。我既兴奋又恐慌地胡思乱想，刚才我说的话倒是有可能成真。

客厅看起来诡异地保持了安东尼娅宣布事情那晚的原状，仿佛自那一刻起，它就被施了昏睡咒。圣诞装饰和贺卡都还在，已经积了一层灰。自从我不顾安东尼娅的想法把钟点工辞退以后，灰尘开始安静地堆积，像灰色的安眠药粉，吸收了整个地方的光线。我看到银器已经失去光泽。阴沉昏黄的午后，小花园的主要植物——落地窗外高大的广玉兰，现在恹恹地耷拉着，经过昨晚的霜冻，叶子都还打蔫开裂着。房间里又湿又冷，我们都没有脱掉外套。我那本纳皮尔的书还在沙发上。

乔姬娅缓缓走进来。我能看见她身上倒映出我自己的情绪。她盯着我看，双唇张开，皱着眉，好像在看这房子的魔力是否让我换上另一副脸孔。随后她小心翼翼地环顾四周，点着头，似乎在清点屋子里的物件。我全神贯注地看着她，全神贯注地把在这里看见她的非凡体验扩展到我的整个存在。我提到过"撕掉虚伪"。"虚伪"正以怎样的速度确确实实地被撕毁着啊，而在这样的时刻，我又分明感到，那幅广阔空间的远景并未如期在我惊慌失措的凝视前展开。我想立刻把乔姬娅带到这里的直觉是可靠的：占据我心头的诸多情绪之中，我最担忧的正是，我到底还能不能更深、更好地爱乔姬娅。

我感受到这一点，但与此同时，我处在一种巨大而且更为切肤的痛苦之中，因为再次看见这间讨人喜爱的房间，我的处境却不啻于变节。失去某个人不仅仅是失去那个实体，还有那个人向外流露的所有模式和表象，于是在失去挚爱的同时，有那么多东西——绘画、诗歌、旋律、处所，也一并丢失了：但丁、阿维尼翁、莎士比亚的诗歌、康沃尔郡的海。这房间就是安东尼娅。这里起伏着她丰盈的个性。房间里的玫瑰香味依稀可辨，徒劳地等待点燃的柴火施以温暖，恢复满室芬芳。这一切都是她，丝织地毯、鼓鼓囊囊的靠垫，尤其是壁炉，那是她小小的神龛：麦森陶瓷凤头鹦鹉、意大利银制酒杯、沃特福德玻璃器皿、鼻烟壶——这是我在订婚时给她的，上面刻着"友谊无私，爱无欺"。冷眼旁观这一切，视它们为必死之物，甚或已逝之物，分崩离析，全无意义，只等着被拿走，这是一种崭新而剧烈的痛苦。明天安东尼娅和我就会把这些物件像乏味的战利品一样分割，要么被当成罪恶的秘密束之高阁，要么被拍卖商的标签玷污。我用手指触碰沃特福德的玻璃器具，在玻璃的低吟声中我听到一个回荡的声音说：你也不那么想让妻子回到你身边。我在心底回答那个声音：这样的纽带比想或者不想来得更深沉、更强烈，不论何时何地，我都将是安东尼娅。

我坐到沙发上。乔姬娅不再望向窗外，而是转身走向我。她那束乱蓬蓬的头发掩在立着的大衣领子里，双手插在口袋里，就这样低头看了我半晌，脸上的温柔几乎带着敌意。终于她开口说："你讨厌看到我在这儿吗？"

"不，我无法形容在这里看到你对我有多好。但也有不少痛苦。"

"我知道，"她说，声音低沉，满含体谅，"别因为这痛苦而生我的气。"

"我才不会。我更愿意吻你的脚。你容忍我太多了。"说出这些话时，我隐约但确定地感到自己正踏上娶乔姬娅为妻的道路。我曾告诉她，私密性是我们爱情的本质。在这个房间里看到她，合并我一分为二的人生，似乎证明我错了，而她是对的。谎言确实应该被屏弃，这非但不会破坏我对乔姬娅的爱的实质，反而会释放它，使它变得比我所知道的任何东西都更强大，也更纯洁。我感激她，感激她的忠诚、理智和对我百分之百的仁慈，这些情绪占据我的心头。

"啊，你在恨我！"乔姬娅说。她继续低头紧紧盯着我，好像要把这念头从我脑子里扯出去。

"要是你知道你错得多离谱就好了！"我说。我严肃地、坚定地回视她，想到我要用更好的爱给她回报，让她惊讶，我感到一阵愉快。上帝知道这是她应得的。

我站起身，开始收拾钢琴上的圣诞贺卡。下面积了厚厚一层灰。打扫的工作已经开始。

"在这里是多么奇怪，又多么感人！"乔姬娅说。她又开始在房间里踱步。"我想不出这像什么。我好像是在记忆的追溯里拥有你。不，也不尽然。可你不知道我多么确信自己这辈子都见不到这地方。我现在会相信——这更好，好得多——过去你不在我身边的日子里，你确实仍然存在着。当时这样的念头让我太过痛苦，可我知道不这样想就是爱情的失败。现在有了你的帮助，我可以改正了。今后我会更好地爱你，比之前好得多，马丁。"

她到我面前站定。她的话正道出我的心意，让我深受感动。我希望用初步的誓言交换将她拉近，却找不到合适的措辞。

我把那堆圣诞贺卡丢到地上，领乔姬娅走到壁炉前。我说道："我想要你触碰这一切。我想要你触碰这里的每样东西。"

她犹豫不决。"这是亵渎。我会因此遭受痛苦。"

"不，"我说，"这是虔诚的亵渎。你让我离现实更近。一直以来你都为我这么做。"

我牵起她的手，放到麦森陶瓷凤头鹦鹉上。我们互相凝视。乔姬娅缩回手去。片刻之后，她飞快地触碰了壁炉上的所有东西。我又握住她的手。上面留下灰尘的印迹。我吻她的掌心，再次抬眼看她。我看到她眼里含着泪水。我把她拥入怀中。

就在那一刻我听到了一个声音，大脑还未理解，心里就惊慌得怦怦乱跳。那是钥匙在前门转动的熟悉声响。乔姬娅也听见了，双眼瞪得老大。有一秒钟我们就这样站着，呆若木鸡。随即我粗暴地挣脱了拥抱。

只能是安东尼娅。她改变主意，不去郊外了，决定在明天见面之前过来检查家具。她随时可能走进客厅，看到我和乔姬娅在一起。这不是我能够忍受的。

我迅速行动起来。我拉住乔姬娅的手腕，把她拖到落地窗前。我打开窗，拉她进花园，绕到房子的一侧，这样从房间里应该就看不到我们了。我压低声音对她说："从那扇小门出去就能回到广场。直接回家去，我会来找你。"

"不！"乔姬娅说，声音很轻，但并不刻意压低，"不！"

惊慌攫住了我。我必须让她离开。想到安东尼娅和乔姬娅在希福德广场相遇，我就感到一阵恐惧和恶心。这件事让人厌恶，甚至令人作呕。我往声音里集结了所有的意志："现在就走，该死的。"

"我不想走！"乔姬娅说，语气与我如出一辙。她对我怒目而视，我们的头凑得很近。"让我同你妻子见面。你不能强迫我临阵脱逃！"

"照我说的做。"我说。我捏住她的胳膊施加压力，直到她痛得皱眉。

她扯过胳膊，转过身。"我身上没钱。"

我赶紧从钱包里拿出一英镑给她，用力打个手势赶她走，接着回到客厅。幸好屋里还没人。我悄悄关上门。我没有回头再看一眼花园。

我等待了片刻。一片沉寂。安东尼娅会在做什么？我怀疑会不会是搞错了。我穿过房间走进门厅。奥娜·克莱恩就站在门内。

这个一动不动的身影出现得太过突然，简直诡异，有一瞬间她看起来像是照片里的鬼影。我们瞪视着对方。她弓着背，猫在外套里，巨怪似的脸上还留着室外阴冷空气的湿润。她既不微笑，也没有开口，只是直勾勾地、冥想般盯着我看。看到她，我感到一阵轻松，又混合着巨大的沮丧，还有莫名的深深恐惧。我觉得她是危险的。我说："有什么可以帮你吗？"

她把头往后一甩，在领口把大衣拉开。"你是说，林奇-吉本先生，我他妈为什么在这里。"

"一点儿不错。"我说道。我似乎命中注定不能对帕穆尔的妹妹以礼相待。

她说："我的解释是这样的。你妻子告诉我你今天不在。我需要某张办公桌的钥匙。这把钥匙在我哥哥的钱包里。这个钱包他借给了你妻子去支付账单。她把钱包放在一只篮子里，昨天来这里时碰巧把篮子落下了。因为我急着要用，你和她今天又都不在，她就把你们的大门钥匙借给了我。所以我在这里。篮子在那边。"

她指着门厅桌下搁着的篮子。我看见桌上放着乔姬娅的手提包和两本经济学方面的书。我拿起篮子递给她。

"谢谢，"她说，"抱歉打扰。"她注视的目光似乎缓慢扫向了乔姬娅的包。

"哪里。"我说。我突然感到一股强烈的欲望想留下她，我想知道她在想什么，可我找不到合适的话。在她面前，我感到无能和愚蠢。有一瞬间，她似乎也想留下，可是我俩都想不出办法来延长这局面，于是她转过身，我拉开门。她走过我身边时，我鞠了个躬。

我回到客厅。花园空无一人。我悄悄把纳皮尔的书放进口袋。我觉得自己喘不过气来。我倚在壁炉台上，用手指抚摸一只风头鹦鹉。沙砾般的灰尘从手上落下。

11

接下来我发现乔姬娅不在家。恢复理智后，我径直坐车去她家，重重地拍门，可里面似乎没人。我又到她学校的房间去，她既不在那儿，之前也没有去过那里。我急匆匆赶回她的住所，仍然无人应门。我再次回到学校问人，但只是浪费时间。我既心烦又不快，过了一会儿回到希福德广场，余下的夜晚都花在列家具清单上，不时给乔姬娅打个电话，但一直无人接听。我倒不当真觉得她会被绑架或是被车撞了。我猜想她一定因我推她走的态度受到了冒犯。我憎恶自己的想法，但还是认为我能轻松让她回心转意。话虽如此，这个夜晚并不愉快。我喝了好多威士忌，然后上床睡觉。

第二天醒来时已经不早，我听到电话铃响。人在悲伤时睡得可真香。那不是乔姬娅，而是安东尼娅。她说她很高兴我已经回家，问我能否在午饭前去佩勒姆新月大街，这样她下午就不必来希福德广场了。我答应了。反正我已经给我们的财产列好相当完整的清单，在哪里讨论都一样。我又拨了一次乔姬娅的号码，仍然无人应答。我打算去拜访安东尼娅，把家具清单留给她，然后去乔姬娅家，之后再回去找安东尼娅。对乔姬娅的举动，我仍然感到受伤和生气，而非真的紧张。

洗完脸，刮完胡子，我又打给乔姬娅，还试了试学校，仍旧没有结果。我刚要出门，电话铃响了，但那是亚历山大打来的，告诉我他和罗斯玛丽在伦敦。他来当代艺术学会的一场辩论会上发言，昨晚住在罗斯玛丽的公寓。他想知道何时能见到我。我告诉他我会给他回电。

这是好久以来第一个晴朗的早晨，霜冻、严寒，但阳光灿烂清澈，希福德广场花园里的树叶上闪耀着白色晶体，让我想起奥地利、雪、雪橇，还有旧日的幸福。昨天在我房子里见到乔姬娅时那股让我痛苦的欢欣鼓舞已经消失得无影无踪，我现在抑郁、暴躁、虚弱、烦躁不安。踏进帕穆尔家大门时，我感到一种混乱而怯懦的宽慰。至少这里有人会对我温柔。

客厅里没有人。我听到帕穆尔的书房里传来安东尼娅的声音，就敲了门。我打开门走进去。安东尼娅和帕穆尔都在。安东尼娅穿着一件我没见过的拼接格子家居服，头发编成两股垂在胸前，我从没见过她把头发编成这样，叫我很是心烦意乱。她很高，带有希腊风情。她站在长沙发的末端，一只手搁在帕穆尔的桌上。帕穆尔面朝门口坐在长沙发上。他穿着那件编织松散的法国夹克、蓝色衬衫，戴紫色领巾。他看上去时髦、干净、敏捷、年轻，又有些轻浮。透过明亮的日光，我看到他们关心地凝视着我，带着略微激动的情绪。安东尼娅的眼睛是褐色的，大而温柔；帕穆尔的是蓝色，清澈而冷淡。他们身后的墙上本来挂着一些日本版画，现在留下一排空白的印迹。

我立即意识到发生了不寻常的事。两人都没向我打招呼，只是注视着我，没有微笑，但还带着某种温柔的、凝固的关切。我关上门。有一瞬间我甚至幻想，他们要告诉我他们改变主意，不打算结婚了。我从门口墙边拿了一把直椅放在地毯正中央，坐下来面对他们。"怎么了，朋友们？"

安东尼娅摇摇头，侧过身体。我开始有些慌神了。

帕穆尔说："我们要告诉他吗？"

安东尼娅说话时没有瞧我："要，当然。"

帕穆尔用他冰冷的眼神平视我。他说："马丁，我们知道乔姬娅·汉兹了。"

这太叫我措手不及，我立刻抬起一只手捂住面孔。我很快把手放下，将示弱的姿势换成惊讶的神情。我感到恶心。我说："我明白了。你们怎么知道这事的？"

帕穆尔抬眼瞥向安东尼娅，她已经把背转过去了。过了片刻，他说："眼下我们不想告诉你，反正那也不重要。"

我回瞪着帕穆尔。他一脸平静，表情同时带有温柔和冷漠。他坐得笔挺，从房间另一头望着我。

我说："你们发现什么了？"

帕穆尔再次回头看向安东尼娅。她仍然背对着我，开口说："一切，马丁。孩子，一切。"她的声音里情绪激动。

我希望自己能感到愤怒，可我只感到毁灭性的愧疚。我说："好吧，那也没必要这样小题大做。"

安东尼娅发出含糊不清的声音。帕穆尔仍旧冷冷地凝视着我，动作轻微地摇了摇头。一片沉默。

我说："我最好还是走吧。我带了家具清单给安东尼娅瞧瞧。"我把单子扔在脚边，想要起身。

"等一等，马丁。"帕穆尔的声音迫使我停下脚步。有片刻他似乎在等安东尼娅开口，随后他说道："恐怕这件事我们没法置之不理。用常识想一想，马丁，我们当然不能。我们必须谈一谈。我们必须诚实地做出反应。我们没法假装不在乎！安东尼娅有权听你说这件事。"

"让安东尼娅的权利见鬼去吧，"我说，"安东尼娅早就丧失了她的权利。"

"马丁，"安东尼娅说，她还是没有转向我，"你就别再粗鲁刻薄了。"

"抱歉我说了那样的话，"我说，"我深受打击。"

"安东尼娅也深受打击，"帕穆尔说，"你得理解我们，马丁。我们不想让你不快，也不想批判你，但我们得把这件事弄个明白。你懂吗?"

"我懂,"我说,"那么,不如你离开,让我和安东尼娅谈。"

"我认为她更愿意我在场,"帕穆尔说,"是这样吗,亲爱的?"

"是。"安东尼娅说。她把手帕捂在嘴边。接着她转身坐到长沙发上,坐在帕穆尔身边,轻轻揉着眼睛,还是没有瞧我。帕穆尔伸出一只手臂环住她的肩膀。

"听我说,"我说,"有什么好谈的呢?看来你们知晓了事实,我也不否认。我们一定还要来一场该死的军事审判吗?"

"你误会我们了,马丁,"帕穆尔说,"根本没有什么军事审判。我们凭什么做你的法官?正相反,我们希望帮助你。可你得明白两件事:首先,我们都很爱你;第二,你在一件至关重要的事情上欺骗了我们。"

"马丁,我没法告诉你这让我多伤心。"安东尼娅说道,她语带哽咽,望着地板,绞着濡湿的手帕。

"我很抱歉,亲爱的。"我说。

"啊,果真如此吗?"帕穆尔说道,"我们原以为自己了解你,马丁。现在我们大吃一惊。我不想说你让我们感到幻灭,但我得说我们很心痛。我们必须,从某种意义上来说,从头开始。我们失去了掌控。我们必须看清你的处境,我们必须看清你的身份。我们不想责怪你,我们想要帮助你。"

"我不要你们帮助,"我说,"至于责怪,那是我自己的事,不用你们效劳。我会同安东尼娅谈谈,但不是和你们两个。"

"恐怕你必须同我们两个谈,马丁,"帕穆尔说,"我们都感到受伤,我们也都担心你。为了我们也为了你自己,你必须和我们谈,和我们坦白地谈一谈。"

"你怎么可以撒这样的谎,马丁?"安东尼娅说。她终于能与我对视。她已经流过眼泪,现在更为自制。"我万分震惊,"她说,"我知道自己有时也会说谎，但我以为你是那么诚实。我以为你曾那样深爱我。"说最后几个字时，她哽咽起来，又把手帕举到脸前。

"我的确深爱过你，"我说，"我现在也深爱你。"我快要承受不了这一切了。"我只是也爱过乔姬娅。"

"现在也爱她。"帕穆尔说。

"现在也爱。"我说。

"说真的，"安东尼娅说，"我就是弄不懂你怎么能做到。"理智的自尊让她不再流泪。

"我的天，一个人可以爱两个人，"我说，"你应该明白的。"

"好吧，"她说，"好吧。可你还欺骗了我——虽然我不能完全理解，但我可以想象。我和帕穆尔把我们的事告诉了你，当时你居然也没有坦白……我无法想象你可以就这样坐在那里假装自己品德高尚，让我们承受所有的愧疚。这不像你，马丁。"

"不，这实在不像你，"帕穆尔说，"但这肯定是你的一部分。就算心理分析师也会碰上意料之外的事。我们对你十分坦率诚实。我们压根就没想过要骗你。就像安东尼娅说的，当时你至少可以诚实一些。然而，这给人上了一课。我们必须试图重新理解你。我们也必然会理解你。"

"我没法解释，"我说，"虽然有一个解释。这不重要。"我好像陷入了困惑和内疚之中。我不可能对他们说清楚我珍藏乔姬娅这个秘密的动因。理解绝无可能，何况此时此刻我是这样热切地不想被理解。

"但这是重要的，马丁，"帕穆尔说，"这非常重要。我们不赶时间。如果有必要，我们可以整天讨论这件事。"

"可我不行，"我说，"你们想知道什么？乔姬娅二十六岁。她在伦敦政经学院担任讲师。她做我的情人将近两年了。我们有过孩子，后来弄掉了。事情就是这样。"

"噢，马丁，"安东尼娅说，这时她已经相当自制，"别假装愤世嫉俗，满不在乎。听上去根本不像真心话。我们知道你爱这个姑娘，我们想要帮你。我们知道你如果不深爱她，是不会找她做情人的，你不是这种人。我承认这件事让我大为震惊，但我能处理，我知道怎样宽宏大量。我当然嫉妒，不嫉妒是不可能的。我已经与安德森沟通过这件事。可我想，我诚心实意地希望你能拥有最好的，只是你现在必须对我们更坦白、更诚实。求你了。"

"不管对她自己还是对我，安东尼娅都十分坦诚，"帕穆尔说，"你知道她有多爱你。她当然难免震惊，不仅因为你的欺骗，还因为这个姑娘的存在本身。这个新发现会唤起她对你的爱，一种活跃而妒忌的爱，这是自然甚至合适的事。这对我们来说是个痛苦的局面，但她表现得理智、得体。你不必担心我俩会怨恨你。事实上，这么说吧，我们想要给你祝福。所以，看看你多么错误，对我们多么不公！"

"我们会帮你渡过这关，马丁。"帕穆尔发言时，安东尼娅一直在点头，这时她开口说："谁知道呢，这种奇妙的纠缠到头来对我们都有好处也说不定呢。我们会站在你和乔姬娅这边。这是我的心里话。抱歉我显得既心烦又气恼。你骗了我，这确实让我很伤心，但我相信你一直以来都爱着我。所以不必愧疚也不必困扰，亲爱的马丁。"

"我不会愧疚也不会困扰，我会精神错乱，"我说，"我不要你们陪我渡过什么难关。我希望你们两个可以不再管我。"

"你弄错你的愿望了，"帕穆尔说，"你没法如此轻易就逃脱爱情的罗网。事实是这个发现给我们所有人都蒙上了阴影，我们都得想办法挪开这阴影。"

"你是说我必须被收拾妥当，你和安东尼娅才能继续走下去？"

"你必须，如你所说，被收拾妥当，因为这对你也有好处，"帕穆尔说，"一大堆谎言必定要用一大堆真话来偿还。我确信乔姬娅也会赞同我们的。这样做我们会幸福得多，我们四个都会。"

"不久以前你还坚称我们是三个人，"我说，"现在又成了我们四个。为什么不把你妹妹也算进来？我们不如来个五重唱。"

"好了，"帕穆尔有些硬邦邦地说，"严肃些，马丁。你必须为你的所作所为负点儿责任。我说过，我们一定得理解你。我们对你的理解会有很大进展，在见到乔姬娅之后。"

"除非你们从我的尸体上跨过去。"

"你早晚得想明白，"帕穆尔说，"毕竟眼下大权在握的不是你，还不如现在就放明白些。安东尼娅刚听说了这个年轻女人，她自然想见她一面。你们俩都应当感激，到那时她不会有愤怒的情绪。"

"我听说她才貌双全，"安东尼娅说，"还很年轻，这对你来说真是好极了，马丁。你还不明白这些都是我的肺腑之言吗？你就不能大方地接受我的友善，我的祝福吗？"

"我告诉你，我会发疯的，"我说，"你们说话简直像在给我筹办婚事。说到底，看在基督的分上，你们可不是我的父母！"

帕穆尔咧嘴笑了，露出一口白牙，十分美国式的笑容，然后把安东尼娅搂紧了一些。

12

　　我关上身后的门。我对乔姬娅说："安东尼娅知道了。她怎么发现的？"

　　从帕穆尔和安东尼娅那里逃出来以后，我直接去了考文特花园。但我没有立刻去看乔姬娅，而是在一家酒馆里坐了二十分钟，试图恢复镇定。我从头到脚都在哆嗦，没办法思考。奇怪的是，我最大的感觉是愧疚，排山倒海、毁灭一切的愧疚。这件事本身从未让我这样感觉，安东尼娅和帕穆尔发现这件事却让我心生愧疚，这没有合理的解释。同时我又体会到难以名状的颓丧，因为他们两人瞬间就在我身上建立起十足的道德独裁，甚至比先前有过之而无不及。照我看，这正是他们想要的。回想当时的场景，虽然安东尼娅确实难过，感到痛苦，但她身上还带着几分兴奋。让我看起来如此顺从，毫无还手之力，她用谴责和爱编织成权力，而我俨然一只猎物，这叫她兴奋，给她带来某种性欲的颤栗。

　　想到乔姬娅我也并不好受。愧疚的幕布似乎将我与她阻隔，同时我也感到，真相大白的打击就算没有扼杀，也至少削弱了我对她的爱。我原本以为，公诸世人能让这份爱更加牢固、更加纯粹；原本这或许能够实现，倘若我能自己选择时间，以自己的方式透露这件事，有尊严地、面不改色地。可我被帕穆尔和安东尼娅这样控诉，他们把整件事像一桩罪行一样塞到我面前，同时我又在他们仁慈的幻想中被爱抚、被宠溺，这只会让它看起来淫猥可憎：我怀疑这也正是他们的目的之一。我不想发生的事偏偏就发生了。我是对的，乔姬娅错了。这样被指责的后果是我内心被召唤出源源不断的内疚。我对乔姬娅的爱原本如此单纯清白，现在却满满覆盖上令人作呕的内疚的焦油。可我也明白这对她很不公平；我告诉自己这种情绪会有转变。

我还想知道这一切是如何被揭发的；我甚至产生了一个荒诞的念头，觉得是乔姬娅主动背叛了我们。没过多久，我自己也觉得这难以置信。我想象不出她会如此不忠，我也不认为她会把这样一个需要戏剧性的行动——必然需要戏剧性的行动——付诸实践。事情有一百种败露的方式。自从安东尼娅公布她的秘密之后，我就疏忽大意起来。肯定是有东西被发现了，也许是一封信。我喝光了酒，走上乔姬娅家的楼梯。这至少有几分像是回家。

"嗯？"我说，"她怎么发现的？你碰巧知道吗？"与乔姬娅对峙时，我发现自己冷酷且几乎对她感到愤怒。至于我对自己有多愤怒，我想都不敢想。

乔姬娅穿着一条旧短裙和一件不成形的毛线衫。她看起来彻夜未眠。她阴郁地凝视我，挠了挠鼻子，把书和纸堆成灰蒙蒙的一叠，在乱糟糟的桌子上清出一块空地。房间里又冷又闷。她坐到桌子上。她说："我猜是奥娜·克莱恩告诉她的。"

这句话太出乎我的意料。我目瞪口呆地望着她，随后跌进扶手椅，仿佛被人推了一把。"她究竟是怎么知道的？"我问。

"我告诉她的。"乔姬娅说。她板着脸坐在那里，苍白而矜重，穿着黑色长袜的一条腿蜷在身下。她理一理短裙，铁着脸回视我。

"原来是这样。"我说。我既震惊又愤怒，脸涨得通红，几乎透不过气。片刻之后我觉得自己又能开口了，我说："你应当可以想象，我真是大吃一惊。你愿意解释一下吗？"

"你把我推进花园之后，"乔姬娅说，"我没有回家，因为我太生气了。这一节我等会儿再说。我去了大学图书馆，试着读书，但是没用。然后，我去喝咖啡，接着就回家了。我感觉糟糕透了，给你打电话，你不在家。"

"我出门找你去了。"我说。

"反正,"乔姬娅说,"我刚放下电话,门铃就响了。我以为是你,结果是奥娜·克莱恩。她面色苍白,态度严峻得吓人。我请她进门,给她拿了一杯喝的,我们聊了一会儿天。接着她冷不丁向我问起你。"

"老天爷,"我说,"就这样?"

"对,"乔姬娅说,"我就告诉她了。"

"你把所有事都告诉她了?"

"所有事。"

"为什么?"

"因为要对她撒谎是不可能的。"乔姬娅说。她伸直腿按摩脚踝。接着她从桌子上慢慢滑下来,一瘸一拐地走到壁柜前,拿了一瓶杜松子酒。好像没有干净杯子了。她看上去筋疲力尽。

"你疯了,"我说,"你是个靠不住的小贱人。你任由那个女人恐吓你。"

"我早就厌倦那些该死的谎话,"乔姬娅说,"那天下午发生的事也让我非常生气。如果你让我留下来见安东尼娅一面,事情会好得多。我就是厌恶在那里压低嗓子讲话,被你从后门推搡出去,好像你偷吻女佣被人逮住一样。我恨这些,马丁。"她情绪激动,嗓子变得嘶哑。她从壁炉台上拿下两只用过的杯子。

"那不是安东尼娅,"我说,"那是奥娜·克莱恩。"

"原来如此,原来如此。"乔姬娅缓缓地说。她洒翻了一些酒,开始用纸巾吸干它。"她是这么发现的。我还纳闷呢。我在门厅里的桌子上落下两本书,上面有我的名字。"

"可她为什么偏偏猜到这事,"我说,"又为什么穷追不舍,要你坦白?"

"说到偏偏猜到这事,"乔姬娅说,"谁都可能猜到。或许她听到我们低声说话。至于她为什么穷追不舍,我也莫名其妙。"

"你没问她？"

乔姬娅在嗓子里干笑了一声。

"当然没有！我说过了，她身上带着太多枪。况且，我已经坦白交代了，后来你每次打来电话，我和奥娜都默然对坐，那以后我已经大伤元气。"她慢慢补充道："不管怎样，这是一种解脱。"

"你也没想过要让她保守秘密？好吧，我猜你办不到。"

"你猜得对，"乔姬娅说，"如果你认为我会在事后下跪求饶，请她不要告发我，那你真是比我还要了解我自己！"

"我根本弄不懂你，"我说，"你明知道不让别人知道这件事对我有多重要，尤其是现在。我就是无法应对安东尼娅知情的局面。我无法应对她知道这件事的方式。你根本不了解这是什么感觉。我在受煎熬。而你倒好，就这么一股脑全抖给一个该死的陌生人，就因为她是你曾经就读的大学的老师！"

"没错！"乔姬娅句子都说不完整，声音开始颤抖，"你不懂我，你也从没有真心试着了解我。迫不得已保密，这我能忍受，但我憎恶它。我无时无刻不在忍受煎熬，每天都是，该死的每一天都是。但我把我的苦难奉献给你，我甚至心甘情愿，因为我当时爱你。我也从没告诉过你这些。当这一切不必再是秘密的时候，你仍旧偷偷摸摸——这让我觉得你对我感到害臊。这开始玷污一切。噢，我不是说你当时就该娶我——你何必呢？可你不必再把我埋藏得那么深。当时你就应该告诉安东尼娅。我开始觉得自己不存在。噢，我爱你，我全心全意地爱你！要是我不爱你就好了。但我还是觉得自己从头到脚被玷污了。我不会主动揭穿，可奥娜·克莱恩那样上门来，仿佛是神的启示。那时我根本不可能再说谎。那样我活不成！"

她饱含泪水。她倒出一些杜松子酒，瓶子和杯口撞得直响，然后又浇了点儿水进去。我站起身，她把杯子递给我。我内心的怒火发酵成了绝望。

"上帝啊，亲爱的，"我说，"你不知道你做了什么。但这不要紧，反正这他妈都是我的错。我本不该置你于这样的境地。"

"你是说你现在不爱我，也从来没有爱过我。"乔姬娅的泪水如洪流溢出眼眶。

"哦，上帝！"我放下酒杯走到她身边。她僵硬地立着，双手搁在桌上，我用手臂搂住她。眼泪滴在蓝色的毛线衫上。

"你明知道我爱你，小白痴，"我说，"请你理智一些，帮帮我。我知道是我没有说清楚。那两人如果知情，对我来说很糟糕，如此而已。先前我就已经是他们的盘中餐，现在，他们只要乐意，就能把我吃干抹净。我也不该指望你理解这一切。你必须得是我才行。你一定要帮我，乔姬娅。"我来回摇晃她，直到她把一只手放上我的胳膊。她拿起纸巾擦眼睛，又倒了一些酒出来。她喝了一小口，把杯子递给我。

这熟悉的仪式让我俩平静下来。我将她柔软温暖的躯体搂过来，她把头靠在我肩上。最起码，我们的身体是老朋友了。

"她知情的方式有什么糟糕？"乔姬娅说，"你瞧，我确实想弄明白。"

"噢，就是一切都可恶地与亲密和爱扯上关系了。你得亲眼瞧瞧。简直像幼儿园似的。比如说，她眼巴巴想要见你一面。"

"是吗？"乔姬娅说，从我身上猛地抽离出去，抹掉衣服上的水渍，"嗯，那也好。我眼巴巴想要见她一面。"

"别犯傻，宝贝，"我说，"你可别来这一套。"

"你带我去希福德广场的时候，"乔姬娅说，"你就带我穿过了镜子[1]。现在回不去了。我受够了，我不要生活里还有什么事是自己不敢想的。"

1　这里的"穿过镜子"是隐射刘易斯·卡罗尔（Lewis Carroll，1832—1898）的奇幻小说《走进镜子里》，即《爱丽丝漫游奇境》的续集。

"反正，我不会把你介绍给安东尼娅，就这样。"

"安东尼娅，这是乔姬娅·汉兹。乔姬娅，这是我妻子。"我听见这些不可思议的话从我嘴里说出。我既不结巴也没有哽咽。没人昏倒在地。

这次面谈在帕穆尔家的客厅里进行的。紫色天鹅绒窗帘合上了，阻隔了夜色和饰有黑色毛绒玫瑰的深色墙纸。跳跃的火光照亮窗帘，仿佛一座邪恶的森林包围四周。远处桌面上摆着黑色灯罩的台灯，在帕穆尔的水晶收藏上投射出窄窄的光束，水晶四下发散光线，神秘而又意味深长。安东尼娅站在火炉边厚厚的黑色地毯上。她面前一张马赛克面的矮桌，上面的一个托盘里放着酒水和三只杯子。她事先接到电话，已经做好了准备。

安东尼娅比平常花了更多心思打扮自己。她身穿一条轻质意大利羊毛的墨绿色长裙，那是我有一回在罗马给她买的。她没有戴首饰，浓厚的金发盘成朴素的圆髻。她站在那里，丰盈、颀长、臀部甩向一边，一只手腕往后搭在髀间，一位优雅、忧虑、疲惫、上了年纪的女人，在那一刻、在她神经不安的独特气质里，对我而言无限熟悉，也无限亲近。

穿着破旧的棕色短裙、蓝色套衫和黑色长袜，乔姬娅看着就像个孩子。她存心不愿妥协，与日常打扮无异。她没有化妆，头发随手编起来盘在头顶，随便得几乎有些荒谬。她面色十分苍白，更衬得皮肤透明。她对安东尼娅微微欠身，动作僵硬。安东尼娅手忙脚乱，决定不了要不要伸出手去。两个女人都呼吸急促。

安东尼娅说："你想来点儿喝的吗?"声音里透出深深的紧张。"快请坐，请吧。"她倒出一些雪利酒。

"不用了，谢谢。"乔姬娅说。

"别犯傻。"我说。

没人坐下。安东尼娅不再倒酒，而是看着乔姬娅，神情悲伤、恳切、不自在，茶色的大眼睛里含着痛苦。她非常非常急切地想要讨乔姬娅欢心。她小声说着话，声音紧张："别生我的气。"

乔姬娅摇摇头，做了个手势，似乎安东尼娅的话不合适得简直难以启齿，因而把它撇开不谈。

我说："那么，给我来杯喝的，安东尼娅。"我原本害怕会大闹一番，但看到她俩在一起，这种恐惧被可怕而柔和的痛苦淹没了。

她把酒杯递给我，又倒了两杯，一杯给乔姬娅，放到两人中间小桌的远端。我在她们中间坐下，面朝炉火。

"我能称呼你乔姬娅吗？"安东尼娅说，"我感觉就像已经跟你挺熟似的。"

"当然，"乔姬娅说，"如果你想的话。"

"那你也称呼我安东尼娅吧？"

"我不知道，"乔姬娅说，"抱歉。我不认为我做得到。但这并不重要。"

"对我来说很重要。"安东尼娅说。

"噢，别说了！"我说。我受不了安东尼娅固执的温柔语调。

"马丁，求求你。"安东尼娅说。她仍然看着乔姬娅，把手放到我的袖口，没有移开。我能感到她在颤抖。对她的怜悯刺穿了我的心。

"听着，"乔姬娅说道，她鼻翼翕动，"我想见你，你也想见我。我认为这么做是正确的，应该严肃对待已经做下的事，可我不认为我们真的能够彼此谈心。"

"别讨厌我，乔姬娅。"安东尼娅说道。她在少女身上施加恳切的目光，我能感觉到她内在的强硬意志施加在少女身上，几乎触手可及，像是一台暖风扇。

"我何必呢？"乔姬娅说，"你更有可能讨厌我。"

我默默地把手臂从安东尼娅的压力下挪开。

"啊，你可别觉得内疚！"安东尼娅说。

"你误会我了，"乔姬娅说，"我只是在回应你的言论。我没有暗示任何事。我不觉得内疚。我知道我可能伤害了你，但这是另一码事。"

我能感到乔姬娅态度的僵硬。这样的她几乎像一个牵线木偶。她力求准确、诚实、一丝不苟，不流露任何感情，僵硬得仿佛一块木头。面对安东尼娅仿佛露珠折射阳光般的光芒，她完全封闭，完全冷淡。

"别对我那么苛刻，我的孩子。"安东尼娅。她急切地想要建立关系。为了满足她特殊的需求，为了安抚和镇定，她在这里想要温暖的人际交往。

"抱歉，"乔姬娅说，"我希望你好。或许你希望我好。只不过要交谈起来是困难的。"

"我确实希望你好，真的！"安东尼娅抓住这点不放，"我希望你们两个都好。我希望你和马丁非常非常幸福。你一定要相信我，这会一直留在我的内心。"

"别把我扯进来，安东尼娅。"我说。在乔姬娅看起来她或许可笑，这让我受不了。对安东尼娅关切的爱占据了我，我想带她走，把她藏起来，庇护她免受这年轻冷淡的目光，这发自更严苛的真诚的目光。

"你这话是什么意思，别把你扯进来？"安东尼娅说，她半笑出声，又一次紧紧握住我的袖口。"在我俩之间，你怎么可能不被扯进来，亲爱的？他是不是很荒唐？"她带着她欢快的女性魅力再次转向乔姬娅。

"马丁的意思是没什么可讨论的，有些事情不提为好。"乔姬娅说。她僵硬、紧绷。她睁大眼睛平视安东尼娅，没有朝我瞥一眼。她注意到了安东尼娅的手。

"可是，乔姬娅，一切都可以讨论！"安东尼娅说。

"也许我们现在应该离开，"我说道，"你们已经彼此打过照面，完成你们想做的事了。"我放下杯子，再次挣脱那温柔地抓住我的手。

"噢，别走！"安东尼娅叫出声，"我光是瞧着乔姬娅都没有瞧够。你得原谅我，孩子。你可别为我的唠叨感到难为情，不是吗，马丁？我是一番好意，真的是这样！请坐下，喝一点儿你的雪利酒吧。"

没有人坐下，乔姬娅也没有拿起杯子。她转向我，等待我再次告辞。假使我先前担心她会怜悯安东尼娅，那么她的表情足以使我消除疑虑。她太担心自己，担心自己不够准确，不能保持言辞精准的尊严，只有年轻人在这种时候才会无情至此。"我想我该走了，"她说，"你跟我走，马丁，还是留在这儿？说实话我不在乎你怎么做。你能邀请我来真是好心，"她又对安东尼娅说，"我很高兴见到你，这对我俩都应该是一桩好事。"

"我亲爱的孩子，我也很高兴，"安东尼娅说，"你得学着对我宽容。你会学会的。"

"我不知道我们是否会再见面，"乔姬娅说，"但正如我所说，我很高兴见到你。这让事情更加坦诚。我并不乐意欺骗你。我祝你幸福。现在我真的得走了。"

"不，不，"安东尼娅喊道，"也别再提什么不会再见面，哎呀，那样可太无情了！等你嫁给马丁，我们会经常见面的。我仍然爱着马丁，你知道，我爱他。从某些方面来说，我比从前更好地爱他。"

"这与我无关，林奇-吉本太太，"乔姬娅说，"至于嫁给马丁，在我看来这可能性很小。不管怎么说，这是我俩的事，与其他人无关。我希望我没有失礼。如果有，那么我道歉。我必须走了。非常感谢你邀请我。"她又一次僵硬地鞠躬，像个木偶，接着开始往外走。

安东尼娅大声抗议，就在这时大门打开，帕穆尔出现了。他举起手表示惊喜，然后张开双臂，走向犹豫不决的乔姬娅，像父亲迎接一个失散多年的孩子。

"哎呀，我差点儿就见不到她了！"他愉快地叫出声，"一位病人把我耽搁了，他们的要求可真多！抱歉我这样随便，乔姬娅·汉兹，我想我们有很多共同的朋友。"

"她认识你妹妹。"我说。我走到乔姬娅身后，准备带她出去。我已经受够了。

"我在一个派对上见过你，"乔姬娅说，"但你应该不记得我。"她伸出手去。

"那我可损失大了！"帕穆尔说，"请不要走。留下来再喝一杯。我们至少可以开始互相认识。"他握着乔姬娅的手不放，往后退了几步，伸直手臂，赞赏地望着她，而她木然地把手放在他手中。

"我们必须走了。"我说。

"那么，马丁，"帕穆尔说，他仍旧握着乔姬娅的手，转身面对我，"你真是幸运！不，我必须坚守我的权利。乔姬娅，我不允许你就这么说要离开！"

身后传来一个声音，我们都转过头去。安东尼娅把手帕举在面前。她又深呼吸一下，发出长长的啜泣声。

帕穆尔放开乔姬娅的手，我把她从他身边推去。他走近安东尼娅，而我催促乔姬娅往门口走。安东尼娅发出一声可怕的、颤抖的哀号，坐到椅子上，号啕大哭。我领乔姬娅出去，留下帕穆尔用随便什么时新的心理手段去对付歇斯底里的女人。

　　我非得再见安东尼娅一面不可。离开佩勒姆新月大街时，我沉沉的爱与关切都留在了她的身边。我无法再把自己的存在与她隔开，仿佛她是我的母亲一般。或许这种感受只是暂时的，可这两个女人的对峙让我带着绝望的悲伤意识到，我与她之间的联结是具体的，而我与乔姬娅的联结则是抽象的。但安东尼娅又是那么让我恼火。我感受到乔姬娅的恼怒、每一次的扭曲纠结，还有她过分苛刻的蜷缩。我必须与乔姬娅分手，我必须回到安东尼娅身边。

　　我开车送乔姬娅回家。我俩都默不作声，可以说是精疲力竭。到家后她请我吃晚饭，我留下来吃了面包和奶酪。乔姬娅平时不下厨，我自己也没有心情做任何菜。我们吃着面包和奶酪，狼吞虎咽，脸色阴沉，就着威士忌和水往下吞。我觉得当时的自己无法忍受乔姬娅任何的情感流露；我想要逃开。我们快吃完的时候她就是这样指控我的，而我找不到可以让她宽心的反驳。她没有以泪相逼，但她说的那句"嫁给他可能性很小"就在我俩的脑海里。对她来说，我猜想，这些话是我们之间的一道屏障，她希望我此刻能满怀爱意、如狂风骤雨一般移除这道屏障。对我而言，它们更像是延期偿付的指令，是短暂的缓冲带，此间可以获得我在疲累之下急需的百分百的休息。要我向乔姬娅做她所希望的讲话，充满热情地打消她的疑虑，我做不到。她的话原是挑衅，而我感激地默然接受，把她的话作为休憩之所。

　　临走前，我们达成某种平和的共处，在炉火边躺了一会儿，额头对着额头，脚对着脚。乔姬娅的面孔离我的很近，如此熟悉的脸，此刻终于沉静下来，她的大眼睛变得温柔，嘴部放松，在我的亲吻下休息，这是我钟爱的风景画。我们无语相对，喃喃作声，让对方安静下来，直到仿佛已经深入交谈良久，人的面孔正是如此具有精神意味。

我离开时，乔姬娅正要服用阿司匹林，她保证立刻上床睡觉。我没有提，她也没有要求我留下来陪她。曾经我们急切地把握每一个共处的夜晚，现在这却不再是奖励，而成为难题。我们都处于情绪耗竭的状态，眼下真正需要的是彼此抽身出来，各自休息。此外，我焦急地渴求在睡觉前再见安东尼娅一次，就算是短短的一面也无所谓。我开车回到帕穆尔的家。

又起雾了。带着硫黄味的霾悬在佩勒姆新月大街的路灯四周，强行实施起它地狱般的宵禁。我穿过人行道，脚步留下黏湿的痕迹。没有交通的嘈杂声响。雾气聚拢，这里陷入一片沉寂。伦敦宽阔的夜晚在我身边收缩成一枚冷冷的棕色的核，湿气蜷曲蔓延，不断缩小，已经浑浊到无法产生回音。我快步来到门口，悄悄走进温暖的、气味怡人的大厅。我在乔姬娅家待了很久。现在已经过了十点。

大厅和楼上的灯亮着。我侧耳聆听。没有说话的声音。我走到客厅，打开门。炉火明亮，不过里面没人。我在门口把灯点亮。房间在我眼前成形、静止，但满是它自身邪恶的生命气息。我关上身后的门，在那里站了一会儿。这里存在着帕穆尔和安东尼娅的某些东西，某些高大的阴影，我就这样站在空荡荡的房间里，不正当地、带着几乎罪恶般的愉悦享受着。我走向炉火，这才意识到自己有些醉了。我没吃午餐，晚饭也只吃了一小口，但我与乔姬娅喝掉的威士忌却多得吓人。我重重坐到扶手椅里，体会独处时不用想法子为自己辩护是多么愉快。

我意识到自己充满没有确切指向的性欲。我想要某个人。过了一会，我推想我要的是安东尼娅。毫无疑问我不想要乔姬娅。想到她可能提出要上床，我就阴郁不堪，不过就目前而言，她明显想要摆脱我，我则带着感恩接受了她的愿望。我没法给她合适的言辞，也给不了恰当的安慰。再过一阵子，我想我就能用那些东西去抚慰她、取悦她。然而现在，怀着自知对她不公的怨恨，我打算对她置之不理，当她疲惫而失望地打发我走时我松了一口气。不，现在我的想象力可悲而混乱地萦绕在安东尼娅身边；很明显，对于已经失去她这件事我并没有真正接受。近期发生的事好像在我们中间支起一道模拟的屏障，带着逢场作戏的性质，好像事情一过去，我就可以潇洒地与她团聚。我想象自己最终安全地回到她的怀抱。

我甩掉这些梦，有些地方我的思绪去不得。接着我又想到现在还剩哪些地方我的脑子可以去，而且不会产生疼痛或内疚，于是我决定我需要更多威士忌。我想起帕穆尔放了一些酒在餐厅柜子里。我没有关灯，穿过大厅。餐厅的门关着。我打开门，走了进去。

房间里不是漆黑一片，我的手停在电灯开关上犹豫不决。长桌的银烛台里，蜡烛仍在燃烧，使房间变成一个温暖昏暗的山洞，我的眼睛立刻习惯了这亮度。我站住脚，有点儿惊讶，关上身后的门。接着我看到有个人独自坐在桌子的另一头。

是奥娜·克莱恩。看到她时，我再次意识到自己有些醉意，但这没有让我烦恼。我在那里站了片刻，靠在门上。我看不清她，但我立刻就发现她并不是特别在意我的到来，这让我稍微有点儿奇怪。这感觉就像来到一位疏远而自负的神祇的圣地。她深陷在自己的思考中。

我沿着桌子慢慢走过去。一边走，我一边注意到帕穆尔和安东尼娅已经用过餐了。仍旧是两副餐具和两把椅子，酒瓶几乎空了，这一回是林奇-吉本的石竹干红 1953。椅子边上铺着两张乱七八糟的餐巾，抛光的桌面上撒满了面包屑，烛光似乎在桌面下又一次点燃。我走近奥娜·克莱恩，发现她没有转动脑袋，不过她的目光一直跟随着我，就好像一具死尸开始动作。我低头看她，带着一种过分讲究的惊奇，然后发现自己已经在她身边坐下。

我说："对不起，我在找帕穆尔的威士忌。话说他们俩去哪儿了？"

"去看歌剧。"奥娜说。她用一种漠不关己的语气说，好像我只占据她注意力的一个小角落。这会儿她盯着面前的蜡烛。有片刻我怀疑她喝醉了，不过我还是觉得只有我才是醉的。

"去看歌剧。"我说道。在和我参与了那场客厅闹剧之后，帕穆尔和安东尼娅居然出去看歌剧，这让我觉得耻辱。安东尼娅应该等我回来才对。他们对我这出剧的进展如此漠视，这令我愤懑。

"在演哪部戏？"我说。

"《诸神的黄昏》。"

我笑出声来。

这会儿我站起身，走到柜子前找威士忌。经过她身后时，我看到桌子上放着一样东西。是那柄日本刀，装在漆木剑鞘里，它通常挂在大厅里。显然，奥娜·克莱恩正在继续她的拆卸活动。柜子里没有威士忌，不过我找到一瓶上等白兰地。我拿着酒瓶和两只酒杯回到桌边。"你和我一起吗？"

她有些费力地把目光投向我。我现在发觉，她的脸与帕穆尔有稍纵即逝的相似之处，此刻看起来昏昏欲睡，我辨认不出她的表情。可能是单纯的疲倦，也可能是忍耐。过了片刻她开口说："谢谢，好的，为什么不呢。"我意识到不知怎么回事，她某种程度上似乎正身处绝境，但我既不能理解，也没有感到好奇。我把白兰地倒出来。

我们安静地坐了一会儿。房间里开始变得异常昏暗。也许有雾从外面飘进来了。一支蜡烛开始闪烁不停，烛火淹没在熔化的蜡的海洋里，嘶嘶作响。看到它熄灭，我吓坏了，接着我疑惑自己是否正确找到了紧紧抓住我心脏的东西。

我对奥娜·克莱恩说："你没费什么功夫就把我绳之以法了。"

她仍旧看着蜡烛，极轻微地笑了一下。"事情不愉快吗？"

"我不知道，"我说，"大概吧。现如今一切都是那么不愉快，很难区分。"我发现我可以跟她十分直截了当地说话。我们的谈话缺乏客套礼节，令人精神振作。刀鞘的钝端对着我，说话时我不假思索地向那把刀伸出手去，但奥娜·克莱恩把它挪开了一些，于是我的手停在那里摆弄桌上的面包屑。

我不知道是不是应该问她为什么要让乔姬娅坦白，但我发现我没法让自己这样做。一种神经紧张的畏缩——并不完全是厌恶——让我无法毫不犹豫地探测这样一个实体的动机。随后一连串模糊而强大的念头指引我开口说："我终究不过是根折断的芦苇。"

我不知道为什么我这样说，但想必是我同伴的思维里有一种神秘的亲和力，因为她立刻回答："是的。这没关系。"

我们一起叹了口气。我的手不安地在桌上动弹。我开始盯着那把刀看，我很想触碰它。奥娜握刀的方式带着占有欲和掠夺感，她两只手放在刀鞘上，像一只大型动物按住一只小动物。她面对烛光，面色苍白憔悴，眼睛在强光下眯缝起来。我则徒劳地试图观察除了一种难以捉摸的威严，还有什么让她看起来像她哥哥，因为实际上帕穆尔很漂亮，而她近乎丑陋。我对着她如蜡的、暗沉反光的灰黄脸颊思忖，还有那闪着微光的黑发，油腻、笔直、短得几乎不近人情。她像戈雅[1]画中的人物。只有她鼻孔的曲线和嘴部的线条，带着那种犹太式的力量，暗示可能存在的犹太式典雅。我问："这把刀是你的吗？"说话时，我把手放上刀鞘末端。

她瞟了一下，说："是的。这是一把日本武士刀，十分精致。我过去对日本有极大的兴趣。我在那里工作过一段时间。"她又把刀挪走了。

---

1 弗朗西斯科·戈雅（Francisco Goya，1746—1828），西班牙浪漫主义画家。

"你在日本时与帕穆尔一起?"

"是的。"她的话语像是来自沉沉的梦境。

我想让她意识到我的存在。我说:"我可以看一眼这把刀吗?"

有片刻我以为她不会理我,但她好像仔细斟酌了一番,然后转向我。接着她在抛光的桌面上转动那件东西。我以为她会给我刀柄,于是伸出手去,但她把刀柄握在自己手中,动作迅速地拔刀出鞘。与此同时,她站起身来。

刀嗖的一声出鞘,铿锵作响,烛光在刀身上不安地闪烁了片刻。她把刀鞘放在桌上,更缓慢地把刀往下沉,直到刀身斜斜悬在她的大腿一侧。她裙子的暗色材质衬出刀身的光亮,她低着头,视线顺着略弯的刀身往下延伸。

她说话的声音干涩,仿佛置身教室。"在日本,这些刀可以说是宗教物品。锻造时人们不仅小心翼翼,而且怀着极大的崇敬。使用这些刀也不仅是一门艺术,更是一种精神的运动。"

"我是这么听说过。"我说。我移开她的椅子,以便更好地看清她,又翘起一条腿,让自己坐得更舒服些。"斩首是一种精神运动,这个想法对我不是很有吸引力。"

不知道从哪里,似乎先是在我的脑海里,我听到一个细微的声音。然后我意识到这是教堂遥远的钟声;我想起今天是除夕夜。近处的钟声也开始敲响。我们沉默地听了一会儿。不久就是元旦了。

奥娜把刀垂向地板。她说:"作为一名基督徒,你把灵魂与爱相联系。这些人则把灵魂与控制、与力量相联系。"

"那你和什么联系呢?"

她耸了耸肩:"我是犹太人。"

"但你信仰黑暗神。"我说。

"我信仰人。"奥娜·克莱恩说。这个回答让我很意外。

我说:"你听起来有点儿像狐狸在说,它信仰鹅。"

她突然笑了起来，一边用另一只手握住刀柄，以惊人的迅捷提刀在头顶画出一条巨大的弧线。刀发出鞭抽般的声响。刀尖降到离我椅子的扶手不到一英寸处，随后再次回到地面。我克制住自己想要往回躲的冲动。我说："你会用刀？"

"我在日本研究过几年，但我一直只在入门阶段。"

"让我看看。"我说。我想看她再次移动。

她说："我不是演员。"又转过身去面对桌子。远处教堂的钟声继续发出它们的数学术语。

渐暗的烛火下，帕穆尔和安东尼娅的晚餐残余被遗弃般放在那里。她把那两张皱巴巴的餐巾拉过来，望着它们若有所思。随后，她一只手把餐巾高高抛向空中，抛入天花板底下的黑暗之中。餐巾尚未下落，刀已经动起来，速度飞快。餐巾分成两半飘落在地上。她又扔起另一张餐巾，将它劈开。我拿起其中一块。切得十分工整。

我拿着它，抬起头来看她的时候，突然回忆起当时在客厅里第一次看到奥娜·克莱恩与另外两人对峙的场景，她就像一位年轻无情的指挥官。我把亚麻布放回桌上，说道："这是一出好戏。"

"这不是一个把戏。"奥娜说。她站在我面前，双手仍然紧握着刀柄，低头看着被切开的一块餐巾。我看到她在做深呼吸。这会儿她把椅子拉回桌子边上，坐了下来。有那么片刻她举起刀，移动时仿佛它十分沉重。接着她把额头抵在刀刃上冷却，缓慢地转动头部，动作近乎爱抚。随后她把它放回桌面，一只手仍然放在刀柄上。我看着扎着绳索的刀柄，又长又暗，延续着刀身柔和而阴险的弧度；还有内壳，看起来像是蛇皮做的，上面饰有银色花朵，透过黑色绳索的菱形切口可以看到。她大而苍白的手紧紧握在上面。我感到一种强烈的欲望，想从她手中拿过刀，但有什么东西阻止了我。我把手放上刀刃，朝着刀柄向上移动，感受刀锋。锋利得叫人毛骨悚然。

我的手停了下来。刀身仿佛通了电，我只好放手。她不再理我，收回刀横放在膝盖上，俨然一位耐心的刽子手。我意识到教堂钟声已经沉默，新的一年到来了。

14

安东尼娅清晨打来电话。她坚持要我过去一趟，这也是为什么我没有早点儿到乔姬娅那里去的原因。我到的时候安东尼娅躁动不安，兴奋，而且充满柔情。我整个上午都和她在一起，还留下来用了午餐。帕穆尔全程回避。这个早晨大有收获，到了中午，我感觉到自从安东尼娅坦白以来，我和她还从来没有如此轻松地相处过。当然，她费了很大力气。她让我详细告诉她我与乔姬娅关系的始末根由。虽然在此之前这个想法让我很是排斥，但真到这样做的时候，我却深感宽慰地向她倾诉，安东尼娅则在我说话时握住我的手。这样的亲密交谈我曾向乔姬娅保证永远都不会做，如今我不仅做了，而且变本加厉；我这样背叛她，感到自己更自由了，并因此觉得欢欣鼓舞。

我试图诚实地向安东尼娅准确描述我对乔姬娅抱有的疑虑和犹豫，这样做的费力劲儿让我脑子更清楚了。安东尼娅极具同情心和洞察力。我能温柔地，甚至有些好笑地感觉到她微妙的不安，害怕我把一切都收回去，害怕某一刻我突然后悔自己的毫无保留和滔滔不绝的坦白。她想知道一切，她想——哦，她是这么亲切——想引我的生命之流回到她的方向，她想把我和乔姬娅握在手里，带着关切和完全的体谅低头凝视我们。我没有拒绝她。她喜出望外。

我们都觉得我最好马上休个短假，这甚至都不是为了想清楚事情，只是为了休息；的确，我累坏了。我们考虑了布列塔尼、威尼斯、罗马，不过没有决定。她主要是在劝说我平静等待是有利且必须的，甚至可能要等待很长一段时间才做出决定。经过最近的事件，在我这样心烦意乱、疲惫不堪的时候拿这些问题困扰自己是荒谬的。

我必须照顾好自己，放纵自己一些；我需要休息。安东尼娅则下决心要在我离开时享受进一步了解乔姬娅的乐趣。

我们还设法对家具做了一些初步决定，这也让我宽了心。无论如何，有了这些决定，我们就可以把一些必需品搬出希福德广场，我也头一回开始设想我在朗兹广场的公寓里生活的场景。我向安东尼娅说了这一点，她向我祝贺。临别时她紧紧抱住我、亲吻我，我由着她这样做。

"最最亲爱的马丁，今天晚饭后过来看看我们，你愿意吗？安德森尤其想要见你。只是看看你，你知道。现在我比先前快活多了，明天可真是太遥远了！"

"好吧，"我说，"我会顺路过来。如果你们想要，我会带些酒。1957年的劳力奥庄园干红很不错，我记得你和帕穆尔还没尝过。"

"噢，就这么办！"安东尼娅说，"你还得教我红酒知识呢，是不是？亲爱的，你以后会常来单独见我，是不是，在将来的日子里？"

我说我会来，也第一次觉得这样做可能不至于痛苦到难以实现。离开她的时候我们都累极了，但感觉好多了。

我在雾蒙蒙的寒冷的下午走向乔姬娅的住处，一边走一边想，整体来说我感激乔姬娅强迫我做出决定。安东尼娅的知情确实缓解了一定的压力，虽然过去我咬牙忍耐，现在看来那的确是一种痛苦。没有谎言的确会好一些。虽然我还是不确定这样的坦白对我和乔姬娅的关系会不会产生什么影响，但至少，很显然，在此之前我们之间没有任何诚实或确定性可言，而现在已经有了，我感觉这是理智的开始。是的，我感激乔姬娅；或者说，我进一步思忖，我感谢克莱恩。我一边爬上乔姬娅的楼梯，一边又看到奥娜·克莱恩的诡异形象坐在那里，膝盖上横放着那把武士刀。这场景的回忆给我带来意味深长的回响，快走到乔姬娅家门口时，我由此分析出自己昨晚必然梦见过奥娜，但梦的内容我想不起来了。

乔姬娅不是一个人。又走近些后，我能听到说话声，我等了一会儿才敲门。台阶和楼梯间正在刷漆，看起来有些陌生，我站在那里，盯着油漆工的一堆垃圾，试图用信封擦掉我手上的油漆。这个地方有一股陌生的气味。最后，因为访客没有任何离开的迹象，愉悦的笑声也似乎表明一切都进展顺利，我就敲了敲门，礼貌地等了一会儿后开门进去。乔姬娅坐在煤气炉边，给一位客人倒咖啡。那是个男人。是我哥哥，亚历山大。

看到我出现，他们两人都吓了一跳，我们盯着对方。乔姬娅把手放到胸口。我简直不敢相信我的眼睛，我感觉就像做噩梦，像是被卷入一起荒诞离奇又残忍得难以避免的事。这件事必然会发生。可是这又如何会发生呢？有一瞬间，我甚至怀疑自己不久前把乔姬娅和亚历山大介绍给对方，随后又忘记了。接着我又觉得自己疯了。我坐到门边的椅子上，说道："你为什么在这里？"我对我哥哥说。

亚历山大扭动颀长的身体，故意对我做出悔恨和愧疚的样子。他穿着深灰色伦敦式的时髦衣服，看起来十分文雅，比往常更高，也更显堕落。他说："我今天午饭时遇见了乔姬娅。抱歉，马丁。"

"你为什么要说抱歉？"乔姬娅说，"这不怎么礼貌！也没有什么可道歉的。"她满脸通红，十分兴奋。我猜她喝了不少酒。

"这个么，自然让马丁很震惊。"亚历山大说，转过身对着乔姬娅。他们靠着壁炉两端，看着对方。"我敢肯定，他宁愿自己介绍我们俩认识。"

"我问他的次数还不够多吗！"乔姬娅说着，粗声笑起来，"他只能怪他自己。"

"你们两个似乎相处得很融洽，"我说，"我能问问你们是怎么碰上的吗？"

乔姬娅的鼻孔像兔子那样张大然后收缩，她用食指抚摸着鼻尖。她穿着她最好的黑色灯芯绒外套和裙子，头发巧妙而细心地盘起来。"是奥娜·克莱恩介绍我俩认识的。"

"又是那个该死的女人，"我说，"我希望人们可以别再插手我的事！"

"人们插手你的事也是因为你喜欢这样，"乔姬娅说，"你渴望被人插手。你就像真空，吸引别人的干预。无论如何，这事跟你没关系。为什么你觉得每个人都那么在乎你的所作所为？是我请奥娜把我介绍给亚历山大的，她就好心这样做了。她邀请我吃午饭，我接受了。毕竟，我是一个有自由意志的人！"

"我想知道你是不是清楚你伤我有多深，"我说，"是的，我想你知道！"

"友好一些，乔姬娅。"亚历山大说。

"我用不着你的客气话，"我对我哥哥说，"你知道乔姬娅是我的情妇吗？"

"是的，"亚历山大说，"她告诉过我了。"他给我一个温柔关切、带着歉意的讽刺眼神。

"别自作多情，"我说，"她告诉了所有人。不过你们想必交谈甚欢。现在，你能不能出去？"

"你太不近人情了，马丁，"乔姬娅说，"这不是亚历山大的错，而且你也早就应该介绍我们认识。我知道这一切都很不幸，也很遗憾你在这当口出现。但我最近简直糟透了，该死的简直乱得不可开交，我想采取一些自主行动，我想感觉自由一些。我这样做不是为了伤害你，只是为了想办法调解我自己。不过反正这也不重要。"

"现在轮到你粗鲁了！"亚历山大说。

"你知道这他妈会伤害我，"我说，"但是，也许我们可以等到我亲爱的哥哥离开这里之后再继续这个话题。"

"别那么激动，马丁，"亚历山大说，"想必你可以不那么大吼大叫来解决这件事吧？你看，这里有一些咖啡。乔姬娅，给他再拿个杯子。有些分寸，马丁。"

"你在我家里做东道，可真是好心。"我说。

"这不是你家，"乔姬娅说着，一边又倒了杯咖啡，"问题就在这里！"

"请你别生气。"亚历山大说。

"好，"我说，"不过你走吧。"

亚历山大垂下手，对我半是讽刺半是顺从地鞠了一躬。他转身面对乔姬娅，用一种悔恨的歆羡目光凝视她。她回视着他，没有微笑，但她的坦诚和仪态比任何笑容更能说明问题。他们一定相谈甚欢。接着，仿佛无法控制自己似的，他伸出一只手放到她的头上，从头顶一直抚到后颈。她纹丝不动，只是眼睛微微睁大了。他喃喃自语："是的。我想这或许是我一直等待的头颅吧？"

"走，"我说，"走，走，走。"

"啊，好吧，"亚历山大说，"乔姬娅，谢谢你。马丁，对不起。再见。"这回他朝着乔姬娅鞠了一躬，离开了房间。我关上门。

我走向乔姬娅，张开手狠狠打了她一巴掌。

她向后退了几步，但保持着尊严，脸变得通红。我以前从来没有发火打过她。她转过身去背对我，沙哑着嗓子说："恐怖统治这就开始了。"

我把她转过来面对我，双手握住她的肩膀。她的眼里充满泪水，但她能够控制自己。她狂怒地瞪着我，然后摸索着找手帕。

"好了，"她说，"好了，马丁，好了，好了。"

"这不好。"我说。

"你不明白，"乔姬娅说，"实际上整件事就是个意外。我一时冲动就对奥娜·克莱恩说了想见见你的兄弟。接着我就忘了，当她打电话给我建议见面的时候我也大吃一惊。"

"你不应该去的，"我说，"噢，好吧，这不重要。"我坐到乔姬娅的床上。我感到自己陷入了痛苦和混乱之中。

"这确实很重要，"乔姬娅说，"马丁，你完全不知道我有多接近崩溃的边缘，你无法想象。我没法告诉你我多么痛苦，不只是因为谎言，更是因为感觉自己如此无能为力。我必须自主做一些事。现在我觉得比之前真实一倍。我只是不自由了。对于我来说那就等于不存在。我变得对自己、对你都没好处。你必须看得见我，马丁。这是我惹的祸。同你在一起时我从来都不是我自己。这是环境使然。不诚实会腐蚀一切。我必须冲出去一点儿。你懂吗？"

"对，对，对，"我说，"这不重要。"

"别总这样说，"乔姬娅说，"你也别看起来这么沮丧了，真该死，看在基督的分上。"

"不管怎么样，"我说，"谎言的时代结束了。现在我们去告诉所有人。"

乔姬娅沉默不语。我抬起头看她。她表情奇怪地看着我，脸上泪痕犹在，镇定、孤独，有一种全新的美，也更苍老了。

我说："你现在不想公开了吗？"

"我不确定。"她说。

"你愿意嫁给我吗，乔姬娅？"我说。

她转过身去，猛吸一口气，仿佛在哭泣。过了一会儿她说道："你不是认真的，马丁。你现在只是有点儿疯狂和嫉妒。过一阵子再来问我，如果到时候你仍然想的话。"

"我爱你，乔姬娅。"我说。

"啊，那个。"她干笑一声。

"噢，上帝。"我说，把脸埋进手里。我感到肩膀旁边是乔姬娅的胳膊。我们滚回床上，我把她拥入怀中。我们安静地躺了一会儿。

乔姬娅说:"马丁,你说你过去一直把你的姑娘再转手给亚历山大。你确定实际上不是他每次都把她们从你身边抢走?"

"是的,"我说,"就是那么回事,事实上。"

"马丁,我是那么爱你。"乔姬娅说。

我把头埋进她的肩膀里,呻吟出声。

15

我再次来到佩勒姆新月大街的大门前。我还是醉醺醺的。天色已晚,雾又聚起来了。我拿着沉沉的酒箱,突然意识到,我现在愈发频繁地在极端境地之间穿梭来回,简直就是凌乱不堪。我打开大门,费力地把酒搬进大厅。我就是不能不回来。

我发现自己无法同乔姬娅做爱。我和她在一起太久,喝得太多,最后可怜地流了泪。离开她时我如释重负,我觉得她看到我走也松了口气。我们没有再认真谈话,只是非常温柔地对待彼此,像是一对残疾人。

现在我必须见到帕穆尔和安东尼娅。已经过了十一点,但我答应过拿一箱酒来,这可以作为借口。我猜想他们还没睡觉。我敲了敲客厅的门,往里望去。屋里一片漆黑,只有柔和的炉火还在发光。随后我听到楼上传来帕穆尔的声音:"是谁?"

"马丁。"我说。我的声音听起来空荡荡的,就像在山洞里说话。我补充道:"我带来了酒。"

安东尼娅的声音说:"过来看看我们。"

我说:"你们睡了吗?抱歉我这么晚才来。"

"不算晚,"帕穆尔的声音说,"上来吧。对了,拿三个杯子和一瓶酒。我们必须得见你。"

我找到三个酒杯,拿了一瓶劳力奥庄园干红,往楼梯上走去。我以前从来没有上过帕穆尔家的楼。

"我们在这儿。"安东尼娅的声音说。一束金色的光指示出那扇没关的门。我在门口停下脚步。

房门正对着一张巨大的双人床,白色床头雕饰着镀金的玫瑰藤蔓。雪白的被子分成两床。高大的雕花教堂烛台也镀着金，有一对灯从两边投下柔和的光。白色的印度地毯上还四下铺着玫瑰色的波斯毛毯。我跨入房门。

帕穆尔坐在床边。他穿着奶黄色的中国丝绸刺绣长袍，能看得出底下没有穿衣服。安东尼娅站在他身旁，身上裹着那件熟悉的樱桃红耶格尔纯毛睡衣。我关上门。

"你能拿酒来真是太贴心了！"安东尼娅说，"你还好吧？"

"我挺好。"我说。

"我们现在就来一些酒！"帕穆尔说，"我爱寝室大餐。很高兴你能来。整个晚上我都期待着你。哦，上帝，这里没有开瓶器！你介意去拿一下吗，马丁？"

"我总是随身带着一只。"我说。我展开开瓶器，拧开酒塞。

"恐怕我们得打破你所有的规矩了！"帕穆尔说，"你介意喝冷的吗？请倒三杯酒，然后把瓶子放到火炉边。"

我把酒杯摆到门边的粉色大理石小桌上。墙底嵌着电炉，我小心翼翼地把酒瓶放到电炉旁边。绸缎壁纸柔和的黄色图案在我眼底闪烁。我又拿过酒杯。

安东尼娅上了床，扶着帕穆尔的肩膀，一路跪着挪到另一边坐下。她坐在那里，蜷起穿着舒适拖鞋的脚，全身裹在闪亮的红色睡袍里。她的头发本来埋在竖起的衣领里，现在有几缕厚实的浅金色鬈发披散到肩膀上。她没有化妆，看上去更老、更苍白，但她面容温和，富有生气，像一位母亲，茶色的眼睛凝视着我，不安分地嚅动着的大嘴半含微笑，镇定而专注。另一边的帕穆尔平静、放松，干净得令人生畏，脑袋小而齐整，穿着绣花睡袍，看起来宛若拜占庭马赛克艺术中漫不经心却又大权在握的皇帝。从丝绸的缝隙中可以看见一条长腿，纤细雪白，散落着长长的黑色汗毛，跷在另一条腿之上。他光着脚。

我说："阿瑞斯和阿芙洛狄忒。"

"可你不是赫菲斯托斯[1]，对吗，马丁？"帕穆尔说。

我走上前去，把酒递给他们，先给帕穆尔，再是安东尼娅。我说："我不会比现在更兴致高昂了。"

"你确实够高昂的，"帕穆尔说，"我们因此爱你。这是一个顶点。"

"这意味着另一边就是下坡了。"我说。

"我们可以称之为高原，"安东尼娅说，"人们可以在高原生活。"

"只有不怕高的人才行。"我说。我对他们举杯，饮下红酒。酒冷且苦涩。丝绸长袍下帕穆尔的赤裸身体让我心烦意乱。

"安东尼娅告诉了我你们的谈话，"帕穆尔说，"对于被排除在外我感到很嫉妒，但我今天上午没法不出诊。我觉得你很明智。完整的假期，绝对的休息，这正是你所需要的。你定好要去哪里了吗？"

"我改了主意，"我说，"我觉得还是不要离开的好。"

帕穆尔和安东尼娅交换了一下眼神。安东尼娅用她最温柔的声音说："亲爱的，我认为你应该去。相信我，相信我们，这对你是最好的。"

"是不是挺奇怪，"我说，"我在这里把酒端到你们床上。可是事实上我应该杀掉你们两个。"

"亲爱的马丁，你醉了，"安东尼娅说，"要不要我叫辆出租车送你回家？"

"不用麻烦，"我说，"我有车。"我走到葡萄酒瓶那里，打算给自己再倒一些酒。不知怎的，我的脚碰到了酒瓶，它无声地翻倒了。白色的吸水地毯上立刻出现了一大块红色污渍。我说："该死！"

---

1 阿瑞斯是希腊神话中的战争之神，阿芙洛狄忒是爱情、美丽与性欲女神（即维纳斯），赫菲斯托斯是火神与匠神，三位都属于希腊神话中的奥林匹斯十二神。赫菲斯托斯是阿芙洛狄忒的丈夫。结婚不久，阿芙洛狄忒与阿瑞斯私通，被赫菲斯托斯在床上设下机关，用网逮住。

"别担心，亲爱的，"安东尼娅说，"会洗掉的！"她跳起来，穿过白色的门走进浴室。不一会儿她就蹲在我的脚边，从碗里舀水往地毯上倒。污渍褪成淡粉色。

"就算洗不掉，"帕穆尔说，"我们也能再铺一块地毯。我不许你为这事担心，马丁。不过，亲爱的，你能自己回家吗？要我开车送你吗？"他坐在那里，微笑着，摇晃着赤裸的腿。

"不，当然不，"我说，"我自己完全可以。我非常抱歉弄脏地毯。我最好离开吧。我把箱子留在大厅，没问题吧？"

"如果你不介意的话，能不能把它送到酒窖？"帕穆尔说，"别拆开它，只要把它放在那里就行。我们的女佣会挑古怪的时间过来，还有送报纸的小男孩啦，送牛奶的啦，以及其他神神秘秘的人在我和安东尼娅睡觉的时候来去去，还是不要让它挡道为好。你真是太好心了。"

"我很抱歉。"我说。我低头看着安东尼娅，她还在擦拭地毯。

她赶紧起身，亲吻我的脸颊。"你不用担心。对吧，安德森？你保证？"

"我保证。"我有些不好意思地笑了。我开始退回门口。

安东尼娅坐回床上，两人一起目送我离开。烛光照在她的金色头颅和他温柔的银色头颅上。他们看着我，面带微笑，她无限柔情蜜意，而他坦诚、自信、光彩照人。他们的肩膀在洁白的床上斜靠在一起，两人从白色和金色的光亮中心对我闪闪发光。我关上门，仿佛关上圣骨箱或者三联圣像画的大门。光线被合在门内。

16

我迷迷糊糊、骂骂咧咧地走下酒窖。箱子简直重得要命。我把它搬到底下，踹了它一脚。瓶子叮叮当当发出责备的声响。有一盏电灯，没有灯罩但是光线暗淡，照出帕穆尔的酒窖——一个阴冷发霉的洞穴。这地方仿佛比平常更昏暗些，雾气的硫黄味夹杂着腐木和寒冷潮湿的石头的味道。我在一把破烂的厨房椅上坐了下来。踢箱子的时候我弄伤了脚。

我发现我把自己的酒杯塞在了口袋里，既然如此，不如再喝点儿酒。我坐在椅子上伸出手去，拽住瓶颈，把一只酒瓶从箱子里拎了起来。我又花了点儿时间打开开瓶器，拧开瓶塞。我倒出酒，洒了一些在裤子和地板上。我很快喝完，又倒了一些。

酒窖里很冷，我以为是雾的那种气味似乎越变越强。我打个哆嗦，立起外套的衣领。我发现自己在想象毒气室内部是什么样子。酒也很冷，苦涩、怪异，像一种陌生的奇怪药水，在我的舌头上留下恶心的味道。我有些头晕，胃有些不舒服，要么是恐惧，要么是消化不良。

在离我很近的地方突然响起一个声音。我一下子跳起来，在凹凸不平的酒窖地板上后退几步。我的心脏像锣一样在身体里撞击。酒窖楼梯上出现了一个身影，昏暗之中我一时看不清是谁。随后我认出那是奥娜·克莱恩。我们瞪着对方。我的心脏还在敲击，一瞬间我有种奇怪的感觉，仿佛我站在一边，看着自己弯着腰的高大身影：我的衣领上翻，头发一团糟，眼睛瞪视着，酒洒出一半。我觉得难以开口。

奥娜·克莱恩又走下两个台阶。她说："噢，原来是你。我看见开着灯，还以为是我哥哥。"她站在那里，双手深深插在斜纹软呢外套的口袋里，低着头若有所思地看着我。她眯起眼睛，嘴部线条同样又硬又直。

我说："你哥哥和我妻子正睡在床上。"然后又补充道："我刚给他们拿了一些酒上去。"

奥娜·克莱恩继续沉思地看着我。随后她的脸微微放松，眼睛张开一些，露出嘲讽的目光。她说："你真是英勇，林奇-吉本先生，受尽屈辱的骑士。真不知道是应该吻你的足，还是应该建议你去好好做个精神鉴定。"她的语气仿佛在说"好好被鞭子抽一顿"。

我说："你好心把我哥哥介绍给了我的情人。你真可爱。"

"她请我这样做。"奥娜·克莱恩停顿了一下，接着说道。

"那为什么这样爽快地答应？我倒不觉得你那么好心。"

嘲弄的表情从她脸上消失了，她在黑暗中盯着我，严峻的面色带上了更沉重的阴郁。她沉下脸，像西班牙宗教画里的一副面孔，从黑暗中往外张望，野蛮却又高度清醒。她说："哦，这不重要。我这么做只是一时冲动。我想是时候给她看看新面孔了。"

"这对我很重要，"我说，"我真纳闷，你知道你是一个多么具有破坏性的人吗？你如果能不再插手我的事，我会感激不尽。"

"我们不太可能再见面，"奥娜·克莱恩说，"我马上就要回剑桥了。"

"你说得好像那是北极一样，"我说，"我倒希望它是！何况，如释重负的也不只是我一个人。"

"你这是什么意思？"

"帕穆尔和安东尼娅并不十分乐意你在这里像只乌鸦一样盘旋。"

奥娜·克莱恩看着我，表情扭曲了一下。接着她说："你喝醉了，林奇-吉本先生，醉得叫人讨厌，不过你在清醒的时候也很愚蠢。晚安。"她转身要走。

我说："等一等。"

接下来发生的事情似乎有些不可思议，可读者必须相信我，它确实发生了。她站定脚步，转身面对我。我踏上最末一级楼梯，一把抓住她的手臂。然后我把她朝我这边拉下来。她踉跄地靠近我，一时间我们都站在楼梯口，我重重地呼吸着，用力捏紧她的手臂，她浑身紧张，对我怒目而视。现在再回想时我有种错觉，仿佛她的整个面部在那一刻和接下来的时间里都变成了黑色。

她猛然间粗暴地用力，试图拉回她的手臂。奇怪的是，她好像没有表现得特别惊讶。她用力的时候我换了个姿势，开始转动她的身体，把她的手臂扭到背后。这时她狠狠地踢了我的小腿。我把她的手腕向上拉到肩胛骨，抓住了她的另一只手。我能听到她痛苦地喘息。这会儿我到了她身后，我手上用力，她的重量就向后压在我身上。她又踢了我一脚，非常痛。

我松开手，弯起一条腿勾住她，朝前猛推了一把。她跪到地上，我一半身体落在她身上，抓不住她的手臂了。我们在地上打滚。我用体重压住她，去抓她的手腕。她现在仰面躺着，两只手对我又推又挠，努力用膝盖顶我的肚子。她发了疯似的反抗，但同样不寻常的是，我们战斗的短暂期间，她一声也没吭。

外套让我们的动作很不方便，而且我又喝得烂醉。她比我预想的还要强壮，但我只用了片刻就抓住了她的手腕。我单手握紧她的两只手腕，把浑身的重量压在她上面，直到她不再动弹。我能看到她的脸就在我的下方，她上嘴唇的黑色绒毛，她牙齿的白色。我稍稍抬起身，用另一只手打了她三拳，从侧面打她的嘴。她闭上眼，试图转过头去。现在回想起来，我可以清楚地看见这一点。

打了她第三拳之后，我开始疑惑自己在做什么。我放开她，从她身上滚下来。她不慌不忙地起身，我坐到地上。我的头颅突然有了很强的存在感，我觉得糟透了。她拍了拍外套，走上酒窖的楼梯。

她没有看我，依旧不慌不忙。

我安静地坐了一分钟，感觉非常困惑。我抱住头，觉得它快要裂开了。我颤抖着站起身，把自己弄上楼梯，走进大厅。前门开着，室外的雾气像毯子一样悬在距离院子一英里的地方，黄色，不透明，如同地狱，一动不动。我在门口站着。在空荡荡的、潮湿的寂静里，我能听到脚步远去的回响。我走到街上，跑了一段距离，又停下脚步来听。我的脚印躺在身后，潮湿的路面上留下蹒跚的印记。随着一声比寂静更深刻的、让人透不过气的叹息，雾气笼罩了我。我张开嘴想叫住她，却发现我已经忘记了她的名字。

17

　　亲爱的,对不起,我昨天太醉了——真希望地毯上没留下恶心的污渍。你和帕穆尔对这件事表现得真是友好。你得让我付钱把它清洗干净。我看,我终究还是应该离开,虽然我不确定要去哪里。所以最近就不用再等我的消息了。我完全没事了,你别担心我。走之前我会做好家具的安排。等到这事结束,我一定很高兴。我可能表现得很粗鲁,但请别误会,我对你的关心深怀感激。或许我仍旧需要你的帮助;如今我还拥有你的爱,如果我对此满不在乎,那就是傻瓜了。不过,我不知道我到底是不是懂得宽容是什么。然而,即使我表现出来的是别的东西,也足够像宽容了,说不定在不知不觉中它就可能变成宽容呢,你不觉得吗?原谅我,包容我。

M.

　　我最亲爱的孩子,我很抱歉昨天喝得那么醉。希望我没有害你精疲力竭。我应该早点儿离开的。这信只是一张便笺,告诉你我可能离开一阵子,所以最近我都不会再见到你了。老实说,我觉得这可能是一件好事,因为我担心现在见面我们可能会吵架。正如我昨天所说,我不是当真感觉被亚历山大冒犯。我已经不在乎那些了;你说你爱我,我也确实相信。可我就是太痛苦、太错乱了,见你的时候一定会担忧我现在无力做出的决定。你懂的。现在要你照旧爱我,甚至格外爱我,这可能不可理喻,但在这里没有什么是合理的,在爱情里从来都没有什么是合理的。所以，我自私地、不体谅地、可怜兮兮地请求你。

你的 M.

尊敬的克莱恩博士，

我简直不知道该怎么为昨晚的事向你道歉。我要用什么样的措辞才能表达自己对昨晚的异常行为有多么悔恨？你应该会推断出——如果我没记错的话，当时你就已经推断出——我喝醉了。疯狂或许是更好的形容词。也许我唯一的道歉方法就是向你解释我怎么会表现得那么反常，不管这解释有多幼稚。不过在此之前请允许我申明，我希望自己没有严重地伤到你。事实上，我悔恨得说不出话来。我只希望，因为你是见过大世面的人，就不会因此受到毁灭性的打击，不管我的行为在你心里激起了多么深的厌恶和蔑视。

如你所知，我最近一直处于极端紧张的状态，但直到昨天之前，我都不知道有多极端。你曾经说过我是一个暴力的人，对于这项指控我认罪，我现在还认识到我严重高估了自己的控制力。你是无辜的一方，却承担了我暴力的后果，这既不幸，也不公平。昨天晚上，我暗示你伤害了我，那是疯话。你那些涉及我的行为——我现在充分意识到——既没有恶意，跟你也确实没有利害关系。不管怎么说，假如我设想自己能让你对我有所在意，而且是以敌意的形式表达，那我就是个傻瓜了。我只是近来总感觉彻头彻尾地遭受迫害，在你到来的时候我尤其紧张和不理智，所以我攻击了你。

然而这也绝非偶然。我开始试图了解自己，这要归功于你。事实上我很感谢你，因为你不仅仅在昨晚惹我爆发，更以某种方式帮助我看清了问题所在。我爱我的妻子，我仍然渴望她。我也爱你的哥哥。这对你来说可能显而易见，也可能不太明白——不久以前这对我来说还完全不明显——我对帕穆尔的感情之强烈并不寻常。就人们所熟悉的定义来说，我从来不是同性恋，可我对帕穆尔的依恋无疑带上了这样的成分。虽然在临床心理学中这可能是众所周知的现象，但帕穆尔与我妻子的私通增加而非减少了我对他的爱意，这件事很奇怪。因此——或者应该说然而，这就预示着双向的嫉妒，可我花了很久才认识到这一点。我的认识过程的缓慢或许可以归咎于对道德标准的执念，确实，在自我意识上，我相信自己的确在这方面做出了努力，希望能往我所理解的宽容和同情的方向走，如果这种事可以努力做到的话。然而更深刻也更可信的解释或许可以在帕穆尔和安东尼娅对我扮演的、我万般配合的特殊角色中找到。自然，我是说父母的角色。我娶了一个岁数远大过自己的女人为妻，这恐怕不是偶然；而当那个女人把喜爱之情投向另一个更年长的男人，一个我已经半认作自己父亲的人身上，那么，让我退化到孩童状态的舞台就已经搭好了。

但我们都知道，孩子是野蛮的，他们对父母怀着不成熟的爱，往往与仇恨难以区分。在那个瞬间，你成为这种仇恨和暴力的无辜受害者，但正如我所说，这不是偶然。我当然对你没有个人恩怨，我也解释过了，我对你甚至没有丝毫的怨恨，但是你与帕穆尔的关系让你足以成为一个标志，可以说是成为扑克里的小丑牌，让我得以暂时把你假想成我愤怒的目标。我还得补充一点，即这愤怒自然是稍纵即逝的，我非常抱歉它全都发泄到了你的身上。我必须向你保证，我对帕穆尔没有真正感到反感。事实上，这场唯一的爆发对我大有裨益，它使我更加深刻地认识自己，从而净化我戾气十足的想象力，让我真正成为我努力想要变成的宽容的人。我这么说是为了防止你在这件事之后害怕你哥哥会遭受暴力。我向你诚恳保证，这是不可能的。

事已至此，我只能谦卑地向你道歉，即使你恐怕会觉得我的行为不可原谅。如果你有耐心读完这封信，我也希望你会觉得我的行为更容易理解。

我是你真诚的，

马丁·林奇-吉本

亲爱的奥娜·克莱恩，

要解释我昨晚的行为恐怕没有什么用，道歉更是毫无意义。正如你所察觉的那样，我喝得烂醉，我的行为更是像只野兽。我只能说我自己不仅和你一样大为震动，也和你一样感到惊奇。我无法解释这件事，你也不会有兴趣听我对自己的精神状态发表长篇大论，做一些牵强的假设。我已经对你动武，不能再把你无聊死。然而我必须写下这封信，虽然我不指望你会接受，但还是要向你致以我最谦卑、最诚挚的道歉。我冒昧希望自己没有真的伤到你。如果我给你带来任何痛苦，我向你保证，悔恨对我的灼伤比最猛烈的打击还要严重。我不知道是什么影响了我；我也无力猜测你现在对我怀有怎样的心理感受。要不是我一直以来对你态度糟糕，我也就不必说你一直以来都让我肃然起敬，不仅因为你是帕穆尔的妹妹，更因为你是你。想到我或许再也不能得到你的好感，我就感到最锥心的悔恨。这封信就到此为止了。希望与你的预测相反，我们会再见面，但我必然不会在短期内出现在你身边，当然，我也不指望这封信会得到回音。对于我令人震惊的行为，我感到很抱歉。

此致，

马丁·林奇-吉本

亲爱的奥娜，

　　我对你表现得像野兽和疯子，我很抱歉。我没法给你任何
解释——这也不是一般意义上的致歉信。我觉得经过昨晚的事
情，我们之间已经跨越了道歉的范畴。我想给你写一点儿简
短、诚实的东西，而不是故作姿态地表达或许并不完全诚恳的
歉意。过去我对你心怀不满，甚至厌恶你，这也并非全然无缘
无故。自从你登场亮相，你就表现得对我怀有敌意，这其中的
原因我尚不清楚，可你有两次故意伤害了我。我不知道我做了
什么惹得你这样对待我。目前我正经历神经上的巨大焦虑，甚
至可以说这是一段很悲惨的时间，至少我希望可以免受陌生人
不负责任的指控。

　　这当然并不是说，我所说的你对我迫害的事实（你或许是
欠考虑，并非出于恶意）足以成为我把你推倒在地、打你的头
的正当理由或根据。我只是一边给自己布置下道歉的任务，一
边记录下我的想法；我只是想写下在我看来什么才是真相。我
还要补充的是，不管我对你有多怨恨，我都清楚地知道你值得
我尊敬，更应该得到真相。我相信，比起客套的道歉，你会更
喜欢这封诚恳的信。我希望我没有给你造成太大伤害。我相
信，既然你比我还要见过世面，你不至于遭受严重的打击，甚
至都不会产生真正意义上的讶异。我希望我们会再见面，也希
望这件事能成为我们互相理解的踏脚石，迄今为止，我们彼此
都显然缺乏理解。

美好的祝愿，
M. L.-G.

　　我封好给安东尼娅和乔姬娅的信。我花了点儿时间反复掂量给
奥娜·克莱恩的三个版本，最终，带着些许犹疑，我选了第二封。

我忍不住想写第四个版本，实际上，我非常急切，觉得我有进一步的想法需要表达。然而继续思考下去，我又看不出进一步的发展会是什么样子。它看来仍然笼罩于黑暗之中，只是存在感强到令人恼火。我最终还是放弃了，誊好给奥娜的信，装好信封，去了邮局。雾已散去。回家后我吃了些饼干，给自己服了一些威士忌和热牛奶。我筋疲力尽——自打写完《埃尔·库特爵士与万达瓦西战役》之后，除了给奥娜的这封信，我从来没有这么耗费脑力地写过东西——但我没道理地觉得这个上午完成了很好的工作，因此感到平静。我上楼躺到床上，陷入很长时间以来最沉、最安宁的睡眠。

18

我备受煎熬。两天过去了，我始终没能打定主意，到底是离开伦敦还是去看安东尼娅或乔姬娅。这两个女人身上似乎被附上了禁忌。在写信给她们时，我仿佛在为某件事——某场闹剧或者某件大事——扫清障碍，但会是什么事我并不清楚，只有持续的紧张和期待，几乎让我感到肉体上的疼痛。我还觉得恶心，吃不下饭，要是我在绝望之中喝酒，体内立刻就会遭受疼痛。我没法舒舒服服躺在床上，但起身后又找不到任何事可做。读书是不可能的，去了趟电影院我还差点儿落下泪来。我去了两次办公室，找米腾谈了一回，安排了一两件日常事务，但要让我把精力集中在这些事情上简直就是煎熬。我量了体温，恼火地发现一切正常。我不明白我有什么问题，直到第三天过去一半，我才搞明白。

亚历山大在回郊区前来了一通电话，我们聊了一会儿。我们的关系几乎用不着、也不可能需要"修补"。我们半说开半默认地回归了之前的默契。他谨慎、悔恨、老练，我阴郁、尖刻、不停地抱怨。我们就到这步为止，两人都松了口气。不过罗斯玛丽的电话叫我没那么高兴，她已经在伦敦定居，一心想要过来安排我的生活。眼下我没法面对罗斯玛丽和她明亮的、小鸟般的好奇心。她提议要过来收拾我的明顿餐具和其他一两件不能放心托付给搬家工人的东西。我说她可以这么做，又补充说我现在并没有做出任何搬家的安排。她回答说那更好，她知道一个不错的公司，会帮我打点好一切。不到半小时她就来了，以谈公事的口吻和我达成共识，我应该尽快搬去朗兹广场，不用等家具搬到再过去。我并不想眼看着房子逐步被清空。我很感激她，而且她看来用不着我的陪伴，这任务让她愉快至极，于是我就先走了。关上厅门的时候我听到罗斯玛丽准确小声地说话，声音里带着权威，她正打电话给哈罗德百货，让他们立刻把最好的行军床送到我的公寓。

伦敦雾气弥漫，雾气被金色的阳光刺破，建筑在里面飘浮，宛如缥缈高飞的精灵。这座美丽的、熟悉的城市半藏在飘浮不定的云朵中，安静柔软，仿佛一座空中之城，被灰色和棕色的笔触勾勒出轮廓。我照例沿着河走。我拐进维多利亚路堤，看到潮水上涌，湍急的水面上跳跃着温暖的光，灰蒙蒙的颜色于是镀上一层古旧的金色，仿佛有一些纯净的阳光偷偷溜出来，在雾气的巨大穹顶下嬉戏。这奇异的光线很衬我的心情，我沿着新苏格兰场朦胧的峭壁漫步闲逛，就算痛苦没有完全消除，我至少开始觉得更能镇定。

天气太冷，没法坐下来，不过我时不时停下脚步靠在扶栏上。每次路过潮湿的、盘绕着海豚雕塑的路灯灯柱，我就觉得自己更加接近了某样东西。但我的烦恼似乎没有任何显著进展。基本上，我对最近发生的事感到彻头彻尾的厌恶。我本应该花时间去"开拓"与乔姬娅的关系，这似乎不可避免，但我讨厌这坦白发生的时间和方式。有几次我都开始怀疑，我对乔姬娅的爱是否强大到足以支撑它现在给我带来的吃力的混乱和沉重。尽管如此，发现她与亚历山大在一起时，我的占有欲仍然表现得直接而且暴力。这种占有欲现在徘徊不去，仿佛一种发疼的愤恨。奇怪的是，我并不着急去见她。我现在更想把乔姬娅放入冷藏室。可惜其他人不能就这么方便地放着不管。不管我做什么，在我消失和缄默的时间里，乔姬娅都会继续思考，继续做事。这个想法让我痛苦，可还是没能促使我完成给她打电话这个简单的动作。

想到安东尼娅，我的痛苦也不会更少。过去一两天，我意识到一件事，那就是我远远没有消除我对我妻子的想法和感受。我欣然采取容忍的态度，简直装腔作势地处理这件事，现在看来仅仅推迟了我产生更为激进也更骇人的想法。我尤其意识到，我从来没有真正试着弄清安东尼娅自己的想法和感受。这样的尝试当然会带来剧烈的痛苦，在一定程度上，也正是为了逃避这种折磨，我才如此轻易地接受了该扮演的角色，才全盘接受帕穆尔和安东尼娅提供的对事态的解释。我当时就绝望了，因此没法忍受与安东尼娅"赤诚"相待。但我当时就绝望也许只是一个大错误。这究竟是错误，还是它的背后确实隐含着某些欲望？不管是哪一个，现在在我觉得我都有责任去更仔细地探究，不惜任何代价。种种迹象表明安东尼娅和帕穆尔两人貌合神离。唯一能确定的是，我这样欣然接受倒是促使他们的结合趋于稳定。想到这一点，我开始觉得我的角色或许注定要改变，正如帕穆尔所说，我达到了顶点，这就要开始走下坡路了。

我也很后悔对安东尼娅如此坦白。当初我本能地认为应该避免与安东尼娅就乔姬娅的事深入交谈，这也得到了乔姬娅的认同，现在看来那似乎是明智的。那场亲密的聊天只会带来伤害：伤害了我，因为它削弱了我对我亲爱的情人的爱；伤害了乔姬娅，因为她不仅遭受背叛，而且可能落入安东尼娅的掌控之中；也伤害了安东尼娅，因为她为此心烦意乱，兴奋不已，想出种种计划，最终只会导致伤害。我很清楚，安东尼娅在感情上远远没有放下我，这让我获得一种扭曲而阴郁的满足感。她需要——她几乎已经宣布了这个计划——不仅仅是帕穆尔，还有处于从属地位的我。发现乔姬娅的存在对她来说是一种不良的打击和挑战。虽然我确信安东尼娅觉得自己的所作所为完全出于巧妙而深情的好心，但她必然会关怀、组织和控制我与乔姬娅的关系。如果在此期间乔姬娅和我的关系沉入海底，安东尼娅也不会多么伤心。那时她就会给自己设立安慰我的任务，哦，她会那样地热情洋溢，心满意足。

一道长长的金色光束分开迷雾，我看到滑铁卢桥下河水流动。藏而不露的阳光照在白色的巨大扶垛上。我想起了奥娜·克莱恩。

其实整个上午我都在想她。我得花很大力气才能把注意力转向其他事情，甚至其他人。对我摇摆不定的思绪来说，现在她就是磁场中心。我发现自己对帕穆尔的妹妹这个奇怪的人念念不忘，这让我很困惑，耽迷在这种困惑里却是奢侈的享受。我现在有些后悔把第二封信寄给了她，不过我很宽慰没有寄第一封。第二封信写得琐碎无力，不够重视整件事，可这件事毕竟非同寻常。第三封信在很多层面上本来会更适合。又或者说，我是在后悔没有花时间和精力来写第四封信，不管那会写成什么样。

第三封信肯定是最真诚的，因为我不知为何对酒窖事件只感到一丁点儿的悔恨，唯一让我后悔的事反而是我当时没能处于清醒的状态。话说回来，假如我当时是清醒的，这件事当然就不会发生了。但我回忆当时的场景时甚至带着一丝满足，这满足里夹杂着一些模糊不安的情绪。我不停惊奇地想，我已经触碰过她：鉴于事情的经过，"触碰"是委婉的说法。但也许正是由于这个原因，现在回想起来整件事几乎叫人难以置信。虽然我可以看见她的脸因痛苦和愤怒而扭曲，虽然我可以看到她乌黑油亮的头发在灰尘里起伏，可以听到我更往里扭她的手臂时她发出喘息，但我就是没法想起任何我与她的肉体接触的感觉。她仿佛带着我之前就感受过的排斥力，那种极端的不可触碰性在这个亵渎的时刻在她身上投下一件披风。仿佛我并没有真正触碰她。

我又开始觉得恶心。我沿着滑铁卢桥底下往前走，透过微微散去的起伏的薄雾，我看见长而恢宏的、立柱外表的萨默塞特府。它向后倾斜，看起来摇摇晃晃，呈现不同色调的褐色和灰色，看起来像是舞台布景。下面的河里，两只天鹅在水雾弥漫的灰暗光线里游动，清澈而又无限柔软简洁，宛如中国版画，伴着不明植物的枝干往下游稳稳地游去。它们逐渐远去，稍微拐了个弯，消失了。我继续走着，在护栏边停下脚步望向氤氲的远方，那想必是圣保罗大教堂的方向。现在我刚能分辨出河对岸的仓库，建筑的正面照上漫射开来同时又越来越强的阳光。透过雾气看清东西的任务开始变得令人恼怒和痛苦。我看不清，我看不清，我对自己说，仿佛某种内在的盲目外在化了，真折磨人。我只看见物体的阴影和隐约的暗示，再没什么清晰可见的了。

我转身离开翻滚的黄褐色水流和水中的倒影宫殿，回过头去找寻让人安心的坚实路面，这时我发现自己正站在电话亭旁边。我看着电话亭，当我这样看时，它好像突然披上了奇异的光芒，就像有些人声称经历了上帝存在的证据，在他们眼中，这种光芒会赋予最卑贱的物体一种尘世的偶然性。我就像柯勒的黑猩猩[1]，混乱的头脑试图把一件事和另一件事联系在一起。我开始模糊且微弱但却强烈地明白我的痛苦的本质了。这是一件全新的事，而且我当时就领悟到，是一件可怕的事。我的痛苦也许是致命的疾病。我的手抖得太厉害，直到第三次我才正确地拨出佩勒姆新月大街的电话号码。女佣接了电话。安德森博士和林奇-吉本太太周末出去玩了，克莱恩博士已经回剑桥去了。

1　沃尔夫冈·柯勒（Wolfgang Köhler, 1887—1967），德裔美国心理学家，1917 年出版格式塔心理学代表作《猿猴的智力》。柯勒通过对黑猩猩的实验，在学习理论上提出了有名的顿悟说。其中一个实验是绕道问题，动物必须领会目的物和障碍物的关系，解决问题，从而获得食物。通过尝试，一只猩猩好像突然领会了解决问题的办法。柯勒解释说，这是由于猩猩重新构造了对情境的看法。

　　月光下的剑桥城是淡蓝与棕黑色的。没有雾气，城市上空的苍穹挂满清亮的星星，几乎亮得有些耀目。这样的一个夜晚，你会感知到别的星系。我长长的影子在我身前的人行道上一路滑向前。虽然还不到十一点，整个地方看着却空荡荡的，我就像一个神秘而孤独的丑角穿过一幅油画：像个杀手。

　　我爱上了奥娜·克莱恩，我的爱绝望、无可救药、充满焦灼，当我意识到这一点时，我的内心似乎亮起了一道强光。我现在明白了，让我病恹恹的原因就在这里，这病因既紧迫，又带着我从未经历过的折磨，而且几乎是无可避免的。此刻奥娜的无可避免已成定局，横在我的道路上，巨大犹如地平线，抑或撒旦展开的翅膀；而且我能感觉到自己身后那个唯一的结局，犹如钢筋般坚硬，尽管我还不能勾画出它的全貌。对于自己踏上的道路，我还从来没有像现在这样坚定无疑过，这本身就让我感到振奋不已。

　　极端的爱，一旦被意识到，就会贴上不容置疑的标签。我对自己的情况以及必须采取的行动都一清二楚。我在利物浦街站上了火车，刚坐安稳，我就开始意识到仍然有很多可焦虑的理由，甚至是恐惧的理由，还有困惑，或者仅仅就是惊讶。我手头已经有两个女人，按理真不该再去爱上第三个，这一点相对来说倒不是最让我心烦的。将我拉向奥娜的力量犹如洪水猛兽般难以抵抗，而既然我不可能犹豫不决，也就很难有不忠的感觉，至少不会有不忠的不安感。我是被无情地选中了，我没有选择的余地。然而，这个意象也让我清清楚楚地看到了自己处境的疯狂。我被选中了，那么是被谁或者被什么选中了呢？肯定不是被奥娜，她对我说的最后几句话仍在耳边回响，就像掴在脸上的一记巴掌，绝对谈不上讨人喜欢。我从来没有这样肯定过眼前的道路，但是，这似乎是一条只会通向屈辱和失败的道路。

然而，即便如此，我仍然不在意。等待我的无论是什么，我都要再次见到奥娜，这个想法本身已经足够了，我已经深陷需求和欲望的疯狂。陷入热恋中的人常有这样的错觉，即热恋的对象一定会以某种方式做出回应；极端之爱不仅值得回应，而且也会逼迫回应，我很可能也是被这样的错觉冲昏头了。我没有太多期待，我肯定没有什么具体的期待，但是未来足够开放，足够模糊，以至于可以容纳我眼下如此强烈的冲动。我必须见到她，如此而已。

当火车靠近剑桥时，我思考得更多的是这份爱的本质和源头。我是什么时候开始爱上奥娜·克莱恩的，自己都还不知道？是我把她摔到酒窖地板上的时候吗？还是我看着她用武士刀把餐巾一劈为二的时候？还是更早些，也许就在那个奇怪的时刻，她风尘仆仆，穿着靴子，义无反顾地跟压迫我的两位金色君主对峙的时候？或者，甚至就是在海德公园一角，摇曳的橘色灯光下，我瞥见她长袜蜿蜒的缝线？那是更具预言性的一刻。很难说，而这份爱的特殊性质又让追本溯源难上加难。当我想到这爱有多么特别，我震惊于自己怎么可以如此肯定它就是爱。我似乎直接从厌恶过渡到爱，而没有经历任何中间阶段。我从来没有重新评估过她的性格，注意到她有什么新的特质，或者不再那么严厉地评价她那些旧的特质：这看起来似乎我现在爱她的原因，就和我原来全心全意恨她的原因是一样的，如果我确实恨过她的话。另一方面，所有这一切都没有让我怀疑我现在爱着她。然而，这也是我从来没有经历过的一种可怕的爱，这也是事实。这份爱来自怪兽出没的深渊，一份没有温情也没有幽默的爱，一份几乎毫无个性的爱。

同样奇怪的是，我的身心似乎被这份激情全部占据，但是这激情本身却与肉体几乎没有什么关系，至少不是简单的可以理解的肉体欲望。一定与肉体相关，我的热血每分每秒这样告诉我自己，但是相关得如此黑暗。我始终有一种错觉，我觉得自己从来没有碰过她。我确实曾把她打倒在地，但是我从没有握过她的手；而一想到握她的手，我几乎就要昏厥过去。这种爱与我对安东尼娅的爱多么不同啊，如此温暖，如此闪耀着人性尊严的光芒；与我对乔姬娅的爱也是多么不同啊，如此温柔、性感而又欢乐。然而，相较之下，其他那些感情显得又是多么微不足道。眼下攫住我的这股力量不同于我知道的任何东西：我眼前出现的形象是但丁曾描述过的"爱"。*爱将我击倒在地，并凌驾于我。*[1]

在最初这些时刻，有一件事我竟然完全没有考虑到，即我的境况在任何意义上可能都是虚假的或者不真实的，后来这让我觉得既不可思议又多少有些妙不可言。无论这一境况会如何发展，它就是我所感知的样子，完全只与我相关：我不会也不能试图否认它，或者为它辩解。如果说这一境况荒诞不经，其荒诞的本质也正是我的本质，绝对由我自己负责，完全无法解释。我不知道见到奥娜我会做什么。我似乎很有可能只是一言不发地倒在她脚下。这些一概无关紧要。我做的是我不得不做的，我的行为，我的丰富的行为，全是我自己的。

我滑进昏暗的国王大街，近乎全副小丑武装。惨淡的街灯之上，国王教堂带饰章的宏伟轮廓笔直伸向月亮，教堂的塔尖在繁星之下显出几近苍白的蓝色。月光下议会大楼的影子更厚实模糊，铺在草地上，一直延绵到被街灯驱散的地方。这些建筑物的雄伟和熟悉似乎为我的仪式增加了肃穆感，就像婚姻受到德高望重的长者的祝福。此刻我又因为激动，以及我认为无疑是欲望的东西，而感到浑身难

---

[1] 原文为拉丁文诗句，El m'ha percosso in terra e stammi sopra。

受，几欲窒息。我来到了奥娜·克莱恩居住的街道上。

我查看门牌号，看到前面一幢屋子肯定是她家。只有楼上亮着一盏灯。看到灯光，我的心跳速度便可怕地变得很快，我只能慢下脚步，后来干脆停下来，抓住路灯杆子，试图恢复平稳安静的呼吸。我不知道是不是最好先等一会儿，倒不是为了冷静下来，那是不可能的，而是仅仅为了调整呼吸，以确保自己不会昏厥。我站了几分钟，恢复了平稳呼吸。我决定不再等，以防奥娜一转念就要上床休息了。我知道这个时间她不太可能已经上床，就把楼上的房间想象成了书房。随后我又想象她在房间里坐在书桌前，身旁堆满了书。再随后我想象自己在她的身旁。我向前走到门边，靠在墙上。

只有一个门铃。在这之前我都没有想过她是不是有可能跟房客同住。无论如何，既然只有一个门铃，我就伸手按了。还是没有声音。我向后退了一步，抬头望向透着灯光的挂着窗帘的窗口。我回到门边，轻轻推了推门，但门是锁着的。我从信箱口窥视屋内。门厅黑漆漆的，也没有走向门边的脚步声。我扶着打开的信箱门，又一次按门铃。我想门铃肯定是坏了，不知道下一步该怎么办。我可以要么大声喊叫，要么用力敲门，或者朝窗口扔石头。我站着把这各种办法都想了一遍，但它们全都显得难于登天。我不能肯定我是否对自己的嗓音有足够的控制力，以便发出合适的喊声，其他几种方法又都太过粗鲁。反正，我不喜欢一只脑袋探出窗口的画面，或者在街边大门口尴尬的面对面。我真正想做的是悄悄地溜进某间屋子，然后发现奥娜就在眼前。

这时，我也意识到，这恰恰是我可能做到的。我注意到房子边上有扇显然是通向院子的小门。我试了一下，门开了。我穿过一条窄窄的通道，一面长满苔藓的砖墙把房子与房子隔开来，然后便发现自己置身于一个院子里。我向后退了几步。黑暗中，一棵歪脖树的黑影之上，正是被高处月光照亮的房子的背面。一个底楼房间的落地窗正对着院子。我踮起脚尖后退着穿过草地，双手放在玻璃窗上。我不得不再次停住脚步，以克制一阵强烈的恐惧。我肯定觉得自己的呼吸，甚至是心跳，在房子里听起来也像发动机的呼哧声。我试着开门，手指伸进一道缝隙，使劲把门向前一推。门开了，我不知道是不是本来就没锁上，或者我的猛力一推让本来就没插紧的插销松开了。我双手一起推开了门。

一个黑乎乎的房间瞪着我，炉火的余烬发出微光。我已经不知道自己在干什么了。我的一举一动都像是在梦里。物体在我面前溶化。我穿过房间，打开一扇门，只因为门的表面在黑暗中有些发光。我来到一个客厅。屋前的街灯穿过前面某个房间打开着的门，为我照亮了楼梯。我开始爬楼梯，握着扶手，尽量放轻脚步。上楼之后，我看到奥娜房间的门底下有一道光线。我只迟疑了片刻的时间。

我走过去，敲了敲门。经过那么多上气不接下气的安静时刻，此刻的敲门声听起来犹如雷鸣般响亮。我等着敲门声完全消失，发现没有回应，于是我推开了门。有片刻的时间，灯光让我两眼昏花。

我看到正对自己的是一张很大的双人沙发床。屋里的灯光非常明亮。坐在床上、直直地瞪着我的正是奥娜。她侧坐着，被单盖在脚上。她的上身赤裸，一片茶褐色，犹如船上的艏饰像。我看到她耸起的双乳、乱蓬蓬的一头黑发。她面部僵硬，没有表情，仿佛木雕一般。她不是一个人。床边，一个赤裸的男人正急急忙忙地往身上套睡袍。一个不容置疑的事实立即摆明在我眼前：我打断了一对恋人的好事。那个男人是帕穆尔。

我关上门，走下楼梯。

20

我本能地找到开关，打开客厅里的一盏灯，走回我来时穿过的那个房间。我又打开了这里的开关，各种灯一起亮起来。我心不在焉地看着眼前这个满是书的白色房间，还有几只印花布扶手椅。我走到落地窗边上，关上了敞开的窗。看起来我到底还是把插销弄坏了。我拉上窗帘，也是印花布的。我转身走到壁炉边。壁炉前一张矮桌上有个托盘，上面立着两只玻璃酒杯、一只装着威士忌的细颈瓶，还有一壶水。我倒了点儿威士忌，洒了很多在桌子上。我一口喝尽，又倒了些酒，把炉火拨旺了些，然后就等待着。

自从在滑铁卢桥边意识到我自己的情况，我就感觉像是一个正在奔向幕布的人。眼下，我如此突然地穿过了幕布，且又是如此出乎预料的结局，我感觉神志恍惚，极其痛苦，但奇怪的是，内心却很镇定。我像个小偷般进入这栋房子，此刻却像个得胜的将军般站在这里。他们会过来，他们不得不来，来侍奉我。

我感觉到这份镇定，我叉开的双脚稳稳立在这里；与此同时我又深感困惑，近乎痛楚的困惑。我如此贪婪地渴望找到独自一人的奥娜，又如此愚蠢地认定她是独自一人。她不是一个人，这一简单的事实几乎是个独立的令人痛苦的发现，甚至独立于她的同伴是谁的噩梦般的含义。伴随这一想法，一阵剧烈的、与恐惧无异的惊异感让我浑身战栗；我对他们俩做了什么，这份震惊在我的感觉中也与肉体的痛苦无异。我想象奥娜肯定是单身，这是多么幼稚啊；我甚至——此刻我才意识到——想象她肯定是个处女：我将是第一个发现她的人，我将是她的征服者和唤醒者。困于这样一团愚蠢的乱麻，我甚至还不能开始以我的想象力去碰触以下这个念头：她竟以自己的亲哥哥为情人。

帕穆尔走了进来。他轻轻关上门，背靠在门上。他穿着一件深色的丝质睡袍，很明显，他底下又是什么也没穿。他光着脚。他向后靠在门上，瞪大眼睛直直地看着我。我略有所思地回看他，再看看炉火，又看向他。我用意志控制自己不发抖。我们就这样沉默了一分钟。然后，我在另一只酒杯里倒了点儿威士忌，做个手势让帕穆尔过来。

他走向前，拿起酒杯，盯着看了一会儿。他似乎是在安静而仔细地决定接下来该说什么。我铁了心让他先开口。他的第一句话让我大吃一惊："你是怎么知道我在这里的？"

我犹豫了一会儿，然后我的大脑开始苏醒。这句话揭示了两件事，两件无疑相互关联的事：奥娜没有告诉帕穆尔酒窖里的事，以及在帕穆尔的想象中，我来剑桥是为了追踪他。如果他知道酒窖的事，他肯定至少会猜到我有可能是为奥娜而来。尽管我对奥娜的激情是如此不可能、不自然的事，但既然我表现得如此暴力，身为心理分析师，他很可能就会猜到实情。但是帕穆尔大脑里似乎根本没有这样的想法，而且他看上去似乎相信我是怀疑他、追踪他而来，我就是为了来揭开他的面具。我强烈的第一反应是对奥娜的感激。她没有告诉她哥哥，我只能把这一事实看作意味深长，且是个好兆头。我的第二个，也更为模糊的认识是，我正处于优势，我一定要好好利用。

我说道："我们有必要谈这个问题吗？"我希望他不会穷追不舍。

"好吧，也没关系，"帕穆尔说，"你已经发现了你想要的，这才是重要的。安东尼娅知道吗？"

我沉思了一会儿。"不知道。"我说。

"你准备告诉她吗？"

这时我已经完全冷静下来了。我说："我不知道，帕穆尔。说实话，我不知道。"

帕穆尔转身面对着我。他嗓音低沉，语带真诚，他的表情有种被剥空的特质，是我从未见过的。他把他的威士忌放在壁炉架上，向我走了一步。他把两只手在我手臂上放了一会儿，轻轻压了压。他说："这真的很严重，马丁。有些事情我们必须弄清楚。"

回头看这一幕，帕穆尔从一开始就认为发生了一件灾难性的、无可挽回的事，对此我感到敬佩。他没有试图——确实也会很困难——解释我在楼上目睹的那一幕。他也没有试图贬低事件的重要性，或者用任何混淆视听的骗人把戏来遮掩真相。他坦诚地面对我，就像面对一位征服者或者法官。随着我们对话的继续，我第一次感觉到力量的天平正向我倾斜，对此我感到一种恶心的眩晕，还感觉到掺杂着同情的痛苦。我们真的已经站在山的另一边了。

出于一种油然而生的同情，我说道："帕穆尔，我很抱歉。"

"不用抱歉，"帕穆尔说，"你的行动聪明、坚定，无疑也是正确的。我没想到你有这样的能力。我们废话少说。只是，刚才发生的事可能有致命的后果。我希望我们至少能互相理解。"

"请你，"我说道，"至少在以下这点上不要误会我。我并不反对乱伦。你拥抱你的妹妹，在我看来不是什么罪孽深重。我是说，并不因为她是你的妹妹就有罪可言。"

"你又和平时一样轻浮了，"帕穆尔说，"你并不反对乱伦，你只是感到恐惧。你现在还在发抖，因为感到恐惧。不过，你的感觉并不重要。我们必须考虑的人是安东尼娅。"

"还有奥娜。"我说。我眼前又浮现出她深色的双乳。我忽然痛苦地感到，她也在这个房子里，与我近在咫尺，如果她不是早就厌恶我，现在也可能因此而厌恶我了。我发现自己真的在发抖，于是使劲控制自己不再颤抖。

"奥娜是我的事，"帕穆尔说，"奥娜反正也不会有事的。她是个了不起的人。受到威胁的是安东尼娅的幸福。我不会直接说是她的精神健全受到威胁，但是这样的事如果让她知道了，她一辈子都会受损。"

"你这等于是在建议，"我说道，"我一个字也不要跟安东尼娅说？"

"我当然是在这样建议。这不同于暴露某场普通的不忠。我们不得不面对的是足以从根基上震撼理智的事情。安东尼娅站在新生活和新的幸福开始的边缘。她要么往前进入新生活，要么就眼看一切破灭，以她的个性，恐怕要几年才能恢复。到底会是哪一种局面，这就看你了。"

"那么你呢？"我说道，"你也是站在新生活和新幸福的边缘吗，和她一起？"我用力上下打量他。我想看到眼前这个人拼命挣扎着摆脱缚住他手脚的困扰。我什么也没看出来。他继续保持着双目圆睁的坚定瞪视，目光坦诚，但什么内容都读不出。

"我需要安东尼娅，"帕穆尔说，"我也只要安东尼娅。允许我带着最深、最忠实的严肃告诉你，你今晚所见绝不会再有后续。绝无后续。你相信我吗，马丁？"

"但前传是有过的。"

"这不关你的事。"

"可能关安东尼娅的事。"

"如果你来这里是为了折磨勒索我，"他说道，"你最好还是立即离开吧。但是，如果你想在行动之前弄明白自己在做什么，那么就留下。"他急切地希望把我留在身边。

"抱歉，帕穆尔，"我说道，"我毫无折磨你的欲望，这一点你完全知道。我感到困惑、震惊，我确实不知道自己该做什么。"

"如果你以为，"帕穆尔说，他的声音尖利起来，"让安东尼娅不得安宁，就能给你自己赢得什么好处，如果你以为你还能和她一起幸福安居，在这——"

"哦，闭嘴，"我说道，"我的婚姻毁了，这已经够了。别来指责我自私，就因为我犹豫要不要保护一个让自己陷入麻烦的通奸者。"

"你才是通奸者，"帕穆尔说，"别再光想着你自己了，想想安东尼娅。我求你了，马丁，认真考虑一下。别因为我说的话而生气。我们彼此知根知底，没有必要再计较这些。正如我说的，不会有后续了。"

在这个很可能是独一无二的时刻，我希望能发现更多信息。我搜寻着恰当的言语。我说道："我觉得我有权利知道得更多一些。我猜想你和你妹妹的情人关系已经有很长一段时间了吧。很多事情都能证明这一点。而你现在的意思是说，你们俩共同决定这段关系将会终结？"

帕穆尔沉默着，双目瞪视，呼吸沉重。接着，他从我身边走开，一只手扶着眉头静止了一会儿。这个手势透出他的软弱，我竟然觉得无比感人。他摊开双手。"我眼下无话可说，"他说道，"有些事情不是谁的个人财产。我已经把相关的都告诉你了。如果安东尼娅永远蒙在鼓里，你可以放心我绝不会在心里或者行为上背叛她。你今晚所见就是一个结尾。你的到来确实终结了一切。不过，反正这本来也是最后一次了。"

"如果我没有出现在这里，就可能有后续？"

"没有，我告诉你了没有，"帕穆尔不耐烦地说，"马丁，行行好，你能听懂大白话的。"

"我不知道多大程度上可以信任你，"我说道，"我这样说不是为了迫害你，只是实话实说。我也不知道我该怎么做。我现在可以告诉你的是，我觉得我不太会告诉安东尼娅。但是，我眼下没法保证一定不告诉她。"

"你不说就是明智又大度的表现。"帕穆尔说道。他已经恢复平静，直视着我，带着尊严，刚剃过的头向后仰着。他的睡袍松开了，露出白色的胸膛，覆着灰色的汗毛。他看上去很老，叫人感动，这是一位年长的战士。

我说道："无论如何，我这次的来访已经终结了我和你的友谊。"我这样说是为了挑衅他，其实也是我自己疯狂地希望获得安慰。

帕穆尔的反应再次完全表现在他脸上，事后回想起来我总觉得很佩服他这一点。他静静地回答道："这个我们还不知道呢，马丁。我们俩都受了可怕的打击——我们还意识不到有多可怕。明天早上我们就能意识到了。你还会发现，这个打击并不因为你见到了你所期待的而程度减弱。有些事情，光想象是没用的。这样的一次经历之后，友谊，如果还能幸存，肯定会获得深刻的改变和重组。我们之间的友谊是否能获得这样的改变，这还得等着瞧。我衷心希望会是那样——至于我自己，我会竭尽全力促成这一改变。"

"前提是，我不告诉安东尼娅。"我说道。

他目光清醒地看着我："如果你告诉安东尼娅，我们就都完了。"

在之后的沉默中，我喝完了我杯里的威士忌，然后准备离开。带着奇怪的不由自主的正式，我向帕穆尔鞠了一躬。他略微低头示意；我离开房间的时候，看到他的头仍然低着，眼睛盯着炉火。他光着的脚轻抚着壁炉的围栏。但是，我刚关上门，就听到他离开房间，向楼梯走去。

我停下身，抬头去看亮着灯的窗户，心里想着，那两位此刻会进行着怎样可怕的无法想象的对话。

21

我跟着我妹妹走上台阶。房子外面的大雾呈金黄色，浓浓地都是硫黄颗粒。呼吸很困难。我疾步跟在她不断隐退的身影之后，几乎一会儿就看不见了。天冷极了，石阶上结着一层薄薄的冰，我们的脚踩上去发出轻轻的咔嚓声。我赶上了她，伸手拉过她没戴手套的手，按在我肋下取暖，但她的手还是又冷又湿。她走得比我快一些，只要我一往前赶，她就会走得更快一些。她的脸冲着另一边，但是我能看见她黑色短发上的水珠，看起来就像一顶湿漉漉的镶着小宝石的帽子。路面的冰似乎更厚了，我们的脚不再踩碎水晶般的表层。冰更硬实了。最后，我们开始向前滑行，轻轻地，毫不费力地。她的手这会儿暖和些了。我们一开始滑得很慢，接着在更大面积的冰面上越滑越快。冰在冬季悲愁的日光底下显得黄黄的，已经看不到边际了。我们轻松地向移动着，我把她向我这边稍稍拉过来，让她的脸对着我的。她已经甩掉了头发上的水，这会儿看起来像顶毛皮帽，穿着她那双高筒的冰靴，我感觉她就像个哥萨克人。但是她的脸很悲伤。我把她又拉近了些，我们开始在无边无际的冰上跳起华尔兹来。一边跳着，我一边就想拥抱她，但是我被那柄硬邦邦的垂在我们之间的剑挡住了，剑柄刺进我的身体，生疼生疼的。我垂下手，放在剑柄上，立即感觉到她的手在试图制止我。我们开始慢慢地转圈，我的手逐渐用力，突然挣脱了她握紧我的拳头。我们分开了，仍然面对面，这时剑噌的一声出鞘。我看到她身后远方地平线上，一个人影正在靠近。随着那人影不断靠近，她不断后退，直到两人的身形一般大小，同样僵硬，如同位于中景的一对完美的双胞胎形象。接着，她逐渐消失不见，而另一位则继续加速向我滑来，他巨大的犹太人的脸越长越大，仿佛一只庞大的鸡蛋，竖在他长袍的丝质双翼之上。我把剑舞成弧形挡住他，但是剑飞舞着，剑身却脱落了，向上飞进冬天的黑暗之中，夜已经将我们包围。我满怀恐惧与罪恶感，紧紧抓住手中所剩的剑把，这时我认出眼前这个人正是我的父亲。

我浑身颤抖地醒过来。屋里一片漆黑。毯子掉在地上，行军床感觉又硬又冷。我感到胃里一阵剧痛，肯定是昨晚喝得太多的结果。也可能现在其实还是昨晚？我爬起身，找到睡袍，扭亮了灯。

光秃秃的灯泡点亮了一屋子让人沮丧的脏乱：窄小的行军床，拖在地上的毯子，没有地毯的地板，我的手提箱张着大嘴，吐出毛巾、内衣、一沓沓的信，还有一把电动剃须刀。我的夹克和裤子堆在一起，昨晚我醉醺醺地脱下衣服就栽倒了。半空的威士忌酒瓶立在角落里。香烟头四处散落。我的脚刚绊倒了一只玻璃杯，杯子正慢慢地滚过地板，滚到一只床脚边，停了下来。玻璃杯发出一声空空的碰撞声。著名的燃油中央取暖设备似乎对房间里的温度没有多少影响力。我打开了装在墙里的电火炉，它亮起一道强光，闪着阴郁的青白色。上床的时候，因为喝酒和疲劳过度，该死的哮喘倒是被压住了，但是这会儿又来了，我能感觉到哮喘挤压着我的胸口，就像有一道宽而长的伤口围住我，慢慢收紧。断断续续的呜咽和泪泪声从我的肺里传出。我努力放慢呼吸。我系住睡袍的腰带，打开窗户，但是只吸了一口外面冰冷浑浊的空气，就立即又关上了窗。我向外看着。

楼下，半明半暗中，朗兹广场在浑浊的街灯下沉睡着，黑色的大树几乎直长到我的窗边。这让我望见楼下树影的漫散光线，到底是曙光，还是仅仅铺陈于黑夜的街灯的光亮，我无法知晓。天空暗而阴沉。我想知道现在几点了。我的手表停了，电话线也还没接。广场上我能看见的地方似乎空无一人。也许我只睡了一两个小时。

可以肯定的是，我这会儿已经没法再睡了。我转身面向房间。

帕穆尔当然是对的。第二天，我才真正感觉到这一打击的全部力量。我在恍惚中回到伦敦，直接到朗兹广场，然后一直睡到很晚。那是昨天早上，如果假设现在是半夜的话。我醒来时，内心一片恐惧和绝望，与我经历过的任何感觉都不一样。过去我也曾尝过绝望的滋味，但是在我的记忆中，那总是有着非常明确的原因和明确的性质。眼下这东西一团乱麻，不合逻辑，其模糊也正是其可怕的一个源头。我害怕独自与这绝望待在一起，然而我没有什么可以投靠的人。我甚至没法弄清楚，我的状态中有哪一部分是对乱伦的恐惧。手足之间的拥抱从来没让我产生过有意识的反感。然而，也许正是这个想法以某种我无法辨识的形态作用于我的灵魂，产生了这种几乎难以察觉的黑暗感。同样奇怪的是，这种独特的恐惧，无论其源头是什么，如今无可改变地与我对奥娜的激情联结到了一起，于是，就感觉仿佛我欲望的对象真的就是我自己的妹妹。

我跟帕穆尔对话的过程中，奥娜近在咫尺的感觉有些四下弥散了，像是空气中的震动，算不上某种声响，如果双耳可用的话，可以说是一声尖利的嘶喊。这之后，我对她的念头清晰集中起来，是一种环状的疼痛，我的存在被撕成碎片，仿佛破布般的碎肉粘在这痛苦的圆周之上。对于自己身处的境况，我确乎无法形容，它与我过往恋爱中经历的任何事情都是如此不同。这次的情况似乎与其他几次毫无共同之处。然而，如果不称之为爱，我也想不出还能叫它什么，这让我五体投地的东西。

当我回忆起我不断升温的一厢情愿，以及那可怕的高潮，我无法不感到锥心之痛。有一些残留的念想仍在折磨着我，某个我曾做过的梦，我与奥娜奇迹般的、伟大的相遇，我们曾经的几次见面剑拔弩张，却变异为激烈爱恋的火光，或者最终我是这样认为的。我梦想她是自由之身，孑然一身，在她仍然昏睡的意识中等待着我，矜持寡言，遗世独立，神圣不可侵犯。事实竟截然相反，我几乎无法思考。我一秒钟也没想过她会有情人；而一想到她竟然会把那个角色分给自己的哥哥，我的想象力便原地打转起来，既神魂颠倒又惊骇失措。任何女人，如果存在这样的爱恋，那肯定不是一般的激情，而在她这样一个女人身上，这份黑暗之爱的维度之浩渺殊难想象。如今回忆起来，我确实可以想起一些迹象，颇能揭示这份感情的深切，奥娜一系列令人困惑的行为算是得到解释了。

我觉得自己彻底迷失了，深陷一份如今看来是毫无理智的爱，却无法自拔，完全失去了希望。帕穆尔声称我所看到的不会再有后续，对此我不屑一顾。似乎奥娜一个人的意志就足以让她希望的事情发生，完全凌驾于帕穆尔之上。我当然没有告诉安东尼娅的意愿，从来没想过要告诉她。在我看来，安东尼娅与这一切毫无关联，好像她就是个陌生人。面对这样可怕的内幕，她也显得太脆弱、太渺小。我不可能告诉安东尼娅我爱上了别人，所以我也不可能告诉她这件事，这与我爱上别人是紧密相关的。永远不会有人知道。但是，我也没法想象帕穆尔即便是跟安东尼娅结婚之后，可以从那个褐色胸脯的女人的魔爪中解脱出来。她参差不齐的黑发，赤裸的身体上顶着一张严厉的天使般的脸，这一形象如今在我眼前挥之不去。我同样感到我自己也将终身受诅，就像那些睡过庙宇中的妓女的男人，遇见女神显灵，从今往后他再也不可能碰另一个女人了。

我在某种恍惚的状态中度过了一天，什么也吃不下，也没法休息，因为四肢有种可怕的疼痛和刺痛感。我在海德公园里走了一圈，回到公寓，又立即因为害怕独处而出了门。公园雾气重重，月亮下的风景显得荒凉，但至少有人的影子来回走动。我想了一会儿乔姬娅，但是她似乎已经属于一个遥远的过去，如此悲伤地望着我，我无法忍受再想起她。我无法让乔姬娅来安慰我，因为我爱上了另一个人。旧爱如今显得可怜可悲，也无法治愈新欢带来的伤害。我喝了很多酒，带着对不省人事的渴望，大约在九点上了床。

这会儿我琢磨着要不要干脆试试继续睡觉。我醒着也是什么也做不了。我把毯子拉回到行军床上，躺在毯子上，没有关灯，但是疼痛重又回到我的四肢，我知道企图休息是没用的。我再次起身，捡起酒杯，发现杯子已经裂了。我无精打采地走进厨房，开始没好气地洗一只塑料杯，那是前面一个房客留下的。

一个奇怪的声响突然在公寓里回荡起来。声音很近，然而我却无法判断来自何处。它似乎同时来自四面八方。我跳起来，心一阵狂颤，接着，我一动不动地站着，倾听一片寂静，不知道自己刚才听到的是什么。声音又响了起来。一阵害怕过后，我意识到那是门铃声，我以前没听到过。我整理了一下睡袍，来到漆黑的走廊里，身后的门没有关，这样屋里的光能透出来。我摸索着前门的门闩，双手紧张地颤抖着，终于把门打开了。门口的灯亮着。是安东尼娅。

我带着白痴般的惊讶盯着她，我的心又加速跳动，就好像我早就知道她会带来坏消息。她背对着光，但是她黑暗中的脸似乎也在盯我，和我一样神智疯狂。我没有说话，转身走向亮着灯的客厅，安东尼娅跟着我进了屋，把身后的两扇门一一关上。

我走到窗边，又转身看向她。她看上去惊慌失措。她头上戴了根丝巾，一绺绺正在变白的金色头发掉出来，落在她花呢大衣的领子上。她看上去没有化妆，脸色显得尤其苍白。她的大嘴嘴角耷拉着，就像她有时候哭之前的样子。

我说道："现在几点，安东尼娅？"

"十点。"

"晚上还是早上？"

"早上。"她说，瞪着我的眼睛睁得更大了。

"但是为什么这么暗呢？"

"是雾霾。"

"我肯定睡了有十二个小时，"我说道，"怎么了，安东尼娅？"

"马丁，"安东尼娅说，"我不在的时候，发生了什么奇怪的事吗？"

我感到呼吸困难。"奇怪？"我说，"没有，我不知道。你去哪里了？"我直到这时才想到这个问题。我还一直没顾上想她。

"我去看母亲，"安东尼娅说，"她身体不好。我肯定我跟你说过。我想让安德森一起去，但是他必须去剑桥拿他的东西。"

"你为什么要问是不是发生了什么奇怪的事？"

"嗯，肯定发生了什么，"安东尼娅说，"要不然就是我正在发疯。"

"你不是唯一一个，"我说道，"不过，我仍然不明白。"

"你周末见到安德森了吗？"

"没有。"

"他肯定出了什么事。"

"什么事？"

"我不知道，"安东尼娅说，"就像故事里说的，有人鬼上身了，或者科幻小说里。他看起来还是他，但是又似乎换了一个人。就好像一个不同人格的人住进了他的身体。"

"这是胡扯，"我说道，"先坐下，看在老天的分上。安东尼娅，别看上去好像你就要尖叫了一样。"

"但是，他真的变了，"安东尼娅说，她的声音提高了，"他跟我作对起来。"她盯着我的样子，就好像她一心要把自己的疯狂传染给我。

"跟你作对？"我说道，"得了，得了，安东尼娅。请你别再这么紧张。我自己身体一点儿都不舒服。现在你冷静详细地告诉我，你到底什么意思。先坐下吧，看在基督的分上。"

"不是任何确定的事情，"她说道，"但是又完全能感觉到。肯定发生了什么事。他对我的态度很不一样了，就好像他在想着要杀死我。我当然就眼泪汪汪的，但那似乎让他更加不高兴。然后，他半夜离开了房子，走了很长时间。而且奥娜·克莱恩又回来了，她好像无所不在，就像一朵乌云似的。说实话，马丁，我感到害怕。"她最后轻轻呜咽了一声，坐到行军床上，拿出了她的手帕。

"振作点儿，"我说道，"这些肯定都是你想象出来的。"看到我自己的恐惧倒映在她的无意识和她的无辜之中，我尤其感到惊慌。

"我太受打击了，"安东尼娅说，大颗大颗的眼泪从她脸上滚下来，"一开始我几乎不敢相信，我也觉得肯定是我想象出来的。但是他总是盯着我看，而且那么冷冷地，就好像我犯了什么罪。我怀疑是不是有谁跟他说了我的什么故事。"

"有什么故事可说呢？"

"哦，我不知道，"安东尼娅说，"我和亚历山大的事情，比如。你知道人们喜欢无中生有。肯定有人做了什么事情，他才会跟我过不去。肯定有什么误会。你没有做什么吧，马丁，没有吧？"

"没有，当然没有，"我说道，"我没见过帕穆尔。反正，你完全知道我是不会做出这种事情的。"帕穆尔肯定很煎熬，怀疑我有没有告诉安东尼娅。这个念头让我心里不是滋味。

我意识到身后有嘶嘶的声音。声音变大了，我转身对着窗口。开始下雨了。看着灰灰黄黄的天空，我意识到现在是白天。我转身面对亮着灯的房间，还有安东尼娅仰起的惊恐的脸。这个地方就像监狱一样阴冷可怕。

"可能他是要发疯了，"她说道，"马丁，他母亲疯了，你知道吗？"

"不，我不知道，"我说道，"真的吗？这倒有意思。"

"他最近才告诉我的，"安东尼娅说，"上个星期，在他还没有——"她呜咽起来，用手帕慢慢把脸擦了一遍，又开始呜咽。

我站着，手插在睡袍口袋里，看着她哭。我可怜她，但仅仅是作为我自己困境的延伸部分。

"那么说奥娜·克莱恩在这里。"我说道。

"我恨那个女人，"安东尼娅说，"她应该回剑桥了，但是她还在那里，现在她其实就是住在那栋房子里。她让我毛骨悚然。"

"我也是。"我说道。门铃响了，我们俩都跳了起来。我看着安东尼娅，她惊恐的眼睛跟着我望向门边。我穿过门厅，一把推开大门。是搬运工。

我告诉他们把东西随便堆在那里，然后回到安东尼娅身边。她这会儿站着，在便携镜子里照自己的脸。她在鼻子上添了点儿粉，这会儿在揉自己仍然闪着泪光的脸颊。她把丝巾推到头发后面，精疲力竭地叹了口气。她看上去很憔悴。

"亲爱的，用用你的常识，"她说道，"你最好还是把东西放在该放的房间里。"她看上去恢复了一些，走出去指挥那些搬运工。几分钟之后，两个巨人拖着脚步走进来，抬着卡顿牌写字台，奥杜邦的版画堆在桌面上。我告诉他们把桌子放在哪里。他们离开之后，我剪断了扎着版画的线，开始把画一张张靠着墙壁排成一行：角嘴海雀、欧夜鹰、金色翅膀的啄木鸟、卡罗来纳鹦鹉、鲜红色的唐纳雀、带羽冠的了不起的猫头鹰。熟悉的东西被连根拔起，我触景生情，心里悲伤难过，仿佛隐约记起什么人死了。我能听到安东尼娅的声音在门厅里给工人们下命令。我到底得了什么病？我的目光无法集中在画面上，眼睛透过画，看进另一个世界。看到她的胸膛，她的侧身，一个不能述说的梦境。

安东尼娅回到房间里，关上了门。她两只手一手拿着一只麦森牌陶瓷鹦鹉。她把鹦鹉放在壁炉架的两头。她说道："这个房间就放这些东西，我跟他们说了。哦，鸟的版画，是的，是你拿的。我差点儿忘了它们是你的。"她哀伤地低头看着画，开始脱掉大衣。

"我们宁愿忘记我的还是你的，不是吗？"我说道，"我会把这些画给你的。"

"不，不，"安东尼娅说，"我不要。你必须留下你自己的东西。"

"嗯，那你必须过来帮我摆好它们，"我说道，"你会来的，对吗？"

安东尼娅看着我。她的脸抽搐起来，然后摇了摇头，试图说话。接着，她说道："哦，马丁，我太难过了！"她开始大哭起来，发出犹如哀号的声音。她重重地坐到床上，身体前后摇摆着。我就那样看了她一会儿。

门铃又响了。安东尼娅的哭泣好像按了开关似的戛然而止，我经过她的时候，她抓住了我的手。我捏了捏她的手以示安慰，继续走到门厅里。有个人的侧影挡在门道里。当然了，是帕穆尔。

自从安东尼娅来了之后，我就一直在等他，眼下看到他高高的身影竖在我面前，我感到一种非同一般的振奋。我没法看清他的脸，但是我能感觉到自己正变得面无表情而又泰然自若。我很高兴他来了。

帕穆尔问："安东尼娅在这里吗？"他的声音低沉刺耳，他情绪激动。

我说道："是的，你想见她吗？"

"我是来带她走的。"帕穆尔说。

"真的吗？"我说，"但是，她要是不想走呢？"

安东尼娅打开客厅的门，灯光让我看到了帕穆尔的脸，嘴角笔直紧张的线条，眼睛几乎闭着。这是一张处于危险中的男人的脸，它让我欢欣鼓舞。安东尼娅用清晰的声音说道："请进来。"搬运工们再次走上楼梯，抬着齐彭代尔牌中式椅子。我能听到他们正往扶手上撞。我回到客厅，帕穆尔跟随而入。我关上门，我们彼此打量着。

帕穆尔对安东尼娅说："请跟我走，安东尼娅。"他说话的样子冰冷呆滞，我能理解安东尼娅说他变了一个人是什么意思。他现在肯定认定我已经告诉她了。

她犹豫了一下，看着帕穆尔，用几乎听不见的声音说："好吧。"

"你不会去的。"我对她说。

帕穆尔说："别多管闲事了，马丁，知道了吗？你对你自己不了解的事情掺和得已经够多了。"他眼睛看着安东尼娅。

"是你在掺和你不理解的事情，"我说道，"在你毁掉我幸福成功的婚姻之时。"

"你的婚姻不幸福，也不成功，"帕穆尔说，仍然盯着安东尼娅，"幸福的丈夫不会藏着小女孩做情人。穿上大衣，安东尼娅。"

"她不会跟你走的，"我说道，"你难道看不出来她怕你吗？"

安东尼娅犹如瘫痪似的站在那里，略微摇晃着，她的肩膀扭曲着，惊恐的大眼睛看看这个，再看看那个。她看上去确实像一张恐怖照片。

帕穆尔说道："马丁，你和安东尼娅会照我说的做。"

"不再会了，"我说道，"可怜的帕穆尔。现在你出去。"

我马上就会动手打帕穆尔，这个念头几乎是同时出现在我们三个心里的。在安东尼娅身上表现为她的嘴唇突然显得激动湿润起来，而在帕穆尔身上则表现为表情的放松，他在剑桥时那种双目圆睁、被剥空一切的表情又回来了。他不再看着安东尼娅，而是转身面向我。

他轻轻地说道："你是个破坏狂，不是吗？"接着他对安东尼娅说："用用你的理性。我想跟你谈谈，但不是在这里。"

我说道："看在基督的分上，你出去。"

帕穆尔说："除非是和她一起走。"随后，他向安东尼娅跨了一步，后者后退到窗边，她的手按住了嘴巴。他伸手放在她手臂上，作势要拉她，她轻轻喊了一声。我跟在他身后，手指抓住了他的肩膀。他转身狠狠摔掉我的手，他往上伸手的时候，我用尽全力朝他脸上打了一拳。他失去平衡，重重地摔倒在地。

安东尼娅跨过他，从屋子里跑了出去。这场架就算是打完了。

暴力永远是可悲的、荒唐的、兽性的，除非是在屏幕上。帕穆尔慢慢地爬起来，先是跪着，再挪动身体变成坐的姿势，背靠在墙上。他用双手遮住自己的脸。我关切地蹲在他身边。我注意到装一幅版画的玻璃框裂了。此刻我已经不再生帕穆尔的气，只是对发生的一切感到很满意。窗外，雨仍在嘶嘶地下着。大约一两分钟之后，我说道："你没事吧？"

"没事，我想是没事，"帕穆尔隔着手说道，"没有什么严重的破坏。疼得要命。"

"大概是这么回事，"我说道，"给我看看。"我温柔地拉开他的手。帕穆尔的脸见光抽搐起来，给我看他那只已经开始发青的眼圈。眼睛闭得紧紧的，周围部分掉了皮，肿起来了。颊骨上有一处小小的血渍，是我拳头落下去的地方。

"我没有可以处理伤口的东西，"我说道，"你最好还是回家去。我给你叫辆出租车。"

"给我一块手帕，好吗？"帕穆尔说道，"我这会儿什么也看不见。"

我给了他一块手帕，他把手帕放在受伤的那只眼睛上，费力地再次变成跪的姿势。我帮着他站起身，抚平他的衣服。我这样做的时候，他就像个孩子似的站在那里。我的手继续扶着他，他也没有移开身子。就像一个拥抱。那一刻我所感觉到的，是他的意志对我的彻底屈服。接着，我感到他在发抖。这让我难以忍受。

我说道："我给你倒点儿威士忌。"我在裂缝的杯子里倒了点儿酒。帕穆尔驯服地吸了几口。

安东尼娅在外面说："工人们要走了。你能给我点儿钱吗？我身上没有带。"

我在外套口袋里找到几个先令，对帕穆尔说："你能借我二十五个先令吗，如果你碰巧有的话？"

他放下威士忌，手帕仍然按在眼睛上，在大衣内袋里摸索着。他把钱给了我，我又递到门外，给了安东尼娅。我能听到工人们离开。我想把帕穆尔弄出这房子。

我说道："我现在会陪你下去。我们可以在门外拦一辆出租车。"

他点点头。我在睡衣外面套上了裤子和夹克，我们走了出去。安东尼娅不见踪影。在电梯里，帕穆尔轻拍着自己的眼睛，说："那么，那么，那么……"我陪他走到街上，握着他的手臂，一辆空车几乎立即开了过来。雨依然不管不顾地下着。他坐进出租车之后，我们两人都努力想说点儿合适的话，帕穆尔又说了一遍"那么"。我说道："我很抱歉。"他说："让我早点儿再见到你。"我说："我不知道。"出租车开走了。

我几乎是爬进了电梯。我觉得我想离开，去个什么地方，然后睡一觉。我甚至不知道安东尼娅是否还在公寓里。我意识到，我打帕穆尔是为了奥娜，不是为了安东尼娅。或者说，真是这样吗？我来到公寓门口，大门仍然敞开着。我走进去，来到客厅。安东尼娅站在窗边。她看上去很平静，两只手放在背后，头向前倾着。她上下打量着我，疲惫的脸因为某种挑衅而疑惑的关切显得有了活力。她肯定是喜欢看到我打帕穆尔的。也许如果第一天我就打了帕穆尔，一切都会不一样。眼下一切肯定是不一样了。眼下我又享有了权利，却是无用的权利。

"那么，这看起来就是这样了。"安东尼娅说。

"什么看起来是什么样？"我问。我在行军床上坐下，往杯子里又倒了些威士忌。我这会儿在发抖。

"你又赢回了我。"安东尼娅说。

"是吗?"我说,"一出好戏。"我一口喝尽威士忌。

"哦,马丁,"安东尼娅声音颤抖地说道,"亲爱的、亲爱的马丁!"她走过来,跪倒在我面前,抓住我的两条腿,她刚才用过的大颗大颗水晶般的眼泪又开始奔涌而出。我心不在焉地用一只手抚摸着她的头发。我想一个人待着,考虑一下我该拿奥娜怎么办。我向奥娜飞奔而去的结果是让她跟帕穆尔和解了,我则跟安东尼娅和解了,这真是讽刺的悖论。安东尼娅从那个哥哥身上,我从他妹妹身上,都暂时看到了某种幻象,但不管那是什么样的幻象,现在都很可能要消失了。这才是不会再有后续的。我继续喝着威士忌。

"马丁,你是如此熟悉,"安东尼娅说,"我真傻,我本应该对你说一些远比这更好听的话,因为你太棒了。但是,让我震动的就是你的熟悉!你知道,我真的怕安德森,从一开始就是。一直都不太对劲,总有些地方感觉是被迫的。你知道吗?如果你反对的话,我很可能甚至本来就不会继续下去。可是不是的,你一直那么伟大,那么完美。而且这样对我来说也更好,你不觉得吗,试一遍,经历一遍,然后再回来——如果我一开始就放弃,我肯定会备受折磨,不停怀疑是否错过了什么真东西。"

"但是,你难道已经不爱帕穆尔了吗?"我问道。我盯着自己睡袍的袖子,湿漉漉地从我的夹克底下露出来。我冲去拦出租车的时候淋透了。

"听起来很无情,是吧?"安东尼娅说,"但是昨天还有昨晚,因为种种原因——我没法告诉你究竟是什么样的,我感觉他恨我。他是个魔鬼,你知道的。而爱可以消失得很快,我想,正如爱也可以产生得很快。我是瞬间爱上安德森的。"

"嗨嗬,"我说道,"这下皆大欢喜了。"安东尼娅完全想当然地认为我还是要她的,我有些百无聊赖地意识到这一点。这几乎有点儿非同寻常的意味。但是，我没法上演伟大的破镜重圆的一幕，虽然这是她明显想要的。

"马丁，"安东尼娅说道，人还在地板上，"能够再次跟你谈话真是太开心了。我没法告诉你我心里感到多么宽慰。虽然，我们一直也没有失去联系，不是吗？我们还继续保持联系，那真是个奇迹，不是吗？"

"非常好，"我说道，"那主要是你的功劳。反正，现在我们不需要担心那些奥杜邦的版画了。"

"亲爱的！"她把脸埋进我的膝盖，又是哭又是笑的。门铃响了。

我没有心情再接待访客，但我还是去开了门。我突然疯狂地想，有可能是奥娜。来者是罗斯玛丽。

"马丁，亲爱的，"门才开了六英寸，罗斯玛丽就开口了，以她有板有眼的生意人的腔调，"我是为窗帘的事来的。窗帘盒的形状的问题，你想要波纹状的还是直线条的，我想我最好还是问问你，我自己再看一眼要安装的地方。好的，你的东西都到了。我们可以马上动手整理。"

"进来，小花。"我说。我带着她进了客厅。

安东尼娅已经擦干了眼泪，正在给鼻子补粉。她跟罗斯玛丽打了个招呼。我对罗斯玛丽说："我想我们不用再管窗帘盒了。我和安东尼娅还是不离婚了，所以所有的东西现在都可以再运回希福德广场。"

就算罗斯玛丽有些失望，那她也掩饰得分外神勇。她说道："我太高兴了，哦，我太高兴了！"安东尼娅轻轻叫了一声便扑到了她身上，她们开始互相亲吻。我喝完了威士忌。

22

　　我亲爱的乔姬娅,你近来想必既焦急又担心,可能还生着气,因为我的沉默。对不起。我最近糟透了。我不知道折磨也可以有这么多种类,而我正在尝试一些新品种。反正就是这样。你应该已经听说我和安东尼娅的事。我没法"解释"。整件事并非真正违背我的意志,但确实也并非如我所愿。我不得不接受。目前我没法拒绝安东尼娅;你无法想象她的精神有多么崩溃,我都难以相信。我不得不照顾她。这一点我是肯定的。我不知道你是否能理解。所有这一切都很奇怪,出乎意料,在很多意义上也令人沮丧,我都不知该怎么形容,但是我必须忍受这一切。你必须宽恕我,也请宽恕这封没完没了,甚至是让你感觉语焉不详的信。眼下我没法见你。有一些东西我原本以为已经完全四分五裂,现在却要花精力把碎片重新拼合起来。永远都不会完整了。但是,眼下,无论如何,我都必须全力以赴。我能给你什么,乔姬娅,我说实话真的不知道。我这样并非"什么都不说",我是在说实话。我爱你,我的孩子,我相信你也爱我,在一个没有爱的世界里,这至少算是安慰。我只能自私地请求你继续爱我,以任何你可以的方式——而我,等我的内心更趋于平静,我会给你我所能给的,不管那将会是什么。我无法想象我们的友谊走到尽头——也正是因为我相信我们的友谊,我才敢写下这样一封叫人懊恼的信。但是,这封让人懊恼的信,也是唯一一封诚实的信。请让我知道你收到了。祝你一切都好。吻你。

M.

　　我在希尔夫特小姐坦白友好的注视之下完成了这封不仅是叫人懊恼，而且在某种意义上不诚实的信函，希尔夫特小姐坐在房间另一头她的办公桌前誊写最新的价目表。米腾正在拜访一位嗜酒如命的有爵位的客户，他被说服上一个周末，我敢说要说服他并不难。有几场正式的林奇-吉本品酒会正在进行中。米腾特别擅长此类营销手段，这在红酒行业尤其受欢迎，以间接的方式不经意地介绍手头的货物，而买卖几乎就在无意识中完成了，很少会涉及生意的粗俗细节。然而，这样的方式需要时间，而米腾总是不慌不忙的。他不在我也没有不高兴。

　　希尔夫特小姐时不时抬头看我是不是还好。她和赫恩肖小姐又是在我告诉她们之前就知道了我的事情。她们表现得异常得体，在表达慎重的祝贺的同时也显出恭敬的关心。她们接受传统观念，但也没有假装没发现我是多么疲惫和不快乐。她们传递出各种小小的善意，基本上把我当成一个残疾人来照料，与此同时又欢迎我回来工作，换成不如她们聪明的女孩，这样的态度肯定就会显得是在施舍同情。我们全都假装我不在的时候生意几乎没法进行，她们装得很努力，我则是乐得听之任之。

　　我封上了给乔姬娅的信。我不知道她读了信会怎么样。把一个生气勃勃的年轻人放进冷藏室，那是有时间限制的。乔姬娅的时限肯定快到了，但是我什么也做不了。眼下我无法面对再次见到乔姬娅。如果我见她，我也不能告诉她实情——我同样无法忍受对她当面撒谎。我不想失去她，这千真万确。我需要她的爱。我并没有爱人多到可以不把她当回事。不过，要决定我自己配不上因而也不能要求这份爱，这得做出一些必要的努力，而我眼下还不想做这样的努力。坦白说，我就是希望不用去想乔姬娅。还有其他一些事疯狂地占据着我的灵魂。赫恩肖小姐就像我们所有人的母亲，这时她端着茶走了进来。她经过希尔夫特小姐身边时假装不小心地碰了一下她朋友的手臂。我嫉妒她们俩。

我坐地铁回了家。这种被再次融入伦敦普通人生活的感觉有些奇怪。已经有一个多星期了,我每天去办公室,五点半回到希福德广场,就像以前一样。我站在摇晃的车厢里,吊在扶手上,读着《旗帜晚报》里的小故事,有时候我会忍不住想,我是否只是陷入了一场丰富漫长而如今已经结束的幻觉。然而,我并没有做梦。不停出现的痛苦感足以提醒我这一点。

安东尼娅的兴奋期已经过了,持续时间并不长。眼下,她看起来,正如我在信里对乔姬娅说的,仅仅是精神崩溃的感觉。这种彻底崩溃的面貌在我眼中显得极其可悲,极其感人,我告诉乔姬娅,安东尼娅眼下多么需要且占据我的注意力,我并没有说违心话。希福德广场的房子仍然显得灰暗破败,在被迫害得奄奄一息之后,它尚未恢复知觉。我们用车把画和小件物品先搬了回来,但是其余搬去朗兹广场的东西还在那里,我把组织搬运的任务留给了安东尼娅,而她还没精力去管,所以那些引人注目的空缺,尤其是卡顿牌写字台不在所造成的空缺感,对我们而言都是有形的伤疤。至于无形的伤疤有多深,我们才刚刚开始感觉到。

我们互相照料。安东尼娅看起来老多了,她的脸上添了一种阴郁的烦躁表情,这是以前从来没有的。她开始显出易怒的倾向,又明显是在努力克制。我们先是互相说话带刺,之后是竭尽全力地互相关心。我们永远都在问候对方的健康,拿热水袋,煮牛奶,互相喂阿司匹林和本巴比妥[1]。房间甚至闻起来都像座医院。事实是,我们俩全都筋疲力尽,却又精神高度紧张,都觉得需要对方,又发现在一起就不得安宁。对我而言,支撑我的主要是对安东尼娅的怜悯。

---

1 本巴比妥(phenobarbitone),一种安眠镇静剂。

这并非一种纯粹的同情，而是混杂了报复情绪的感觉，这一点我非常清楚。她知道她曾让我痛苦，但是她永远不会知道这种痛苦的程度和本质，而我又没法不怪罪她，虽然这无疑是不理性的。我们都是失败者。

这段时间，安东尼娅极度沉浸在她自己的内心世界里，这在某种意义上是值得庆幸的。她疲惫而又彻底地认定我满足于接受回到我们原来的状态。乔姬娅的名字不再被提起，我也没法判断安东尼娅眼下是否对于我的不忠诚已然全不在乎，或者她相信一切都已经结束了。就好像最有可能的是，她已经很奇怪地把乔姬娅给忘了。我们当时对彼此那么生气，我很难相信她是真的忘了，但她疲惫困惑的大脑似乎只能一次处理几件事情，而乔姬娅显然不是这几件之一。

帕穆尔的名字也再没有被提起。我们双方都知道，这个名字迟早会再出现，只是我们还在休息。佩勒姆新月大街那边毫无生命迹象。那两位已经人间蒸发了，就好像他们从来没有存在过一样。安东尼娅自己提出，也许她可以去莱姆伯兹亚历山大那里住一段时间。我巴不得能摆脱她，而她又有人照顾。但是，亚历山大不在莱姆伯兹，而是在伦敦，忙他自己的什么神秘活动，事实上，我们很少见到他。罗斯玛丽会固定出现，带来鲜花、水果、杂志，以及其他专给残疾人的玩意儿，但是我们俩都不想见她。就这样，带着同情和愤怒，我们肩并肩地生活着，各自沉浸在自己的思绪中。

只要情况允许，我所有的时间都在想着奥娜。她充满我的意识，简直要溢出来。她成了我生活和呼吸的空气。我在大脑中没完没了地重温我们的每一次相遇，惊讶于我们相知如此有限，她却又如此必然地、全然地为我而存在。不过，我主要抓住不放的只有一件事：她没有告诉帕穆尔酒窖里的那一幕。至少，她当时没有告诉他。带着这个信念，我的思绪一而再，再而三地沿着同样的线路循环，一边绝望地衡量当时与当下之间的裂口。当时的我是自由的，也认为她是自由的；当下的我已经套上束缚，某种意义上这束缚比以前更深刻，更难以改变，而她——我不知道该想什么好。我想帕穆尔是在试图通过他和安东尼娅的关系，让自己从一个不堪重负的强迫情结中解放出来，有时候我会觉得这个想法很重要。其他时候，我同样肯定地认为，这奇怪的一对，在帕穆尔失败的经历之后，已经变得更加坚不可拆了。不管怎样，我什么都做不了。我并没有认真考虑离开安东尼娅。我得照顾她，肯定是这样。我甚至也不知道，在奥娜的心里，我究竟是什么样的，尽管这多少也是我最不需要关心的。虽然证据都是反面的，可一旦回到她对帕穆尔保持沉默这个事实，我就自信我对奥娜来说是存在的。然而，我第一百次地总结，我无能为力。然而，还有第一百零一次，我又忍不住想起奥娜，尽管有那么多绝望的理由，某个地方，透过某道狭窄的缝隙，一线希望之光照进我内心黑暗的迷宫，在一片剪不断理还乱的心绪之中投下微弱的曙光。

当然，我的大脑也会带着讶异不断地回到乱伦这一事实。我甚至去了公共图书馆，读了所有与之相关的书。心理学方面的书籍数量很少，内容也很一般，很快我就把注意力转向了神话。我注意到兄弟姐妹间的婚姻非常频繁，尤其是皇族和神界，这让我感到奇怪的满足，甚至是安慰。毕竟，除了皇妹，谁又配得上皇兄呢？我还注意到，此种结合的后裔种类繁多，往往骇人听闻。我的想象力如果不投向神话乱伦，就会将帕穆尔和奥娜的情人关系追溯到他们的童年时代，但我的想象力有限，常常力不从心。我也会去想他们那位发疯的母亲，但收效甚微。由此获得的启示的红光仅仅只是更生动地展现出奥娜的形象：孤独、可怕、神圣，在如今我能更清楚地意识到的某种意义上，她代表了禁忌，令我五体投地。

还在下雨。已经下了几天了。我到达希福德广场，甩掉大衣上的水，把衣服挂起来，拖着沉重的脚步进了客厅。炉火烧得很旺，所有的灯都亮着。窗帘还没有拉上，透过窗玻璃上的反光，我能看见外面那棵滴着水的广玉兰的影子。安东尼娅正坐在炉火边读书，她跳起来欢迎我。她在小桌子上放了一杯调好的马提尼和一碗鸡尾酒饼干。她吻了我，问我这一天过得怎么样。我跟她说了，然后开始喝我的酒。我重重地坐进沙发。我现在随时随地累得难以形容，仿佛仅仅活着就得付出十二分的努力。我心不在焉地拿起我在读的《金枝》[1]的最后一卷。

"你非得边喝酒边看书吗？"安东尼娅冷冷地说，"我一整天都一个人，除了罗斯玛丽早上来过一次，那也谈不上什么乐事。"

"对不起。"我说。我把书放到一边。

"你现在为什么总是读神话？你以前从来不读的。我给你的那本关于太平洋战争的书，你甚至都没看一眼。"

"对不起，亲爱的，"我说道，"我读完这本就读。"我闭上眼睛。

"也别又睡着了，"安东尼娅说，"我想请你帮我做点儿事。"

"随时待命，"我带着睡意说，"什么事？"

"你能替我去见见安德森吗？"

这让我清醒过来。"为什么？"我说，"要达到什么目的？而且你为什么自己不去呢？"

"我不想去，"安东尼娅说，"上帝知道我到底对安德森有什么感觉。有时候，我觉得我恨他。但是，我很肯定整件事都已经结束了。"

"那么，我为什么该见他呢？"我说道。但是，我的心燃烧着欲望。

"就是给事情一个了结，"安东尼娅说，"还有些实际事务。我的

---

1 《金枝》(*The Golden Bough*)，英国人类学家弗雷泽（James George Frazer，1854—1941）的代表作，提出人类思想方式的发展过程是由巫术、宗教发展为科学。

很多东西在佩勒姆新月大街，你可以带回来，或者安排一辆货车去装，我想，你应该没法都装进你的车里。"

我说道："你想让我帮你看看帕穆尔是否仍然爱你吗？"

安东尼娅疲惫地看着我，仿佛跟我隔了很远，透过无边无际的阴郁和忍耐的灰色帘幕。她说道："他不可能爱我，不然他不会只是因为你给他眼睛上来了一拳，就放弃了。"

这似乎有道理，我也再次想起安东尼娅的无辜。由于她对那件关键的事情毫不知情，她与帕穆尔和奥娜的关系，与我和他们的关系比起来，显得微不足道而又抽象。我想着与他们再次见面的可能性，我浑身的骨头和血都感觉到我与他们的联结是多么深刻。当然，我知道会这样，我知道我会再见到他们。也许正是这种肯定投下了希望之光，虽然我的想象力感觉不到。但是，我不动声色，转移了自己的注意力。

"你确定你要我去，而不是你自己去吗？"

"是的，"她说着，重重叹了口气，"这事还没有完。如果有个了结我也就轻松了，我们俩就可以安定下来，重新过正常的生活。"

她听起来如此沮丧，我站起身，弯腰吻了吻她的眉头。我保持着俯在她肩头的姿势，我的脸颊碰到她金色头发的顶端。头发正在变白。将来有一天，还没注意到一切是如何过渡的，我就会发现她的头发已经不再是金色的了。

23

一旦决定了我要执行去一趟佩勒姆新月大街的重大任务，我就想尽量推迟。真的到了眼前，我害怕得浑身僵硬。一想到有可能再次见到奥娜，我就感到害怕，但不仅仅是这样；一想到要和她在同一个房间里，我整个身体就变得又冷又硬。而且，这次任务也很可能代表了我的最后一次机会。最后一次干什么的机会，我不是很清楚，但可以肯定的是，害怕、好奇、期待，甚至希望，都紧紧依附于这次会面的前景。尽管，就算我相信奇迹，我也完全没法想象这个奇迹的内容会是什么。于是，我就用拖延法来争取时间。那两位的沉默的退出将我们甩进了黑暗和不确定中，而我在这种黑暗中还可以与关于奥娜的想象一起生活，然而任何时候这个想象都有可能变成一尊美杜莎的头像。若是完全没有了希望，我不知道自己该如何继续；那种彻底的绝望对我来说如死亡般可怕。

但是安东尼娅缺乏耐心，她只肯给我三天时间。既然终于下定决心，她便希望速战速决。我们的讨论是周一进行的。商量下来我应该先给帕穆尔写封信，仅仅是建议下个星期四六点我去跟他见个面，这样他有时间回复。我确实收到了一张明信片，简短，语气温和，回复说时间合适。周三早晨九点我已经紧张得几乎难以忍受，什么事情也做不了。甚至我最近发现的一本日本传说的书也不能让我集中注意力，书里面说日本兄妹会定期睡到一起，生出龙来。本来我很可能最终绝望地走进电影院，但我还是害怕如果看到什么悲伤或者感人的东西会忍不住大声呻吟。安东尼娅也同样坐立不安，整个下午都处于紧张烦躁的状态。我们俩郁郁寡欢地在房子里走来走去，一再经过彼此身边，如此深刻地相互联结，却又无法相互触碰，默默传递着意气相通的敌意。

我没有乔姬娅的任何音讯，她没有回复我给她的信，我有些担心。这种被忽视带来的痛苦挥之不去，是与我其他的问题完全不相干的痛苦。那天傍晚我想再给她写封信，但是等到了晚上，我又不想写了。奥娜的影子站在我们之间。我已经没法看见乔姬娅。在那一刻，我甚至连远远想想去拜访她都做不到；这会儿要写封信，却不提出见面，感觉难于登天。所以我一再推迟去想乔姬娅，其实眼下的我是把所有一切都推迟到去了佩勒姆新月大街之后。

我刚在屋里又兜了一圈，心里想着我能不能好好上床去，上了床又会不会再犯一轮哮喘。安东尼娅这会儿把放床单织品的衣橱里的所有内容都拖到了楼梯上，毫无必要地进行分类折叠。我在楼梯口站了一会儿，默默地看着她。电话响了。

"我去。"我说道，一边迈了一大步，跨过一堆堆的床单。"小心点儿。"安东尼娅说。我走进客厅，关上门，拿起电话听筒，我现在总是这样，随时准备着会遇到点儿什么奇怪的事情。是亚历山大。

听到他的声音我有些高兴。"哈啰，你这个老家伙，"我说道，"你干吗不理我们？安东尼娅想见你想疯了。你不知道我们现在的日子有多无聊。来我们家吧，给我们解解闷儿。"

亚历山大的声音听起来有点儿困惑。他说道，是的，他很想来，他也很抱歉最近有点儿行踪不定，但是首先，他有件重要的事要告诉我，他最好还是别绕弯子了。

"绕弯子，"我说道，"你这会儿正在绕弯子。是什么事？"

"我要结婚了。"

我大吃一惊。我说道："好事啊，终于要结婚了，大哥。她是谁？我认识吗？"

"嗯，你认识，实际上，"亚历山大说，"是乔姬娅。"

我把话筒放到桌上。远远地还能听到亚历山大在说话。我伸手遮住自己的脸。

刹那之间，如同血液回到被压坏的四肢，我对乔姬娅的爱占领了我的全部；就在那一刻，我意识到我终究还是，终究还是，终究还是，那么那么依赖于乔姬娅对我的忠诚。我要疯了。

我再次拿起话筒，说道："抱歉，你最后一句说什么？"

"我说，我想，希望你不要不开心或者不要生气是没用的。但是，我还是希望，最后你会祝我们好运。你想见我们吗，还是你不想见？"

"我现在就祝你们好运，"我说道，"我当然想见你们。我不明白你为什么觉得我会不开心。对乔姬娅，我恐怕除了良心不安以外，什么都不剩了。说真的，我很开心。"谎言和背信弃义的话从我的唇边汩汩而出，流利得让我自己都吃惊。

"你太棒了，马丁，"亚历山大说，"你不会介意转告安东尼娅吧？"

"我当然会告诉她，"我说道，"不过，你们俩现在不来看我们吗，今天晚上？话说回来，你们现在在哪里？乔姬娅跟你在一起吗？"这个消息让我如此悲痛，如此疯狂，我现在就想立即倒在刀口之上，让最大的打击立即结束，越快越好。

"是的，她在这里，"亚历山大说，"她问候你。"他遮住了话筒一会儿，我能听见他在说话，但是听不清说什么。"我们就在格罗斯特路站头。我们还得再打一个电话，但我们可以十分钟后去你们那里，如果你们真想见我们的话。"亚历山大明显也希望尽快了结。

"我们当然想了，"我说，"这是该开香槟庆祝的。马上过来，越快越好。告诉乔姬娅，我为你们俩感到非常高兴。"

"谢谢，马丁，"亚历山大说，"我还以为你要给我来场批斗会呢。"

"承认你是个快枪手吧！"

我听到亚历山大在那一头放心地笑起来。"我总算也有一次知道自己想要的是什么了。"

我挂上电话，站在桌子边，盯着窗外黑漆漆的花园，没拉窗帘。雨已经停了，在一片寂静中，我能听到广玉兰滴水的声音。安东尼娅走了进来。

她看到我的脸，说："老天，怎么了？"

"我亲爱的哥哥亚历山大要跟乔姬娅结婚了。"

"不！"安东尼娅说。这一声"不"如此强烈，语调充满彻底困惑的抗拒，倒让我吃了一惊，我望向她的脸。那张脸已经在瞬间变成了一张布满皱纹的痛苦的面具。安东尼娅是在意的。

我说道："嗯，我想这是最好不过的。你应该高兴才对。我面前的诱惑已经铲除了。"

安东尼娅深吸了一口气，仿佛就要尖叫起来。但是，她什么也没说。她转过头去，我一时间以为她又要痛哭流涕起来。我对她的反应有点儿意外。她还挺看重与我哥哥之间温柔感性的友谊，我以前倒是没意识到。不过，当然，她有点儿过度激动了。

我说道："我请他们现在就过来喝点儿香槟。他们在格罗斯特路。他们应该几分钟后就会到。我希望你不会介意。"

"你请他们现在就过来？"安东尼娅说。她的脸因痛苦和愤怒而抽搐起来，简直丑陋。"你这个十足的蠢货！你就不能为别人想想吗？我要出去。"她往门边走去。

"亲爱的安东尼娅，"我说道，"别生我的气。我不知道你会介意。我本来应该先问问你的。我可以自己招待他们，如果你想这样的话。但，还是请你留下吧。"

她瞪眼看了我一会儿，几乎带着仇恨。接着，她离开了房间，狠狠地关上门。我听到她上楼的沉重的脚步声。我等着，努力控制着嫉妒带来的肉体上的疼痛，我几乎痛得直不起腰来。门铃响了。

我走进门厅。

他们俩裹着宽大的外套，高高地站在那里，紧紧依偎在一起，背后是湿漉漉的蓝色的夜，走廊里吹过温暖芬芳的轻风。"请进，你们这没皮没脸的一对儿。"我说道。

他们默默地走了进来，我帮他们脱掉大衣。亚历山大脸上带着干笑，肯定和我脸上挂的笑容一模一样。我领着他们进了客厅，我们在壁炉边站定脚，互相打量着脸庞。三个人都在勉为其难。打击剧烈到难以复加。我看得出来，乔姬娅正努力控制自己脸上那不断自动浮现的怪笑。她无法阻止奔涌的血液，两颊烧得通红。一开始飞快地看过我一眼之后，她就一直在躲避我的眼睛。亚历山大紧张悲哀地看着我们俩，但是，他终究带着难以掩饰的胜利者的姿态。

"那么，马丁，"他开口道，"你是宽恕我们了？"

"当然，你们两个疯子，"我说道，"没什么好宽恕的。"我靠向前，吻了吻乔姬娅通红的脸颊。这并不容易。我能感觉到她在发抖。我握了握亚历山大的手。我说："你真他妈运气好。"

"我知道。"他谦虚地说，飞快地看了乔姬娅一眼。他又补充道："生活可以非常突然，不是吗？但是最快发生的事也往往是最可确定的。我们一旦有了那个想法，几乎就不需要谁来说服谁了。"

我对这些情感和告白提不起任何兴趣。我想快点儿听到乔姬娅的声音，不用再为之焦灼。我转身对她说话，语气比我自己意愿的更粗鲁。"来吧，乔姬娅，说点儿什么。只是你的老朋友马丁罢了。这么说，我这位奔放的哥哥把你掳走了？"

"是的。"乔姬娅低声说，仍然没有看我。

"好吧，你也很幸运，"我说道，"过来坐到炉火边，我们一起喝点儿香槟。你也不用看上去像是手伸在钱柜里被抓个正着似的。"我抓住乔姬娅的袖子，把她拉到沙发上。这一次我是真的表现不错。他们俩都坐了下来。

亚历山大说："我们很快就不会是一副羞愧样了。我们真高兴告诉了你们。安东尼娅人呢？你告诉她了吗？"

"是的，当然，"我说，"她也很高兴。她在往脸上扑点儿粉。她马上就下楼。"我希望她真的会下来。

乔姬娅正看着亚历山大。她伸长了两条大长腿，刻意想放松一下。她的呼吸又慢又长。她更瘦，也更苍白了，穿一条花呢学生裙和一件高领条纹衬衫。她的头发从头顶一泻而下，用发夹仔细别过，无可挑剔。她看上去如此整洁，更成熟，也更美了。亚历山大戴着小心翼翼的温柔面纱回视她。我有一种被排除在外的感觉，一时觉得难以忍受。突然之间，我感到这是我以前面对帕穆尔和安东尼娅时有过的一模一样的感觉。他们不过就是希望摆脱我。他们想要从我身边经过，继续一起生活，但是在这之前，他们必须用什么方法，温柔地、仔细地、充满爱意地，但也是毫不留情地把我先解决掉。

终于，乔姬娅坚定地掉头看向了我，我们的眼睛相遇了。她的眼睛很大，深沉、烦恼，然而也充满活力，很可能随时都会无耻地宣告自己是幸福的。上帝知道她在我的眼睛里看到了什么。在这次目光交换中，她无法不对我展示——几乎是炫耀，她新的自由感，虽然很短暂；她已经刻意重新掌控自己的情感。她曾经说过，如果没有自由，她也不再存在。难怪我失去了她。我起身去取香槟酒。

我带着酒瓶和杯子往回走的时候，意识到安东尼娅正轻轻地走下楼梯。她换了条裙子，化了很浓的妆。她明显已经决定不出去了。看到我的时候，她停下脚步，冷静敌意地看了我一眼，然后慢慢地向客厅的门走去。我为她打开门，跟在她身后走了进去。另外两位一起坐在沙发上，刻意地没有互相说话，这时一起站了起来。

我越过安东尼娅的肩头一眼看到了亚历山大的脸。他的五官被拉到一起，就像要聚焦某个点。那一刻一闪而过。

"哦，多么意外的惊喜！"安东尼娅说道，她的声音高得有点儿不正常。她是我们四个中最失控的一位。

"我希望我们能得到你的祝福。"亚历山大说,声音低沉谦卑。他向她鞠躬致意。

"我最衷心的祝福!"安东尼娅说,"祝福可以是衷心的吗?反正我的祝福是。让我亲亲这个孩子。"她吻了乔姬娅,后者盯着安东尼娅的胳膊,并抓住了它,直到吻落到她的脸颊上。我倒好了香槟。

亚历山大和乔姬娅在交换眼神。我们举起酒杯,我说道:"让我来说吧,一个奇怪的故事,却有一个幸福的结局!安东尼娅和马丁,祝福乔姬娅和亚历山大,我们爱你们,祝你们百年好合!"我们笨拙地相互碰了酒杯,然后一饮而尽。

我又倒了一圈酒。每个人都需要酒,我们像酒鬼一样喝着。仪式进行的过程中,现场安静得出奇,我们全都互相盯着。我看着亚历山大。他的脸看起来更严肃了,不可思议地年轻,带着某种疯狂的入定的表情,只有人在不计后果或者真正幸福时才有的表情。他这会儿转头去看安东尼娅,我发现他的五官再次聚拢起来,一副努力讨好又带着挑衅的模样。乔姬娅没有看着亚历山大,而是微微朝他的方向靠着,仿佛是被魔力牵引过去的。他们俩的身体已经彼此熟悉了。这会儿乔姬娅在盯着我看,带着难以察觉的阴郁的微笑,控制得当,她的酒杯稳稳地贴在唇边。酒总能让她恢复常态。安东尼娅像埃及人握酒杯那样一只手握着酒杯向外伸,一边盯着亚历山大。她的嘴角耷拉着。我注意到她脸颊上的腮红,注意到她已经变得多么苍老。不过,毕竟我自己也已经老了。我心想,我们真像一对上了年纪的父母在祝福年轻人。

为了结束这持续太久的沉默,我对乔姬娅说:"你看上去真漂亮!真是个时髦的女孩。"

乔姬娅微微一笑,安东尼娅叹了口气,我们都坐立不安了一会儿,亚历山大喃喃道:"有一位小伙子来自比特洛克里,他亲了一位时髦姑娘在假山公园里……"

我还在拼命想让对话继续下去，于是说道："说起比特洛克里，你们俩要去哪里度蜜月？"

亚历山大犹豫了一会儿。他说："是纽约，事实上。"他看向乔姬娅。我也看着她。她低头看着酒杯。

我们又都沉默了。那是很不幸的一个话题，我能看到乔姬娅转开的脸变得僵硬、通红。

我急急地说："多好啊。那你们以后住哪里呢？主要在莱姆伯兹吗？还是在市区？"

"两边都住住吧，我想，"亚历山大说，"不过，我们肯定是想在莱姆伯兹好好安顿下来的，不光是度周末。"他一边回答，一边似乎隐隐感觉到了乔姬娅不断加重的烦躁。

"那对莱姆伯兹有好处，"我说道，"那是幢喜欢人多的房子。有个真正的家庭住在那里，这对房子有好处，又会有孩子了。"

话刚一出口，我立刻希望自己没有说过。我听到乔姬娅急促地吸了一口气。她闭上眼睛，两滴眼泪从脸颊上滚了下来。

安东尼娅听到了她的吸气声，转过头去。她看到了乔姬娅的脸。接着，她说了一声哦，她的嘴巴动了起来，眉头也红了，她自己的眼睛，像两口巨大的井，瞬间热泪盈眶。她低下头，对着牢牢握在胸前的酒杯，她的眼泪落进香槟里。乔姬娅用手帕盖住了自己的脸。我看着亚历山大，亚历山大看着我。毕竟，无论如何，我们互相已经认识很久了。

24

疯狂的爱会以一切为燃料。于是，在最直接的痛苦过后，乔姬娅的决定带来的打击便打开了一条通道，我的欲望更为猛烈地沿着这条通道直奔奥娜而去。似乎一切都蓄谋已久；这样一想，乔姬娅的行为尽管让人难过痛苦至极，也算是清除了行动前的障碍。我将背水一战，看来是这样了。我将被剥得赤身裸体，剃得干干净净，做好一切准备，成为一个命中注定的牺牲品；而我等待着奥娜，如同一个毫无希望的人等待着神的严酷显灵。没有什么是我的理智允许期待的，然而一切又都在等待之中。直到我推开佩勒姆新月大街上那扇大门的一刻，我才想到，在我执行这趟使命的过程中，很可能连见一眼奥娜的机会都没有：在我心里，这对兄妹几乎已是密不可分。

我关上身后的大门，把滴着水的大衣挂起来。我从希福德广场出发时当然还太早，就在雨中走来走去，试图让自己变得冷静理性。还是一样，我一边敲着帕穆尔书房的门，一边感到因为心脏而几欲窒息，它跳得太高了。我走进了亮着灯的安静的室内，那里温暖干燥，紧凑得仿佛坚果的内侧。帕穆尔是一个人。

他仰面躺在长沙发上。他穿着睡衣，外面罩着紫色的晨衣，脚上是厚厚的红色拖鞋。虽然他背对着光，我还是立即看到了他脸颊上绿兮兮的阴影，那是残存的黑眼圈。我乍见之下有些吃惊，已经忘了我曾打过他，或者是事后想起也不太相信他的肉体会那么不堪一击。我进去的时候，他正在一只大纸巾盒里摸索。他身边有一只装满了用过的纸巾的废纸篓，他的第一句话是："我亲爱的伙计，别靠近我，我得了严重得见鬼的感冒。"

我在一张靠墙的椅子上坐下，就像在候诊室里一样。我疲惫急消极地看着帕穆尔。也许我就是来接受审判和惩罚的。我等着他行动。

他打了几个大大的喷嚏，说道："哦，天哪，哦，天哪！"接着又道："快喝点儿威士忌。你旁边就有，桶里有冰块。感冒总是直接进我的肝，所以我只喝大麦水。"

我给自己倒了点儿酒，点了支烟，等着。这会儿我已经意识到，绝望地意识到，我是不会见到奥娜了。如果这就是结局，没有结果的结局，那真是可怕。

"安东尼娅怎么样？"帕穆尔问道。

"非常好。"我说。

"我怀疑，"帕穆尔说，"不过她会恢复的。走出一段恋情主要就是忘记某人有多迷人。她很快就会忘记的。"

"你这个魔鬼，"我说，"你说这话就好像你，你自己，完全置身事外。"不过我说得有点儿干巴巴的。

"不，不，"帕穆尔说，"别误会我。你的妻子让我非常身不由己，真的非常身不由己。"他又打了个喷嚏，说了声："该死的！"

"那么你已经成功地忘记她有多迷人了吗？"

"你希望我这样吗？"帕穆尔说。

"别把我扯进来。"我说。

"亲爱的孩子，这叫我怎么做得到呢？"帕穆尔说。

"这就是问题所在，"我说，"谁也没法不把我扯进来。然而，我又哪儿都不靠。也无所谓了。"

"你为什么要来？"帕穆尔说。

"就是为了把事情了结。安东尼娅喜欢什么都一清二楚的。"

"'一清二楚'的意思是指干净还是纯洁？"

"干净。顺便说一句，你太自以为是了。她不再爱您了。[1]但是

---

1 原文用了法语 Elle ne vous aime plus。

需要你的合作来让事情了结。你要怎么做，那完全是你的事。暧昧微妙这些东西是你的长项。"

"安东尼娅想见我吗？"帕穆尔说。

我仔细地看着他。他聪明的眼睛也正看着我。他慢慢伸出手去扔掉一张纸巾。带着黑影的脸颊似乎挺适合他，让人想起某幅曾经见过却已记不太清的狄俄尼索斯的画像。我心想，他认定我已经告诉安东尼娅了。我说道："不想。"

帕穆尔看了我一会儿，然后叹了口气，说道："还是这样更好。"他又补充道："你怎么样，马丁？"

"死了，"我说，"除此之外，很好。"

"来吧，"帕穆尔说，"跟我说说，跟我说说。"他的声音让人感到安慰，让人难以抗拒。

我惊诧地发现自己的身体已经做好了抗拒的准备。我说："没什么，没什么。"

"你是什么意思，没什么？"

"我是说，都已经了结了。"

"你说谎，不是吗。"帕穆尔说。

我盯着他。他不知道我心里所想的一切，这似乎是不可能的。我不知道奥娜跟他说了些什么。我说道："帕穆尔，我来这里是和你告别的，代表安东尼娅，然后安排一下把她留在这里的东西搬走的事。我们能不能把注意力集中在这两件事上呢？"

"她的东西都已经打包了，"帕穆尔说，"这件事会处理的。不过，事情到了这一步，你是真的还想和安东尼娅在一起吗？"

"是的。"

"你非常不明智，"他说，"你们应该利用这个机会分道扬镳。这样对你们俩都好得多——以后会更难的。我这样说当然是从客观角度出发的。"

"是从临床角度吧。"我说。我内心某个专注的东西听到他的话，就像听到渴望已久的召唤。但是我继续道："我们不会分道扬镳。而且，无论如何，这也是我们自己的事。"

"你的婚姻已经完了，马丁，"帕穆尔说，"为什么不面对呢？你难道不想跟我好好聊聊这事吗？说真的，你要是对'临床角度'确有兴趣的话。我不是说一定得现在谈，但是，尽快吧。我肯定我可以帮助你。"

我笑了："我认识你到现在，还是第一次发现你也可以如此愚蠢。"

帕穆尔带着专业医师刻意的温柔看着我。我注意到他脑袋后面那排日本版画被换掉了。他说："你觉得我愚蠢，其实只不过是我有需求。我们不想失去你。"

"我们，"我说，"看在老天的分上？"

"我和奥娜。"帕穆尔说。

我更深地蹙起眉头，费了极大的力气不让我的脸透露内心的任何变化。"不失去我具体包括什么？"

"我不知道，"他说，"为什么我们事先就得定义呢？我简单说吧。我觉得你应该离开安东尼娅，这对你们俩都很重要。你想离开安东尼娅，现在不是安抚你抽象的责任感的时候。整体上来说，'做你想做的'比起'做你应该做的'，对他人造成的损失反而更少。你如果留在安东尼娅身边，会慢慢毁了她的。下定决心吧。也不要耻于接受帮助。灵魂憎恶真空。我和奥娜很快要出去旅行了，走得很远，很长一段时间。你又没有什么牵绊。跟我们一起走吧。"

我低头看着地上。帕穆尔的天才在于总能让我感觉我快要疯了。我从未如此清晰地听到那个声音说"一切都是允许的"。随着"一切都是允许的"，自然"一切也都是可能的"，于是，奥娜也就在某处，以某种方式，就这样存在于我的未来了。我再次抬起头，看到她正从帕穆尔身后的门进来，她已经进了房间。

我站起身，有那么一瞬间我怀疑自己就快晕倒了。但是，接着，我抓住椅子的靠背，立即感觉自己就像犯人面对法官一般面对着他们俩。这让我心里一沉，我深吸一口气，又坐了下来，双目瞪视前方。

奥娜穿着一件高领外套，事后我已记不起那是件丝质套裙还是外衣。她肘部以下的手臂裸露着。她站在帕穆尔身后，后者放松的身体似乎因为意识到她的出现而精神起来。他们俩同时观察着我，奥娜的头向前倾，亮闪闪的头发落下来半遮住她的眼睛。她像个猎手般站在帕穆尔身后，后者放松的身体那丰满的曲线分明在述说着"牺牲品"。我觉得我应该掉过头去。

"我已经邀请马丁加入我们了。"帕穆尔说。他那张半带微笑的大脸紧盯着我，就像盯着挣扎中的一条鱼，或者一只苍蝇。

"你这算是嘲笑我吗，帕穆尔？"我说。我没法看着奥娜。

"不要辜负你自己的命运，马丁，"帕穆尔说，"作为一个心理分析师，我当然不会以为人可以通过意志的抽搐来赢得自由。不过，总有要做决定的时候。你不是一个会受一般规矩制约的人。让你的想象力拥抱你内心秘密的渴望吧。告诉你自己：没有什么是不可能的。"

我笑起来，一边又站起身。"你疯了，"我说，"你真的以为，我可以跟你们俩在一起生活吗，无论是多么短的时间？你真的以为我还能继续做你们的相识？你不是开玩笑的吗？"这样说的时候，我的眼睛在帕穆尔的脑袋之上，与奥娜的眼神相遇了。

就在那一刹那，我们之间有了交流，而且就在那交流发生的瞬间，我心想这可能就是最后一次了。那不是出于我的想象；她对我非常轻微地摇了摇头，随后，她的眼睛便蒙上了一道帘幕。那是一声坚决而权威的再见；在我接受这声道别的同时，虽然痛苦，我还是立即明白了她从没有和她哥哥谈论过我。这是我们第一次也是最后一次的亲密时刻，那么生动，却又只集中于一个孤独的点。我立即看向了帕穆尔。

我说："我们已经互不相干了。"

"那样的话，"帕穆尔说，"我怀疑你我不会再见了，因为我们也不打算再回来了。"

"那么，再见。"我说。

"如你所愿，马丁，"帕穆尔说，"如你所愿。"

25

"他极其难过，极其失望，"我说，"不过，你也可以想象，他头脑还是很清楚的。他让我告诉你不用担心他，他会及时恢复的。他说他对你心怀感激，希望自己没有对你造成伤害，他多么希望一切都还可能。他还是很勇敢的。他说他不得不接受你的决定，而且本来也不会真的天遂人愿。但是，他说那是一次了不起的尝试，他不会希望一切都没发生过。"

这个话题我们已经反复聊了好几次了。"我怎么知道你不是在撒谎呢？"安东尼娅说。

那是次日的早餐时间，已经很晚了。我和安东尼娅，穿着晨衣坐着，面前是已经凉透的吐司面包和咖啡。我们两人似乎都动弹不了。她脸色苍白，心神不宁，忧郁烦躁。我则感觉精疲力竭。

"我没有撒谎，"我说，"如果你不愿相信我的话，又为什么要不停地问我呢？"

现在禁忌已经打破，安东尼娅开始没完没了地聊帕穆尔，不停地在回忆中重建自己与他的关系。

"不管他说了什么，他肯定没有那么说。"安东尼娅说。

我不忍心告诉她，她的名字几乎没有怎么被提起。"亚历山大是对的，"我说，"帕穆尔不太像人类。"

"他什么时候说的？"安东尼娅说。

"在他听说你和帕穆尔的事的时候。"

安东尼娅低下头，对着杯中冰冷浑浊的液体皱起眉头。她把草草扎成一团的厚重的头发推到肩后。她说："其实——"，然后说了一句"他妹妹也不太像人类"。

"她也不太像。"我同意道，叹了口气。我们又一起叹了口气。

"我希望他们去美国或者日本，然后就待在那里，"安东尼娅说，"我不想再听到他们的任何消息，我不想知道他们存在。"

"会像你希望的那样的，我亲爱的，"我说道，"走出一段恋情就是忘记某人有多迷人。你会惊讶于自己忘得有多快。"我们又都叹了口气。

"忘记！忘记！"安东尼娅说，"我们俩看上去都半死不活了。"她抬眼望向我的眼睛，阴沉、焦躁、愠怒。

我怀疑我确实想离开她。是的，我想是这样。倒不是说这有什么关系。我不知道，那一刻，她心里是怎么看我的。带着好奇和敌意，我们彼此审视着。

"你是爱我的，是吗，马丁？"安东尼娅说。她提问的口气并不温和，而是带着某种急促的焦虑。

我说："当然，我爱你，当然了。"

听起来足够勉强，我们继续互相阴郁地看着，我们的眼睛都暗沉沉的，充满各自的悲伤。要拉起她的手得费极大的劲儿，我没有去努力。我就那样瞪眼看着，看着，直到安东尼娅终于消失不见，我能看见的只有奥娜。她那黑色的杀手的头颅略略向我低着，那道帘幕落下，遮住了她眼里的光。

"顺便说一句，有一个你的包裹。"

我愣了一下。我把手里橡皮似的吐司一掰为二。我不知道自己还有没有力气给我俩再煮点儿咖啡。"哦，在哪里？"

"门厅里，"安东尼娅说，"你不用动，我去拿。我会烧壶水，再煮些咖啡。"

她很快回来了，拿着一个狭长的盒子，包着棕色的纸。她把盒子放在我身边，一边说："崇拜者送兰花来了！"她进了厨房。

我看看盒子，摸着自己的下嘴唇。我的嘴唇干燥开裂，是抽烟太多的缘故。我又点了一支烟，心里想着这一天该怎么打发。这是一个需要点儿天才才能解决的问题。我瞟了一眼窗户，看到天还在下雨。我用面包刀割断了包裹绳。

我已毫无斗志，这是事实。我不想再受到更多鞭打了。帕穆尔让我心里乱成一团。如果他是故意要在我欲望的道路上设置障碍，他确实大功告成；这也让我多少有点儿相信，他毕竟还是知道的。但是，一想到这里，奥娜摇头的样子就会出现，并且带着更强大的权威：完全秘密的也是完全失去了的奥娜。我开始扯去盒子的包装纸。

帕穆尔并不知道，但是现在他知不知道也无关紧要了。他们要走了，这该下地狱的一对，要去洛杉矶，去旧金山，去东京，而安东尼娅和我则会忘记；被击败的欲望告诉我们还能做什么，我就会照做，她也会照做，带着无聊的微弱的良心。我打开了盒子。

盒子里有很多黑乎乎的东西。我瞪眼看着，既困惑又反感，心里想着这会是什么东西。我站起身，把盒子拿到灯光下，以便看得更清楚些。我觉得我不想去碰它。最后，我还是小心翼翼地碰了，这样做的时候我意识到这是人的头发。又过了一分钟，我才认出这盒子里装得满满的又长又厚的头发正是乔姬娅的，乔姬娅那一头美丽的、略带栗色的深色长发。我在门道里与安东尼娅狠狠地撞了个满怀。

"乔姬娅，"我喊道，"乔姬娅。"一边使劲地敲着她家那扇紧锁的大门。屋内一片静悄悄的。

我把车开出去的时候，对着安东尼娅喊乔姬娅肯定没事的，她应该和亚历山大在一起，而安东尼娅告诉我，昨晚我不在家的时候，亚历山大从莱姆伯兹打来电话，说起过乔姬娅还在伦敦。反正都一样，安东尼娅认为我的担心完全不理性。我又敲起了门。

我侧耳倾听屋里的安静。这么害怕当然有些荒唐。收到头发具有出现在梦里的某个符号的深刻意义，但是也没有必要非用噩梦的逻辑来解释。乔姬娅的礼物无意是一个嘲讽，尽管也是相当苦涩可怕的嘲讽。她本人很可能此刻就在附近哪个图书馆里，而我则站在一间空屋子的门外。然而我还是没法就这样说服自己，我也知道自己不可能一走了之。我不知道是不是应该再打几轮电话，但是，我已经打过所有她可能被找到的地方的号码。此刻，我就是想走进房间，仿佛这个动作本身可以扭转一场灾难。锁住的大门如磁铁般难以抗拒。我仍然等待着，直到我觉得我突然听到了什么声音。我赶紧弯下腰，把耳朵贴在锁孔上，屏住呼吸。片刻之后，我听见一个声音，接着同样的声音又重复出现。仿佛是呼吸困难时发出的低沉规律的叹息声，就从门后传来。我直起身，有一分钟时间站在那里，浑身冰凉，动弹不得。我听到的声音让我惊恐万分。

乔姬娅的窗户够不到。除了门，没有别的进房间的办法。我又徒劳地用身体撞了一两次门。接着，我想起装修工具还堆在楼下。我冲了下去，在工具里翻找起来。通向街道的门像往常一样敞开着，明亮的雨蒙蒙的人行道上人来人往。我找了一把很沉的抹水泥的平底铲刀和一把榔头，又冲回了楼上。我把铲刀用力插进门锁旁的门缝里，然后用榔头把它往里敲。接着，我把铲刀当作撬棒。只听见什么东西裂开的咔嗒声。片刻之后，铲刀的柄掉了。我推了推门，但门还是不动。我拿起榔头，用尽全力敲打门锁部位。更多的咔嗒声，接着我看到裂缝变大了。我用肩膀一推，门开了。

我走进去，推了一把身后的门。屋里静得可怕。房间黑乎乎的，有酒精和陈旧烟草的难闻的味道。我打开窗帘，空气中似乎还残留着香烟的烟雾。或者可能只是我想象这里有灰色的雾霾。有人躺在地板上。片刻之后，我才确定那是乔姬娅。不仅仅是她剪短了头发一时难以辨认，她的脸也不太像平时的她了，这张处于无意识的深度睡眠中的脸变得没有了个性。感觉她几乎已经，走了。

我俯身对着她，叫她的名字，摇她的肩膀。她完全没有反应，我意识到已经没法用这样的方式唤醒她了。她脸蛋浮肿，泛着青光，嘴巴还在呼吸，发出沙嘎的声音。我没有犹豫太久。我找到电话本，拨通了诚信红十字医院的电话，解释有人意外服用了过量安眠药。他们保证立即派救护车过来。在那个地方，这样的事每天都在发生。

我在乔姬娅身边的地板上跪下。我不知道是不是应该继续想办法叫醒她，但决定还是不要了。我隐隐觉得，触碰她也许会伤害她；她的状态是一种强加的禁忌，这具软塌塌的、不省人事的身体确实让我充满反胃的感觉。她看起来像个溺亡的女孩。一开始，我一直看着她的脸，我惊异于这张脸的陌生。就仿佛她已经成了另一个人，仿佛一个外星生物拿走了她的身体。如果有人说这只是乔姬娅的一个仿制品，我也会相信；她躺在那里，浑身瘫软，嘴巴张着，毫无生命的感觉以及规律的深呼吸让她看起来像一具蜡像。她侧躺着，一只手举过头顶。她穿着蓝色的衬衫和黑色的裤子。这些我认出来了。她的脚光着。我凝视她的脚。这我也认出来了。我碰她的脚。摸上去很冷，蜡制的感觉，我用靠垫盖住她的脚。我看着她长长的穿着裤子的腿，还有她大腿的曲线。衬衫的扣子开着，我能看到她胸部的起伏。我看她的脖子，她的一只耳朵，因为剪短了头发而完全露在外面。我看着她熟悉的伸展开的手，最高处的手掌打开着，请求释放的手势。所有这一切我都曾占有过。但是，此刻，仿佛一切都分解成了碎片，乔姬娅的碎片，她的人消失了。

那一刻我几乎没法回忆，或者做任何思考。但是，我似乎又一次听见她的声音在说："马丁，你不知道我有多接近崩溃的边缘。"确实，有太多我不知道的东西，我不曾在意到想知道的东西。乔姬娅的坚忍促成了我的没心没肺。她如此巧妙地藏起自己的痛苦，不让我烦恼。我享受了，却不需要付什么代价。但还是有人付出了代价。我低头看着她瘦瘦的一动不动的身体，我回忆起她怀孕的噩梦，结果只是以拥抱和香槟结尾。如果她死了，那我就是凶手。我这样想着，却只是愚钝地想着，不带感情地想着。我眼前的肉体没有完整的存在感，我仍然没法让自己去碰她。那会是抚弄一具尸体的感觉。然而，怀着一种谦卑感，带有一丝欲望元素的谦卑感，我在她身边躺了下来，我的脸紧靠着她的。我能感觉到她的呼吸。

又过了几分钟。我听到门边传来声音，便探起身。我支起一只胳膊，看到一个影子进了屋。门又关上了。奥娜·克莱恩低头看着我。

我换成坐的姿势，说道："救护车正在路上。"

奥娜说："我就怕发生这样的事。她寄给我一封很奇怪的信。"

我说："她把她的头发寄给了我。"

奥娜盯着我。她面无表情，冷冷的。接着她看向乔姬娅，说道："我明白了。就是这样。我是觉得她看起来怪怪的。"她语气冷淡，字斟句酌。

我心想，她毫无同情心。接着我又想，我也一样。

奥娜穿着一件破旧的、不系腰带的雨衣。她没戴帽子，雨水让她的黑发显得油光发亮。她站在那里，手插在口袋里，环视房间，一副十足的职业派头。她有可能就是个侦探。我站了起来。

她说："既然她让我们俩都知道了，那就希望她不是非常认真的。你找到药片了吗？"

我没有考虑到药片。我们开始搜寻，在书和报纸堆里翻找，弄翻了装得满满的烟灰缸和成堆的内衣裤，把抽屉里的东西都倒到地板上，在乔姬娅没有反应的脚上跨来跨去。我把乱糟糟的床翻了一遍，查看枕头底下。我回头看到乔姬娅仍然躺在那里，周围全是被弄得乱七八糟的她自己的东西。我又瞥了一眼奥娜全神贯注的脸，她正在洗劫另一个橱柜，我真不知道自己究竟闯进了一个什么样的荒诞不经的噩梦。最终，我们找到了一个空瓶子，是一个有名的安眠药牌子，我们停止了搜寻。

我看了看手表。很难相信离我给医院打电话还不到十分钟。救护车肯定很快就会到。突然一切安静下来，我和奥娜隔着横卧在地的乔姬娅彼此对视着。我意识到，这是剑桥那晚之后，我第一次跟奥娜单独相处。只是，我并非跟她单独相处，我们有一个可怕的监督人。她在我面前，但只是一种惩罚，一个幽灵。我也知道，我看着她，并不像我看任何人类，而是仿佛看着一个魔鬼。而她从她灰黄色的犹太面具背后回视着我，有弧度的嘴唇闭得紧紧的，细长的眼睛黑不见底。然后，我们同时低头看向乔姬娅。

奥娜在她身边跪下，开始清理她周围的报纸、衣服和其他杂物，我们洗劫屋子的时候有好些东西落在她身上了。我注意到乔姬娅的躺姿与我刚到时她那副溺亡的样子一模一样，这让我感到讶异。奥娜清理出一块地方之后，把手放到女孩肩膀下，让她换成平躺的姿势，把她伸直的手臂放到胸前。接着她把一个靠垫放到她头下。我感到一阵战栗。我在另一边跪下时，这两个女人有一瞬间在我眼前构成了一幅圣母哀子图，奥娜低着头，突然充满温柔的关怀，而被杀害的乔姬娅，离我那么远，睡得那么沉。

奥娜仍然扶着乔姬娅的肩。这一接触仿佛赋予了沉睡中的女孩一种清晰的存在，我也觉得自己可以触碰她了。我的手指抚过她的大腿，隔着衣物，我能感觉那柔软温暖的大腿。但是，我感觉更强烈的，是奥娜的手与我的手发生关联的震颤，仿佛电流一般；我记起我们俩的手几乎在武士刀的刀锋上相碰。我遮住自己的脸。救护车到了。

26

乔姬娅床边的一幕生动活泼，带着一种节庆的喜悦。我们全都在场，像一个大家庭团聚在孩子的病床边。鲜艳的包装纸、巧克力盒、玩具动物、企鹅版图书，床罩上散落着各色牌子的香烟，墙边桌子和窗台上一排排的花瓶让这间小小的医院病房看起来像个花店。有点儿育婴室里过圣诞节的气氛。

乔姬娅躺着，身下垫着枕头，看起来确实像个过分激动的小女孩。她的脸很红，仍然是圆滚滚的新模样。她的头发被她自己在后颈部分草草剪短，修女已经帮她修过了，但还是有些长短不齐，脑袋两边都有些头发支棱出来，让她看起来很像个少女。她有些紧张地抚摸着一只毛茸茸的白色玩具狗，是安东尼娅给她的。她挨个看向我们，带着明亮而胆怯的讨好人的微笑。我们都满怀善意地靠向她。

这是乔姬娅的壮举之后的第三天。她昏迷了超过十二个小时，但现在已经脱离危险，恢复得很快。帕穆尔紧挨着她坐在床头，我坐在他的对面。安东尼娅双腿蜷曲地跪在床上，亚历山大靠在床脚的铁床栏上。奥娜·克莱恩靠在帕穆尔身后的窗台边。

"哦天哪，我给你们全都添了那么多麻烦！"乔姬娅说，"我太糟了。"

"皆大欢喜！"安东尼娅说，她的手冲动地伸进玩具狗的绒毛里，握住了乔姬娅的手。乔姬娅自杀的消息让安东尼娅又恢复了活力。一听说这事，她那副没精打采的泄气模样就被抛到了一边。经过三天的亢奋激动，她看起来明显好看多了，又像她原来的样子了。昨天她买了三顶帽子。

"你是该觉得糟糕！"帕穆尔说，"严格来说，我们应该好好打你一顿板子，而不是像这样宠着你！"他的手深情地抚过她黑色的短发，把她的脑袋微微转向自己。

我能感觉到奥娜·克莱恩的眼睛在看我，但是我没有看她。她靠在那里，带着一个空洞的猫一般的表情，几乎像是微笑。她没有加入交谈。亚历山大也很克制，带着悲伤而温柔的眼神注视着乔姬娅，沉浸于享受自己的情感。我嫉妒他这种明显的情感能力。我心里空洞洞的。

"我醒过来的时候，觉得自己真是个骗子，"乔姬娅说，"我对自己说，这条走廊里所有别的女人都是真有病才在这里，而我则是个制造麻烦的人。但是，你们知道吗，她们全是跟我同样的原因才在这里！最头上那间病房里的女人很骄傲，因为她吃的剂量是最大的！"

我们笑了。亚历山大喃喃道："睡眠！也许有梦……"[1] 几乎很难听清楚，他也不愿再重复一遍。

我看着乔姬娅紧张地交叉在一起的手。这两只手神经质地抚弄着玩具狗，我心里升起对手的同情。但是我已经无法理解作为整体的乔姬娅。在这次奇怪的解体之后，她再也没有重新合拢。这个曾经熟悉的身体如今横在我身边，近在咫尺，我却感觉不到一丝热切的兴趣。甚至，在她仍然变形而陌生的脸上有着让我感到排斥的什么东西。就仿佛她真的已经死了。想到这些，我就想跪在她的床边，埋起脸号啕一番，作为绝望的哀悼。但我只是继续坐在那里，半带着僵硬的微笑。假如我伸手去拍她的手，我不知道这样的动作会不会显得做作得让人难以忍受。我仍然能感觉到奥娜的眼睛落在我身上，如同冰冷的阳光。

---

1 这是哈姆雷特那段著名台词"生存还是毁灭"里的一句。

"嗯，这样我的同行们才有活干啊，"帕穆尔说，"尽管我必须承认不是总能遇到这么让人愉快的病人！"

乔姬娅要接受心理治疗，她这种情况通常会被如此要求。帕穆尔把她登记为病人，主动满足这一要求。她很快要去剑桥小住一段时间。

"当然，这很奇怪，"乔姬娅说，"事实上，我完全正常——比大多数心理分析师都更正常！"

"谢谢你，我亲爱的！"帕穆尔说，"我敢肯定你很正常，但是稍做调整不会有什么害处的。"

我心想，很快乔姬娅就会把她所有的性生活都告诉帕穆尔了。我伸出手，拍了拍乔姬娅一只不安的手。她打了个冷战。

安东尼娅说："好吧，我的孩子，我不该一整天都待在你床上！我约了做头发。我必须快点儿走了。"她下了床，没有看我一眼，抚平她那件时髦的春装。她看上去容光焕发。

亚历山大说："我开车送你。我还得去安排那个展览的事。"他给了乔姬娅一个深刻哀怨的眼神，两手合拢隔着床单按了按她的脚，便跟在安东尼娅身后离开了房间。

阳光很灿烂，一月末的明晃晃的太阳让人有春天快来了的错觉，白色的房间因为阳光而感觉欢乐。我不知道是不是也该走了，让奥娜和帕穆尔留下来陪乔姬娅。那天下午我本来应该在品尝霍克酒。还有时间赶过去，只是无论移动还是说话，都感觉无比艰难，仿佛我正暴露在让人瘫痪的射线之下。帕穆尔握着乔姬娅的手。他看上去也特别精神，一副严肃干净的样子，棕色光滑的皮肤，淡灰色的短发光滑干燥，犹如动物的皮毛。我见他也是如此容光焕发的模样，便闪过一个念头，也许他已经跟安东尼娅重新又恢复了某种联系。但那是不可能的。我看向帕穆尔脑袋上方的奥娜·克莱恩。她仍然像尊古代雕像般微笑着。

　　"你们两个年轻人先走吧，"帕穆尔说，"我要跟我的病人严肃地谈一谈！"

　　我站起身，说道："好吧，再见。"我在乔姬娅的眉头亲了一下。她咕哝了一句什么，微笑着，她亮得疯狂的眼睛不安地眯缝起来。我出了门，走下楼梯。我能听见身后的脚步声。

27

奥娜·克莱恩在医院门口追上我，我说道："我能载你一程吗？"眼睛没有看她。

她说"好"，于是我就默默地带路来到车旁。

关于这段驶往佩勒姆新月大街的路，我记得的东西并不多。很奇怪，回忆起来，这段路程与我跟奥娜的第一次同车混淆在一起，就是从利物浦街车站回来那一次。我只记得胸膛里燃着兴奋的烈焰，与此同时对自己即将要做什么感到很有把握。在交通高峰之中，护佑酒鬼的神也在护佑着我。

到达之后，我下了车，跟着她进了屋子，这似乎也没有让她吃惊。她打开门，扶着门等我进来，然后进了客厅。明亮的阳光让这个阴沉沉的房间显得寒冷而了无生气，抽走了房间丰富的暗色调中的温暖，看上去灰尘仆仆的。我进了屋，关上身后的门。我们面对面，站在房间的两头。

这一刻我感觉自己真的就快晕倒了，我记得将手腕在门板上用力摩挲，以便让痛感使自己冷静下来。她正观察我，仍然带着一丝古老的微笑。我感觉到她的力量。我控制自己的呼吸。

奥娜带着明显而又无情的注意力等着我先开口。

我终于开口了："我猜，你知道我爱上你了？"

她考虑了一下，脑袋略歪向一边，仿佛倾听的样子，然后道："是的。"

我说："我怀疑你不清楚有多爱。"

她转身，肩膀对着我，然后道："这无关紧要。"她声音平静，但没有疲倦感。

"我爱你无关紧要，还是有多爱无关紧要？"

"后者。你爱我，这让我感动。仅此而已。"

"不是仅此而已，"我说，"奥娜，我疯狂地想得到你，我也会疯狂地为你而战。"

她摇了摇头，这次转回身来，看着我的眼睛。

她说："这样的爱，没有立足之地。"她的"没有立足之地"就像是把宇宙找了个遍，然后又把宇宙装进了一个盒子。

我不愿意就此罢休。我说道："你什么时候知道我爱上你的？"这是一个陷入爱的人问的问题。

"你在酒窖里攻击我的时候。"

"所以你知道我出现在剑桥意味着什么？"

"是的。"

"但是你没有告诉帕穆尔。"

她只是盯着我，我看到她眼睛中那条熟悉的蛇又冷冷地爬了出来；我的眼前也再次出现了她暗漆漆的胸部，她和她哥哥在一起的场景。我一阵战栗，更多不是因为我看到了什么，而是我看到了这个事实本身。她永远不可能原谅我。

"你给我写了一封满纸谎言的信。"她说道。她站着，看着我，头向前伸着，大衣的领子竖着，在她黑色的假发般的头发后面，她的手插在口袋里。

"我给你写了封愚蠢的信，"我说，"当时我不知道自己在撒谎。"

有一阵短短的停顿，我很怕她会让我走。我摊开双手按在门上，几乎就要祈祷。在她模糊的犹豫中，我凭直觉做着渺茫的猜想。但愿我能找到正确的话，我就可以让她继续说下去，我就可以在这个短暂而重要的时刻再多拥有她一会儿；只要一个小小的致命错误，我就会被扫地出门。

我字斟句酌地说道："我很高兴你毫不怀疑我正深陷爱河。如果有什么是明显的，也就是这件事了。你肯定也看到了我的困难，你和客观情况都没有给我太多表达的机会。如果我现在扯掉你的衣服，对我也不会有什么好处。但只要你一句话，我可以赴汤蹈火。"我说话的声音低沉理智；一边说着，我一边想到帕穆尔会回来，我剩下的时间少得危险。

她听着，好像神情专注的样子。她黑色的眼睛考量着我，说道："你不知道自己在要求什么。你是想要我的爱吗？"

这让我大吃一惊，我说道："我不知道，我甚至不知道自己是否觉得你有爱的能力。我只是渴望你。"

片刻之后，她笑起来，随后说道："马丁，你真是一派胡言。"她转身，突然飞快地脱下外套，走到墙桌旁，那里放着酒和杯子。她倒了两杯雪利酒。我注意到她的手在颤抖，心里禁不住一阵狂喜。

我没有离开自己的位置。她把一只酒杯放在房间正中的一张小桌子上，走到壁炉边。我过去拿起酒杯，又退到门边。我觉得，如果我靠她太近，我可能会把她撕成碎片；我也感觉到自己血液中一阵喜悦的颤动，那是因为我觉得她也意识到了。接着，我有些反应迟钝地想起她叫了我的名字，我努力不让自己伸手遮住脸。

"一派胡言是指我怀疑你爱的能力，还是仅仅指我渴望你？"我说道。我生怕走错一步。

"你不了解我。"

"让我了解你。我对你有一种理解，比一般的了解更深刻。你也意识到这一点，不然你现在不会这样跟我说话。你不是一个会浪费自己时间的女人。"我也在发抖，然而不太理性，而且我近乎愤怒地感到，将我们与彼此缴械投降的巨浪隔开的，只是一道薄薄的不堪一击的屏障。如果我知道下一步怎么做就能推倒屏障，该多好啊。

"回到现实吧，"她说，"回到你的妻子身边，回到安东尼娅身边。我什么也给不了你。"

"我和安东尼娅的婚姻已经结束了,"我说,"帕穆尔是对的,这婚姻已经死了。"

"帕穆尔习惯了这么说话。你不是一个傻瓜。你知道你的婚姻在很多意义上都是活着的。无论如何,不要以为你这样不是在做梦。"接着她又重复了一遍:"回到现实。"然而她还是没有让我走。

"我爱你,"我说,"我渴望你,我全部的身心匍匐在你面前。这就是现实。关于现实在哪里,我们确实不应该被习惯蒙住了眼睛。"

"习惯!"她说道,又笑了起来。我也笑了,接着我们又都紧张、严肃起来。我因为全神贯注而浑身僵硬,我要把注意力和意志力都压在她身上。她站在那里,穿着她那件古老的深绿色套装,两只脚分开,手背在身后,盯着我。

她说道:"你对我的爱不属于这个真实的世界。是的,这是爱,我不否认。但是,并非所有的爱都需要跑满全程,无论顺利与否,何况这种爱没有跑道可言。对你而言,我是令你着迷的可怕对象,这是因为我的本质,也因为你所看到的。我是一颗被割断的头颅,就像原始部落和以前的炼丹术士们会用的,拿油把这断颅膏起来,在它的舌头上放一小撮金子,让它口吐预言。跟一颗断颅待在一起时间长了,也许就会知道奇怪的事情,谁知道呢。付出的代价也是够多了。但是,这跟爱离得很远,离普通的生活也很远。作为现实的人,我们彼此并不存在。"

"我至少在你这里,"我说道,"已经付出了所有的时间。这恰恰确实让你变得真实。你给了我希望。"

"我并不想这样。这一点你要弄清楚。"

"那么没有跑道的爱究竟会做什么呢?"

"它会变成别的什么东西,或重或尖锐,你把它放在心里,围绕你的存在,直到不再让你感到痛苦。不过,那是你的事。"

我感到我表现出了软弱,而这可能是致命的。她走了几步,地板上她的影子在冰冷的阳光里移动。她在大衣口袋里找烟，我心里肯定她很快就会让我走了。

我开始在房间里往前走，她愣了一会儿。接着，她很刻意地继续点烟。她点着了烟，看着我，两只手松松地垂在身边，一只手里拿着闷燃的烟。她那张希伯来天使般严肃的脸审视着我，时刻准备着，毫无表情。但是我已经不可能再触碰她，仿佛她就是"约柜"[1]本身。

我走近她，双膝跪地，接着全身匍匐在地，脑袋贴着地板。这一切发生得那么自然，就好像我是被一拳打倒在地的。这很奇怪，但我本可以在那里躺很久。

一两分钟之后她说道："起来。"声音平稳，非常低沉。

我开始爬起身。她已经向后退了，靠在壁炉架上。我身不由己地哀求起来。我跪在地上说："奥娜，我们不要再这样争执不下了。只要你能见见我，这是我全部的要求。我完全不知道你的处境，也不知道你想要什么，但是，过去半个小时我们彼此之间颤抖、震动的东西，我肯定它是真的。不要杀死它，这就是我全部的恳求。"

她猛地一晃脑袋，愤怒地皱起眉头，我意识到我已经打破了脆弱的符咒，在这决定性的时刻，我是靠这符咒才能抓住她的。我站起身。

她说道："我们没有争执不下。请不要自欺欺人。你活在梦里。你最好现在就走。帕穆尔很快就要回来了，我希望你先走。"

"但是你会再见我的吧？"

"我这样做是绝对没有任何意义的。我和帕穆尔基本上马上就要走了。"

"别这样说，"我说，"我不能没有你。"

---

1 约柜（the Ark of the Covenant）是《圣经·旧约》中记载的古代以色列人的圣物，内置刻有十诫的两块石板，由所罗门王藏于古犹太圣殿内的至圣所。

"我的天哪,"她嘲讽地说,"那么如果你有了我,你又准备拿我怎么样呢?"

这句话向我传递了一个简单的事实:她没法把我当成一个平等的对手。我立即住嘴了。

我上车的时候看见帕穆尔正从附近的出租车里下来。我们彼此招了招手。

28

　　第二天差不多午饭时间，我开始担心安东尼娅了。前一天傍晚，整个晚上，她都没有回家。很晚的时候我给她母亲去了个电话，还有一两个她的朋友，但是都没有找到她的踪迹。我给罗斯玛丽的公寓打电话，也没人接听。我起床开了一瓶威士忌，等着她出现，后来躺在沙发上沉沉睡去。凌晨时分，我醒过来，浑身僵硬，感觉孤零零的。七点钟我又给罗斯玛丽打了电话，没抱什么希望地给莱姆伯兹也打了个电话，全都没人接听。九点钟，我给理发店去了电话，得知林奇-吉本太太最近跟他们都没有约过。我心想安东尼娅肯定是换过理发师了，要么她就是在撒谎。我没法鼓起勇气给帕穆尔打电话。

　　大约十点，电话响了，但只是搬家工人要把朗兹公寓里剩下的家具运来。他们把家具搬来了，在把卡顿牌写字台抬进门的时候敲掉了一个桌角。工人走了之后，我伤心地站在写字台边上，舔了舔手指，再轻轻涂抹桌角的伤处，让木头颜色变深些。接着，我找出些上光剂，整个擦了一遍，但还是没法掩盖伤处。写字台有种被遗弃的不合时宜的气息，仿佛它已经认定自己是在苏富比拍卖行[1]里了。这个房间一直也没能复原。

　　我又打了几个电话，包括打给本地警察局询问事故，还是毫无结果。十一点刚过，电话响了，但那是米腾打来问霍克酒的事情。我既烦躁又担心，简直到了极不理性的程度。不打一声招呼就消失不见，这不像安东尼娅的作风，我忍不住想象她躺在医院里失去意

---

[1] 苏富比拍卖行（Sotheby's），始创于伦敦的世界上最古老的拍卖行。

识的样子，又或者脸朝下在泰晤士河上漂着。这一焦虑的感觉让我想起小时候，每次我母亲到了时间还不回来，我就会难过得发狂。和那时候一样，我努力安慰自己说：一个小时，两个小时之后，她肯定就回来了，一切都会解释清楚，一切都会恢复原样。但是与此同时，时间一分一秒地过去，什么消息也没有。

我的婚姻在很多意义上仍然是鲜活的，这当然是事实，眼前的事就是证据。也许听起来很可鄙，但我从奥娜那里回到家，确实想从安东尼娅那里获得安慰。我像往常一样给她调了一杯马提尼，等着她六点一过就回家。一段完理所当然的关系所能提供的安慰是无可替代的，而且，毕竟，尽管发生了那么多事，但只有安东尼娅才是我的妻子。我没有想到反省一下这种想法是否存在任何不合逻辑的地方，何况确实没有什么不合逻辑的。

离开奥娜的时候我痛苦至极，那是我们最后几句话带来的痛苦。然而，我坐着等安东尼娅的时候，在我还没有开始担心之前，我内心被一种深刻的喜悦感所占据。考虑到整个事件的极端困难和危险，这场会面还不算太糟糕。奥娜竟然愿意跟我交谈，这一事实足以让我回味无穷。我非常肯定她直到现在也没告诉帕穆尔我的情况。我喜滋滋地回忆起她颤抖的手。她告诉我她不打算给我任何希望，但她事实上恰恰给了我希望，而她绝不是个傻瓜。当然，我很清醒地知道那只是很小的、非常小的希望，但是，对一个身陷爱河的人来说，星星之火可以燎原。我最需要的就是获得缓刑的感觉。我没法相信奥娜和帕穆尔真的即将远走高飞，走得遥遥无期；我肯定我会再次见到她。对于我的妻子，和她的哥哥，我则自欺欺人地觉得没有任何要求可言。要么我会失去奥娜，那样的话就一切照旧；要么，实际上也是不可能的，我会得到奥娜，这就会造就一片新天地，横扫以往所有的一切。我将是一个新人；如果她无情地将我拉向她，我也会赴汤蹈火，义无反顾。

打破这一段独白的正是对安东尼娅的担心。直到第二天快中午时分，我已精疲力竭，不得不暂时停下担心，这时我的思绪才又完全回到奥娜身上。我想起了她关于割断的头颅的话。前一天，想到我没有把第一封信寄给她，还挺庆幸的，我在那封信里对自己行为的解释无聊至极。我爱帕穆尔因为他勾引了我的妻子，而我爱奥娜并不是把她当作帕穆尔的替身：这一点我是肯定的；对于她自己的解释我也不太认同。我爱她不是因为乱伦激起了反理性的恐惧，尽管就在此刻，我知道剑桥的那一幕在我的想象中依然鲜活，依然难以触碰，仍然未被吸收，仍然危险。我闭上眼睛，看到了曾经看到过的一切。

门边一阵窸窣声，安东尼娅一阵小跑地进了屋。我跳了起来，见到她既感到松了口气，又奇怪地有些害怕。我朝她跑过去，摇晃她的肩膀。她笑起来，接着脱掉帽子和外套，扔到一把椅子上。她看上去兴高采烈，几乎有些醉醺醺的。我惊奇地瞪着她。

我说："你这该死的，我都快急死了。你去哪儿了？"

"亲爱的，"安东尼娅说，"我们这就喝一杯吧，满满来一大杯。耐心点儿，我会告诉你一切的。我很抱歉没法早点儿让你知道，但是你会明白的。坐下来，我来拿杯子。"

安东尼娅坐在我身边，把酒放到桌上，接着一只手温柔地转过我的头，这样我就和她面对面了。接着，她把她杯子里一大半的酒倒进了我杯子里，这个姿势隐隐地看着有些眼熟。她亮亮湿湿的茶色眼睛回视我。她的头发散发出淡淡的红铜的光泽，我不明白自己之前怎么会觉得她已经老了。她红色的嘴唇带着无言的温柔嚅动着。

"好吧，好吧，"我说，"我见到你就很开心了！"我拉起她的手。

"亲爱的，"安东尼娅说，"我不知道该怎么说，因为我不知道你知道多少。"

"关于什么我知道？"

"关于我和亚历山大。"

"你和亚历山大？"我说，"你确定你没搞错名字吗？"

"哦，亲爱的，"安东尼娅说，"我恐怕这不是开玩笑的。不过，你肯定早就知道了不是吗？你肯定很早就知道了。"

"知道什么？"

"好吧，我和亚历山大——好吧，就直说了吧，亚历山大是我的情人。"

"哦，老天。"我说道。我站起身。安东尼娅试图抓住我的手，但我把手抽走了。

"你的意思是你一点儿都不知道？"安东尼娅说，"你肯定猜也猜到了吧。我肯定你是知道的。亚历山大没有那么肯定。"

"你们俩都把我当成什么样的傻子了，"我说，"不，我不知道。当然，我意识到你们互相很喜欢。但是，这个我不知道。你难道觉得我竟然可以容忍吗？你是有多么不了解我啊。"

"好吧，但你对安德森还挺容忍的，"安东尼娅说，"那是我觉得你肯定知道的原因之一，你肯定能理解，关于亚历山大。再说了，太明显了。"

"你真蠢，"我说，"帕穆尔是两回事。"

"我不明白为什么，"安东尼娅说，"你说你不可能容忍又是什么意思？我爱你们两个，你也爱我们俩，亚历山大爱——"

"你让我感觉恶心。"我说。

"我知道我必须拥有你们两个。"安东尼娅说。

"好吧，从现在开始你只拥有我们中的一个了。"

"别这样说，亲爱的。"安东尼娅迫切地说道。她站起身，再次试图抓住我的手。我把手放进口袋里。"我们俩都爱你，这是真的，我们不能没有你，也不会没有你。你对安德森那么宽宏大量。不要现在又把事情弄糟了。"

"我的宽宏大量都用光了。"

"理智点儿，我最亲爱的马丁，我的孩子，"安东尼娅说，"还有，哦亲爱的，别这副样子。毕竟，这种情况也持续很久了，又不是说我刚刚才想这样。"

"好吧，我知道的时间也不算长，"我说，"那么这种关系到底持续多久了？"

"哦，一直都是的，"安东尼娅说，"我不是说我们一直都经常见面，这倒不一定。但是，这种情况一直都存在。"

"一直？你是说自从我们结婚开始？"

"其实是在我们结婚前就开始了。我几乎是一见到亚历山大就爱上他了。只是，我一直都不相信自己的爱，直到为时太晚。你记不记得我们宣布订婚前你都不肯让我见亚历山大。你说他总是把你的女孩抢走。等宣布之后就众目睽睽了，我就没有胆量了。"

"你是说，我们的婚姻其实从来就没有真正存在过？"

"当然存在，亲爱的。我爱过你们两个。我爱你们两个。"

"我觉得你不懂那个字。"我说。

"你让我很受伤。"安东尼娅说。我们彼此对视着。她脸上有种严厉的尊严，她承受着我的凝视。上次的事情之后，她肯定是长见识了。她看起来仍然像个演员。不过，是个伟大的演员。

我走到窗边，看着外面的广玉兰。惨淡的阳光映照着古老树干上的青苔。树看上去已经死了。

"你为什么不告诉我呢？"我说。

"我说了，我以为你知道。我以为你宁愿息事宁人，不捅破窗户纸。"

"好，那么你为什么现在又要大张旗鼓，捅破窗户纸了呢？"

"安德森叫醒了我，"安东尼娅说，"他在某种程度上让我更纯粹了。那之后，已经不可能再继续这样下去了。我是爱安德森的。我被他迷得神魂颠倒。我身不由己。这既精彩又可怕，我从来没有过那样地动山摇的感觉。当然，这几乎要了亚历山大的命。他一眼就看清了——我其实就是为他而害怕。他远比你更痛苦。"

"他是比我先知道的吗？"

"是的，我不可能骗他，而且反正他也猜到了。"

"但是，你可以骗我。"

"你也骗了我。"安东尼娅说。

"那不一样。"我说。

"你不停地说不一样，其实没什么不一样，"安东尼娅说，"当然，我们的婚姻本来就不可能太对头。毕竟，你也意识到了。你也不得不找个别人。我本来也会原谅你的。"

"没有谁的婚姻是太对头的，"我说，"但是我曾经相信我们的婚姻。而现在你告诉我，从来就没有对头过。我甚至连过去的那一部分都没有了。"

"你真是个梦想家，马丁，"安东尼娅说，"你喜欢不停地做梦，而不愿面对现实。好吧，你现在必须面对现实，也真的别再可怜你自己了。"

"别这么野蛮地对我，安东尼娅。我只是想弄明白。你说是帕穆尔唤醒了你？"

"是的，他迫使我诚实。或许也迫使我勇敢。一边开诚布公，一边努力让一切照旧，这样会更好。我做到了，在安德森的事情上，这真棒。我多多少少也没有放弃亚历山大。不管他有多痛苦，我们都没有中断联系。这真棒。"

"真棒啊。我明白了。那么说你是要在我身上再试一遍了？"

"最最亲爱的，"安东尼娅说，"我知道你会回心转意的！"她走到我身后，我能感觉到她温柔地握住我的肩膀。我仍然站着，看着窗外的广玉兰，我的手背在身后。

"是什么让你觉得我回心转意了？"我说。

"你必须如此，你必须如此！"她温柔而又急迫地说道，开始掰我的手，握进她的手中。我没有转身，由她握住我的手。

"那乔姬娅呢？"

"哦，那真是彻底的绝望，"安东尼娅说，"亚历山大因为安德森的事实在太受伤了。这事还在进行中的时候，他痛苦得都没法生气。他的怒气一直到事情结束了才爆发出来。那之后他就想惩罚我了。"

"你是说他从来没有真的想跟乔姬娅结婚？"

"好吧，他以为他想，"安东尼娅说，"但他是自欺欺人，小可怜。我们有一小段时间彼此疏远了，对我们俩来说都是地狱般难受。我那时候特别痛苦，你肯定看见了。他想象自己要点儿新的东西，他跟乔姬娅开始就是为了转移注意力。他都有点儿发疯了。不过，当然他意识到这没有用。乔姬娅就是因为这个才想自杀的，她发现亚历山大真正爱的人是我。"她沉闷的声音在我肩膀后面没完没了地继续着。

"是吗？"我说道。我越来越觉得昏沉沉的，像个傻子。我感觉自己像个空空的容器，一下一下地被击打着。甚至连乔姬娅的爱都没有了。现在我很容易就能相信，乔姬娅也是一直都爱着亚历山大的。无论如何，她一直都是在等待亚历山大的到来。然而，她却把她亲爱的头发寄给了我。

我转过身，面对安东尼娅，我们一起站在窗边。她抚摸着我的手臂，她的脑袋向前伸着，带着那个熟悉的温柔和占有的表情。

"可怜的乔姬娅，"安东尼娅说，"不过她还年轻，她很快会找到新人的。"

"你肯定对自己很满意吧，"我说，"到最后发现每个人爱的都是你。"

安东尼娅露出她那胜利者的微笑。"我擅长这个！"她说。接着，她碰了碰我的脸颊。"不要抗拒我的爱，马丁。我必须把你留在我的爱网之中。我们会抓住你，你知道的，我们永远不会让你走！毕竟，以前你不知道也就这么生活着。也许，我们都有点儿身在梦里的意思。现在，全都完全清醒了，一切都要理顺，如果我有更多勇气的话，一开始就可以理顺的。如果我们都既勇敢又善良，那么现在我们坦诚相对，一切也都会更好，哦，更好，更更好！"她温柔地说着，一边摩挲我的脸颊，就好像她是在给我擦某种有魔力的药膏。

我拿开她的手，抓了抓她摸过的地方。"好啊，"我说，"你不用改名字倒是不错。那些做生意的可少了不少麻烦。我很高兴我们还都是一家人。"

安东尼娅温柔地笑了。"哦，亲爱的，"她说，"我太了解你了，你这个可爱的爱说风凉话的小东西！你用这种轻浮的方式掩饰自己的善良，你这样最让我感动了。"

"那么说，派给我的还是老角色，不是吗？我好像没法不做个发光的慈善天使。"

"你的善良让你自己受不了，马丁，"安东尼娅说，"就算你再努力，你也粗暴不起来。你的个性比你哥哥好多了！哦，我真是爱你！"她像个少女似的拥抱我，穿着高跟鞋的一只脚冲动地向后翘起来。我忍受着她的拥抱。

"你跟亚历山大暗度陈仓，帕穆尔怎么想？"我在她肩头上说。我想来点儿刺刀见红。

她放开我，真正被刺痛之后，她的脸上少了些矫揉造作。她犹豫了一会儿，接着说："我一直没有告诉他。"

"干吗不呢？"

"因为亚历山大对我来说太重要了。我没法说服自己。那是我们的秘密。而且亚历山大不想我说。我猜本来我最终会告诉他的，但是我一直在推迟。然后，他就自己发现了。"

"是吗？怎么发现的？什么时候？"

"怎么发现的我不知道，"安东尼娅说，她的身体离我远了点儿，嘴巴不安地嚅动着，两只手绞在一起，"我一度猜是你告诉他的，当然那是不可能的，反正你不可能那样。什么时候，就是我去我母亲那里的那个周末。他肯定是那时候发现的。也许他找到了一封信什么的。他太受伤了，没法继续下去了。"

"我明白了，"我说，"我明白了。可怜的帕穆尔。不过，最后倒是皆大欢喜了，不是吗？"

"哦，是的！"她的脸又放松了，湿润的光芒重新回来了。"哦，是的！我终究不会失去亚历山大，我真是大大松了口气。跟安德森的这次实验多多少少证明了我们的爱是真的。这也是为什么我现在必须公开了，好让我的生活有条有理。我真的很感激安德森。"

"你不会失去亚历山大，"我说，"而且，你反正也不会失去我。那么说，你真是个好运气的姑娘，不是吗？"

"我可不就是个好运气的姑娘！"她欢快地说道，向后退了一步，抓住我的手。

有人在敲客厅的门。我们彼此松开，就像一对受惊的恋人。我说了声"请进"。是罗斯玛丽。她神清气爽，戴着一顶新的黑色帽子，拿着一把细得像铅笔的伞。"哦，你们好，"她端庄地说道，"我刚回来，我想就进来稍坐会儿吧。"她往前走，把一个袋子放在桌子上。"我给你们带了点儿鳄梨，"她说，"我在哈罗德百货看到的，我想能买就买点儿吧，他们不是一直有的，你们知道的。还不太熟，不过卖的人说一两天之后就可以吃了，如果放在暖和的房间里的话。"

我转身对着罗斯玛丽。"大好消息，妹妹，"我说，"我妻子马上要嫁给我哥哥了。是不是太精彩了？"

"亲爱的！"安东尼娅说。

"接下来嘛，"我说，"就差我疯狂爱上罗斯玛丽，然后我们就都可以去莱姆伯兹，幸福地生活在一起了！"我笑了起来。

"马丁！"罗斯玛丽说。她递给我一样东西。"这封信搁在地毯上。肯定是有人亲自送来的。"

我接过信，不再笑了。信封上条顿人的字迹是我从未见过的，但我知道信来自哪里。

我说道："姑娘们，你们互相招呼一会儿，我去拿点儿香槟。我想为我妻子的订婚祝酒。"我离开房间，"砰"地关上身后的门。

我走进餐厅，关上门，开始摸索信。我几乎没法打开信封。我撕破信封，认出了帕穆尔的字迹，立即浑身冰凉。我拉出他的信，已经被我弄皱弄破了。没有别的信息了。他的信是这样写的：

> 马丁，我们十一号飞往美国，我们打算留在那里。我可能会在西海岸开诊所，奥娜会跟我一起，她有一份大学的工作。我们没有什么理由再见面了，这样对我们所有人都更好，我这样说，你会明白的。一番思量之后，我很肯定你回到安东尼娅身边，修复你的婚姻，这样做是对的。毕竟，你有生活在一个更温柔的世界中的天分。我的意思当然是说，对你的幸福和你灵魂最终的需要而言，这样做都是对的。我不会说一些道德的空话，这是对你的侮辱。你不受制于那些束缚，最初让我把你当作伙伴的原因正在此。对于已经发生的事，你别再要求我或者任何人给你任何评论，你也不会收到回复的。那件事接近疯狂，其程度我想就连你也不曾意识到，就让沉默的尊严如海洋般将其淹没吧。我祝福你和安东尼娅，也永远不会忘记我曾爱过你们。这封信不必回复，它代表我们俩共同的、最终的、不容置疑的告别。

P.

　　我把信塞进口袋里，一动不动地站了一两分钟。接着，我打开壁橱，摸索着找到酒杯。我到酒窖里拿了香槟。直到握住酒瓶之后，我才意识到我是摸黑找到酒的。我回到客厅。

　　两个女人突然打住话头，不安地看着我，不知道我会做什么或者说什么。我放下酒杯，开始默默地开香槟。

　　"马丁，"罗斯玛丽说，"你没生气吧，是不是？"她就像在跟一个赌气的孩子说话。

　　"我当然没有生气，"我说，"我为什么应该生气呢？"

　　我能看见两个女人在交换眼神。我随即意识到罗斯玛丽对安东尼娅和亚历山大的关系肯定从头到尾都心知肚明。毫无疑问，他们是在她公寓里幽会的。香槟盖子冲到天花板上。

　　"亲爱的心啊，"安东尼娅说，"别难过，安静，安静。我们都爱你，我们确实都爱你。"她又走过来拉我的袖子，我给了她一个酒杯。我给了罗斯玛丽一个酒杯。

　　我说道："我会把奥杜邦版画送给你作结婚礼物的。"我一饮而尽，又笑了起来。她们看着我，带着不满的困惑。

29

　　我的孩子，我感觉我们俩就像一次海难的幸存者，一起经历了那么多痛苦，以至于无法忍受彼此再相见。确实是因为类似这样的原因，我才刻意回避你，而我也感觉到你一定有着同样的抗拒，不想重新来过，只因我们的关系曾经带来那么多的折磨苦痛。圣诞前的那一天，我们俩还躺在你的壁炉前，像两个孩子躺在树林里一般，而自那以后，我亲爱的乔姬娅，我们都经历了些什么事呀？那时的我们是怀有多少纯真啊，因为自那以后我们失去了太多的纯真！你也许会说，是旅鹅鸟来的时候了，是时候让我们被枯叶覆盖了。诚然，我几乎无力揣测你所承受的痛苦，我甚至都不能理解我自己的痛苦；我同样无法揣测你对我的怨恨，也无从知晓我们之间是否仍然保留了一些什么，一些可以被弥补的东西。我写这封信时，几乎不抱任何被拯救的希望，却不得不写，因为我感觉我们都曾是一部话剧中的演员，我们必须再交换一些台词，这出戏才能完整。用这样的方式问候你，似乎显得冷酷，但是我必须诚实，必须向你坦白此时此刻，我有多么目瞪口呆，我有多么感觉如同行尸走肉。我必须见到你，你明白吗，哪怕只是为了弄清一些事情，因为这些不确定让我寝食难安。然而，我也带着一线希望，希望在这劫后余生的孤寂中，当我们再次彼此凝望，也许还会发现些什么。你能不能至少试一试呢，我的乔姬娅，我的老朋友？如果我没有收到你任何表示反对的回音，我下周会给你打电话。我们确实爱过彼此，难道不是吗，乔姬娅？难道不是吗？以现实之名——

M.

我写完信，看了看手表。差不多八点。我决定转移到出发休息室，这样可以在他们到之前找到一个不起眼的地方坐好。我想最后看他们一眼。

那是十一号的晚上，我已经在伦敦机场待了一整天。我费了不少劲儿才知道奥娜和帕穆尔是哪天出发。他们要坐晚上的航班。一旦事先决定要采取这样的行动，等到那一天真的到了，我在家里也就待不住了。我进了一家又一家酒吧，吃了各种各样的三明治。最后，我绝望地想要转移自己的注意力，便开始给乔姬娅写信。我不知道这封信会不会有用，我不知道信里的话是否说出了我的感受，也不知道我的感受到底是什么。只有以最抽象的方式，我才能关注乔姬娅。事实上，我唯一能感受的就是我很快会见到奥娜，而这也将是最后一次了。

我没有回复帕穆尔的信。当然，我起草了好几封回信，但是，最终，在沉默中接受这个打击，承认这就是最后的结局，这样感觉似乎能减轻些痛苦。我一遍又一遍地读他的信，试图看清这信的背后对我的情况究竟藏了多少洞见，这两人之间关于摆脱我的最佳方案到底有过什么样的讨论，倒还不如去猜测神仙们之间会说些什么话。不过，可以肯定的是，帕穆尔现在已经知情了。

安东尼娅和亚历山大已经去了罗马。他们走了之后，我真是大大松了口气。我又带着我所有的家当搬进了朗兹广场的公寓。搬运工们似乎已经很习惯把东西搬来搬去。我不知道我是否就会住在那里，但我必须搬出希福德广场，也确实是在安东尼娅第二次对我告白真相的当晚就搬了出去。我当然让安东尼娅失望了。我不知道她对此的反应到底怎么样，也完全没有询问。我对她的态度就是嘲弄式的友好，让她大惑不解，对她持续的温情则回报以持续的讥讽。我无法原谅她，只想让她从我眼前消失。我也变得更冷酷、更绝对了，一种挥之不去的纯粹的失败感让我无法不这样。帕穆尔言及的那份生活在更温柔的世界中的天分恰恰已经在我体内死亡了。这种天分再往好了说，也算不上什么圣洁的天分，只不过是一种不事张扬的自私。然而，我并没有立即破笼而出，安东尼娅和亚历山大都不能确定我到底在想什么。让他们俩摸不着头脑能让我有点儿满足感。

温文尔雅的亚历山大这么早以前就已经给我戴上了绿帽子，这也是我无法原谅的。这一背叛有一种如此纯粹的特质，几乎感觉跟安东尼娅没有什么关系。就仿佛亚历山大对我全部的过去动了什么手脚，那些久远以前的岁月，早在我结婚之前，在育婴室里，在子宫中。我的母亲活在他体内，胜过其他任何人，而他却如此不声不响地、毫不留情地欺骗我。这投下一道阴影，就像一道伤疤留在过去的纯真之上，而我一直以为那份纯真是坚不可摧的。倒不是我在道德上谴责他，也不是说我认为他没法在某种程度上做出"解释"；他也确实想解释。我一副故弄玄虚的轻浮态度，他比安东尼娅更痛苦。我知道，他是想告诉我他的疑虑、他不安的良心，他是如何在不知不觉中从这一步走到另一步的，总之，就是一切是如何发生的。我有时候甚至能感觉到他渴望跟我说句心里话，连安东尼娅都不知道的心里话，而我也不无同情和好奇地想知道，弄成目前的局面，多大程度上是他自己的意愿。我敢肯定，这会是个不错的故事。毕竟，从我自己的经验来看，一个欺骗者如果被所爱的人刻意欺骗，也会感到无限柔情，而完全不觉得对方冷血。不过，我对亚历山大的反应要比谴责更加自发，更加无情。奇怪的是，这种痛苦感与孤独非常相似。我的过去因他而丰满，如今却只剩下孤寂。

我在出发休息室找了个远处的角落坐定，在面前摊开一张大大的报纸。我觉得他们会看见我的可能性很小。无论如何，我准备好了冒这个险。巨大的窗户外面，亮着夜灯的飞机正慢慢地驶过，开向起飞跑道。温暖的休息室里，隐约能听见广播里正播放唱歌般的通知，似乎能听懂的人群便跟着紧张起来。有点儿像末日审判的等待大厅。我喝了点儿威士忌，把报纸稳稳竖好，就从报纸的边缘张望自动扶梯上的人头。离他们飞机起飞的时间还有近一个小时，但我已经紧张难受得除了张望之外没法做任何事情。我感觉好像自己马上要出现在谋杀现场，尽管我到底是被害者还是杀手尚不清楚。

极端的爱贪得无厌。其自身的狂暴产生某种变形，使得这种爱几乎能以任何东西为生，这也是真的。在这段时间里，我的生命只围绕一个念头：我要再见奥娜一面；就仿佛那一刻来临之时，我就会死去。这以后的一切我什么都看不见，也一概都不关心。看着她就此离开，看着她穿过一扇门永远走出我的生命，这就像某种自我毁灭的行动，自有其黑暗的满足感。然而，等到这一天真的到来，就连这个想法都模糊起来。在我眩晕的意识中，一切都消失了，除了要见她一面的念头。仿佛见她一面本身已是奇迹，已是痛苦的喜悦，哪怕瞬间即逝。

我看看手表，不知道自己敢不敢去酒吧再买点儿威士忌。我决定还是留在原地。我在报纸后面放松下来。一只胳膊已经开始疼了。一种空洞的疲惫感将我包围。世界末日的气氛开始压迫我，我无法判断一个遥远的轰鸣声究竟是飞机发出的，还是我自己的血液。整整一天都在值守。也许此刻我正沉入睡眠。我发现自己的脑袋向下一点一点就像要掉了。几秒钟之后，我已经飘在一个梦里，那是我最近已几次做到的梦，梦里有一把剑，还有一个割断的头颅；接着我看到帕穆尔和奥娜赤身裸体地相拥，四肢交缠在一起，越靠越近，直到他们看上去变成了一个人。

我一用力，直起脑袋，竖直已经有些歪倒的报纸。我只打了一分钟的瞌睡。我看手表肯定了这一点，接着又从报纸边上向外窥视。下一秒，我看见了他们，就像魔鬼现身一般。他们肩并肩地向上升起，先是两个头，随着自动扶梯把他们往上送，我又看到了他们的肩膀。我把报纸归位，遮住他们。我闭上眼睛。我不知道此刻我还能不能承受眼前的这一幕。

我花了几分钟让自己冷静下来。我又壮起胆子看过去，他们已经去了吧台，此刻正背对着我。帕穆尔在点喝的。他点了三杯饮料。接着我看到有个女孩跟他们在一起，一个模样俊俏、脸色苍白的女孩，一头清爽的短发，穿着一件巴宝莉风衣。他们三个一起坐下，仍然背朝着我。女孩喝饮料的样子突然看起来有些眼熟。她转过头，一只食指摸了一下自己的鼻子。是乔姬娅。

我把报纸又放低了一些，全神贯注地盯着他们看。我不太能相信我看到了他们三个，我的眼睛很难满足我贪婪的大脑。奥娜和帕穆尔各转过一侧肩膀，露出半边脸颊。乔姬娅的后背正对着我，时不时转过身，露出微微上扬的侧脸，时而面向帕穆尔，时而面向奥娜。这两位的注意力似乎都集中在他们年轻的伙伴身上。他们关切地向前靠着，三个脑袋凑在一起，一会儿这个伸手过来拍拍女孩的肩膀打打气，一会儿另一个的手伸过来做着同样的动作，看着就像一对父母和他们的孩子。乔姬娅本人看上去非常激动，茫然失措的样子。我观察着她丰满的脸和她缺乏信心的动作。她体内的某些东西变得迟钝了，也许正是我曾经深爱过的那份独立的气质，也因为这种独立她才可能适合我特定的卑鄙的目的。尽管乔姬娅多有抗议，但我从来都没有奴役过她。我猜，眼下的她已经被奴役了。她一直在包里找什么东西，最终作为对帕穆尔笑呵呵的询问的答复，她拿出了她的护照和一张长长的彩色的票子，放到桌上。直到这时，我才意识到，她也要一起去旅行了。

他们坐在那里聊着，笑着，沐浴在一种几乎让人难以忍受的夺目光彩之中。我多少有点儿希望其他人都能安静下来，好让我突然能听清他们在说些什么。目前为止，我克制住自己没有只盯着奥娜看。现在我看着她。她的嘴唇在动，微笑着，但是她的眉头蹙在一起。她的脸神态紧张、面色暗黄，我想起第一次在利物浦街车站的浓雾中见到她时她的样子，她的头发上沾着水珠。在我告别的眼中，她看上去平凡得让我感动，就像最初的样子，她那魔鬼的光彩已经熄灭。直到现在，我才在她的丑陋中看到了她的美。她几乎美得过分。她没有戴帽子，不停伸手捋头发，把头发夹在耳朵后面；油腻的黑色发丝一再落下。她和乔姬娅或帕穆尔说话的时候，我不时看到她完整的侧脸。她那张犹太人的有弧度的嘴露出僵硬的笑容，泛黄的皮肤衬托出嘴唇自然的红润，手一再地动来动去。她看上去很疲惫。

"飞往纽约的 D167 航班的乘客，请前往登机口登机，"一个超人的声音响了起来，"请准备好你们的机票和护照。"

所有人都跳了起来，那一瞬间，我也站了起来。我已经忘了时间。太残忍了。一阵小小的混乱，是乔姬娅掉了手提袋，奥娜帮她捡起来。接着，三人组一起向前走去。帕穆尔穿着柔软的花呢旅行外套，看上去干净空白，犹如一只大鸟。他看上去，我想起来了，就是一个成功男士的样子。我能听见他年轻的笑声；几乎是被追光灯照见一样，我看到他的手滑进了乔姬娅的胳膊底下。他把她拉向自己，亲切地、紧紧地挽住了她。

一度，我想我本可以跑到她面前。但是，他们对我来说早已经遥远得犹如电影里的人了。我看到他们走进等待的队伍。现在我唯一能看到的是奥娜黑色的脑袋，她跟帕穆尔靠在一起的肩膀。我知道我不可能等到看见他们穿过登机口。这就像观摩一场死刑。我转过身，向自动扶梯走去。

30

　　我打开所有的灯。我回到了朗兹广场，此刻也才十点差一刻钟。眼前仍然是我早晨离开时的样子，我的行军床还没铺，几块地毯斜铺在地板上，香烟、水和阿司匹林放在床边，一个已经溢出来的烟灰缸，还有昨天的晚报。我盯着这些残骸。我走到窗边。我能看到楼下络绎不绝的车流，亮着车灯，转弯开进骑士桥。街灯照亮大树光秃秃的树干。今天肯定下过雨。我不记得了。

　　我拉上窗帘，用的是旁边的窗帘杆，罗斯玛丽坚持我必须装。窗帘盒的问题还是没解决。中央暖气不太够，我又打开了电热炉。我检查了卡顿牌写字台，注意到另一处刮痕，是最近一次搬家留下的。我舔舔手指，又摸了摸刮痕。我走进厨房，心不在焉地四处张望着想找点儿吃的东西。应该有一盒罗斯玛丽买的奥利弗饼干放在某处。我脱下外套，在夹克口袋里摸索火柴。我摸到了我给乔姬娅的信，又读了一遍，然后撕了。我找到火柴，点了一支烟。看起来我的威士忌又喝完了。但是，也许我这一天酒精摄入的已经够多了。我从冰箱里拿出牛奶瓶，在玻璃杯里倒了点儿牛奶。奥利弗饼干就在架子上能想见的地方。罗斯玛丽显然贮存了一堆看起来很贵的饼干桶。她想得很周到。我把饼干和牛奶放在一只托盘里。我脱掉夹克，穿着衬衫回到客厅。也许房间还是挺热的。我坐进齐彭代尔牌中式椅子里，托盘放在腿上。

　　我跟安东尼娅又有过一次讨论，她泪眼婆娑，精力充沛，我则满不在乎，无精打采。我们最终同意平分那些奥杜邦版画。这一次安东尼娅充满了一种可怕的能量，我感觉跟她在一起简直精疲力竭。她诚心想独自挑出我最不喜欢的几张画，便拿了她自认为最无趣的，结果恰恰是我最喜欢的：欧夜鹰、海鹦、伟大的冠鹦。如今靠墙排成一行、积满了灰的是金色翅膀的啄木鸟、卡罗来纳鹦鹉，还有鲜红的唐纳雀，我费劲地考虑着该把它们放哪里的问题。没了其他那些画，这几张感觉毫无意义。我环顾房间，看到罗斯玛丽把麦森陶瓷凤头鹦鹉一边一个放在写字台的两端，于是我站起身把它们放到一起，这样感觉还好点儿。接着，我决定喝点儿红酒，于是又回到厨房。有一个碗橱里装了放应急红酒的架子。我其余的红酒还在希福德广场，那又是件麻烦的事。我随便拿出一瓶酒。酒瓶在我手里沉甸甸的，感觉很好，就像一把熟悉的工具或者武器。我看到这瓶是罗利巴尼酒庄红酒，似乎挺适合做告别的奠酒。我打开酒瓶，回到客厅，灯亮得让人难受。罗斯玛丽还没时间给我买台灯。

我当然仍然处于震惊错愕之中。我注意到自己发抖的手，感觉整个人也要发颤，牙齿在咯咯作响。我倒出一些红酒。放在暖和的厨房里，酒的心情应该不算太差。我脑海中记起帕穆尔地毯上的红色酒渍。但酒本身是无辜的，也没有记忆。本来就该如此，毕竟眼下是一个全新时代开启后最初的时刻。我想我会存活下去的，我会找到一些新的兴趣，再重新捡起以前的兴趣。我会重温瓦伦斯坦和古斯塔夫·阿道弗斯。我努力去想这些人，但是他们始终抽象得让我难以忍受，而我身体里的某种疼痛告诉我什么才是真实的。我确实把自己看成一个幸存者。有过一出戏，有过几个角色，可是现在，所有人都死了，只有我一人的体内还留存着对曾经发生了什么的记忆。也许可庆幸的是这记忆本身也会消退，正如某个发狂的老囚犯，他没法回忆自己的苦难，甚至不知道自己已经被释放了。随着疼痛感的增加，我试图用某种意识的薄雾来覆盖它，让我通过对自己情况的泛泛而谈成为一个无名氏，从而不再真正痛苦。但是尖锐的事实无法被否认，我最终沉默下来，带着对自己全部损失的了解，还原为我自己。我遮住脸，但凡我能找到眼泪，我已然哭泣了。

我就这样坐了很长时间，向悲伤和肉体的疼痛缴械投降，这疼痛标识着真实的情感。接着，突然间，我听到一个奇怪的声音，好像就在我的脑袋里。我警觉地抬头观望。声音第二次传来时，我认出了那是前门的门铃。门铃在空荡荡的房间里奇怪地回响着。我有点儿想不去理它。眼下我没法见别的人类。罗斯玛丽在莱姆伯兹，而在伦敦的人里，没有谁是我能够忍受的。我僵硬地坐着，等待下一次铃声。铃声响起，重复了三次，大声而又急促。这声音让人吃惊，迫使我站起身，轻轻地走进门厅。我无法忍受暂时的安静，在门铃再度响起前，我打开了门。奥娜·克莱恩正站在外面半明半暗的夜色之中。

我们静静地彼此注视着，我浑身僵直，手放在门上，她垂着头，从眉毛底下抬眼看我。有弧度的红通通的嘴唇上，还挂着那个隐隐的僵硬微笑。

我转过身，让她跟随我向灯光走去。我走进客厅，穿过房间走到窗边，行军床横在我们之间。我转过身，她关上了门。我们仍然静静地看着彼此。

她终于开口了，她的微笑加深了些，眯起眼睛："你离开机场的速度真快，我追不上你。"

我不知道自己是不是能说话，我试着开口，句子倒是顺利地出来了。我说道："我以为你也要走的。"

"是这样的——"

"那两位走了吗？"

"是的。"

"你什么时候走？"我说。

"我不走。"

我在窗边的椅子上坐下，说道："我明白了。"尽管我什么也不明白。她在我对面的椅子上坐下。我几次摇了摇头。除了沮丧和害怕，我不敢有别的感觉。这可能是什么最后的折磨。我苦苦维持自己的尊严。

"好吧，"我说道，"你来这里干吗呢？"我平静地说。

我让自己仔仔细细地看着她，她把我眼神中的智慧还给我，我不由自主地感觉到我带给她的是某种狂喜。

"我是来看你的。"她说，她四平八稳的眯着眼的微笑就像一道光亮照着我。

"为什么？"

"因为你想让我来看你。"

"我没有求过你，"我说，"我以为我已经摆脱你了。"我保持着面无表情和专心致志。

她微微噘起嘴唇，微笑换成了某种愉快的、洞悉一切的表情。她看上去仍然很累，刚经历过的痛苦的印记写在她脸上。但是，魔鬼又苏醒了。她略略环视房间，褪下外套，落在椅背上，双手深深插进绿色上衣的口袋里，跷起二郎腿，又开始观察我。

我说道："来点儿红酒吧。用我的杯子。"我指了指托盘。她盯着我的眼睛不放，接着倒了一点儿红酒。她倒酒的时候，我在自己的意识中隐隐感受到某种巨大的喜悦，仿佛一颗小小的宝石，就像深深潜伏在大船底下的鲸鱼的渺小影子。但是，我保持着尖刻的外表，站起身，一只脚踏在我的椅子上。我靠在膝盖上，低头看着她。这样更容易些。

我说："你完全不走了？"

"完全不走了。"

"帕穆尔要走多久？"

"永远，他是这样觉得。"

"那么说，你已经离开帕穆尔了？"我说，"你们分开了？都结束了？"我希望把事情弄清楚。我希望她简简单单地告诉我，我如此说不出口的渴望的东西是真的。

她靠着椅背挺起身体。她的脸此刻很平静。"是的。"

"我明白了，"我说，"那么乔姬娅呢？"

"帕穆尔和乔姬娅互相很喜欢，"奥娜说，"我不知道他们会怎么样。不过，帕穆尔想离开，他想离开想得发疯。"

"离开你？"

她不动声色地看着我："是的。"

"那么你自己呢——？"

有那么一刻，在那些无法回避的问题之中，我可以随意处置她。但是现在，她的身体放松了，她只是回报我以微笑，转了转杯里的红酒，喝了一口。我喜欢她的傲慢。

"好吧，那么我能不能再问一次，你为什么在这里？"我说。我走过去靠着写字台，仍然向下看着她。"如果你只是过来折磨我的，或者拿我取乐，你最好立即走人。"我们终于彼此平等了，我简直心醉神迷。我还是板着脸，但是已经藏着不少光亮，肯定多少露出一些。

"我不是来折磨你的。"奥娜说。她很严肃，但是她的目光里有种嘲讽的轻松。

"当然，我理解这可能只是无心之举，"我说道，"我知道你有着刺客的性格。"我开始发抖，只能用走动来控制。我走到窗边，又走回来，再次面对她时，我不由自主地露出微笑。她也笑了。接着，几乎是受了惊吓般，我们又都再次恢复严肃。

"可是，为什么呢，奥娜，"我说，"为什么是这里，为什么是我？"

她卖关子不说话。接着："你读过希罗多德吗？"

我有些意外。"读过，很久以前。"

"你读过巨吉斯和坎道列斯的故事吗？"

我想了一下，说："是的，我想是的。坎道列斯以他妻子的美貌为荣，他想让他的朋友巨吉斯看她赤身裸体的样子。他把巨吉斯藏在卧室里，但是坎道列斯的妻子发现了他在那里。后来，因为巨吉斯看到了她，她就去找巨吉斯，逼着他杀死坎道列斯，取代他做了国王。"

"好吧。"奥娜说。她仔细地打量着我。

一两分钟之后，我说："我明白了。"我补充道："你有一次指责我胡说八道。如果我的特权仅仅来自看到你拥抱你的哥哥——"

她没说话，又笑起来。我努力不回报她微笑。我说道："你告诉我你是一颗砍断的头颅。谁能和一颗断颅发生人的关系吗？"

她仍然沉默着，用她的微笑逼迫我。我说道："正如你自己指出的，我对你几乎一无所知！"这会儿我自己已经忍不住笑起来了。

她继续沉默，向后靠着，她的微笑闪着傲慢的光芒。

我说道："我们一直以来都是活在一场梦里。等我们醒来时，还会找到彼此吗？"

我绕过床，走到她的身边。我崇拜她的近在咫尺。我说道："好吧，我们必须紧紧地握住手，盼望着我们能手牵手做完这个梦，走进醒来后的世界。"

她仍然不肯说话，我便说道："我们会幸福吗？"

她说："这与幸福无关，一点儿关系都没有。"

她是对的。我接收到她话里的承诺。我说道："我不知道我是否能活下来。"

她灿烂一笑，说道："你必须碰碰运气。"

我回报她一个阳光的笑容，这会儿她的微笑终于不再带着嘲讽了。"你也一样，我亲爱的！"

特别的东西

丁　骏　译

"你干吗不要那小子呢？"姬芮太太说道。她正在整理柜台上的晚报。

伊丰跨坐在一把摆在商店正中央的椅子上。她身子后仰，把椅子翘得随时要倒地的样子，她的小脑袋像只动物似的在身后的木头椅背上来回磨蹭，两条大长腿牢牢地蹬地，以免自己一头栽倒。对于那个提问，她的回答就是不吭气。

"她又在赌气了。"她的舅舅说道，他正站在通向里屋的门口。

"她是谁？那只猫才是她呢！"伊丰说。她开始剧烈地前后摇动椅子。

"别把那椅子给摇坏了，"她母亲说，"我们就剩这最后一把像样的椅子了，要等到那个打家具的来了才能再做。你干吗不要他，我问你呢。"

商店外面不远处，开往都柏林的有轨电车正咣当当地驶过，屋里的光线暗了片刻，高处储物架上摆着的东西被震得乱跳。这是个炎热的傍晚，门都大开着，街上尘土飞扬。

"哦，行了，行了！"伊丰说道，"我不要他，我不要结婚。他没什么特别的。"

"没什么特别的，是吗？"她的舅舅说，"他是个不错的小伙子，工作稳定，而且他想娶你。你也不小了，还是说你要一辈子跟你娘过日子？"

"你要是不想嫁给他，你就不该领他上那个花园里去，"她母亲说，"快别摇椅子了。"

"我就不能和一个男孩做普通朋友吗，"伊丰说，"你们俩就非得揪住我不放吗？我二十四岁了，我知道自己在干吗。"

"你还真是二十四了没错，"她母亲说，"贝蒂·诺兰和莫琳·布克这三年里都结婚成家了，她们在学校的时候成绩都还不如你。"

"我和她们俩不是一种人。"伊丰说。

"你算说对了！"她母亲说。

"都是那些女性杂志，"她的舅舅说，"还有那些她读起来没个完的小说，往她脑袋瓜里灌那些个主意，搞得她现在非阿拉伯王子不嫁了。"

"她是时间多得不知干什么好，"她母亲说，"结果就成天在那个小黑屋里头待着，就那么趴着，鼻子埋在小说里，脑袋上那两个眼睛还好好的没啥事真是怪了。"

"我就不能按自己的意思过我的生活吗？"伊丰说，"除此之外，我什么都没有。我就是没法对他有什么特别的感觉，要是没有特别的感觉我就不会嫁给他。"

"他可是上帝选民¹的一员，"她的舅舅说道，"那还不够特别吗？"

"别又来那一套，"她母亲说，"山姆是个不错的小伙子，跟那些个犹太青年根本不是一回事。他是会让自己的孩子在爱尔兰教会里长大的。"

"要那么说，"她的舅舅说，"也比另外那一伙儿²强，弄个小个子牧师成天跟在他们屁股后面，在教堂门口梆梆地敲他们的帽子，让人都没法清净地坐一趟电车。我看犹太人没什么不好的。"

"我们的主就是个犹太人。"伊丰说道。

"你别口没遮拦，说这样的话！"她母亲说。

"我们的主是上帝之子，"她的舅舅说，"他既不是犹太人，也不

---

1 "上帝选民"有时在西方是非犹太人对犹太人的调侃称呼。
2 这里伊丰的舅舅指的应该是英国的非国教教徒。

是希腊人。"

"那个卖圣诞卡的是今天傍晚来吗？"

"是的，"她母亲说，"这大夏天的，他们弄些圣诞卡来烦我们，这算怎么回事，我真是搞不懂了。"

"我要等着他来，"伊丰说，"你选的卡片总是很没意思。"

"我选的是能卖掉的，"她母亲说，"还有啊，你别山姆一来就赖着不走，疯疯癫癫的样子，那里本来地方就不大。"

"要是结了婚，你也就能出去了，"她的舅舅说，"到时候你就不是跟你妈睡一张床了，你不是总抱怨这个地方气闷吗？"

"这就是个气闷的地方，"伊丰说，"但是到时候我不过是搬去另外一个气闷的地方。"

"我都懒得再跟你说一遍了，"她母亲说，"左姆康德拉路上的那些新房子，小小的，独立的，你可以找一栋住进去。麦克穆伦店里的那个人认识负责登记名单的人。"

"我不想要一栋小小的新房子，"伊丰说，"我跟你说了我觉得他不对劲儿，就那么回事！"

"你要是等到为爱情结婚，"她舅舅说，"你就再等个十年，然后就找个人凑合着结了。你又不是葛丽泰·嘉宝[1]，有个小伙子追你就是你的运气了。聪明人结婚是因为他们就是想把婚给结了，而不是因为他们胸口藏了多少感觉。"

"她还是对那个英国小伙子念念不忘，"她母亲说，"那个个子高高的，名字叫作托尼·辛高梅的。"

"我没有！"伊丰说，"谢天谢地总算摆脱了！"

"我就受不了他的声音，"她的舅舅说，"他说话的时候嘴怎么那

---

1 葛丽泰·嘉宝（Greta Garbo，1905—1990），好莱坞女星，出生于瑞典，其银幕代表作是 1935 年的《安娜·卡列尼娜》和 1936 年的《茶花女》。

个样子，像是在演戏似的。"

"还不就是那些今年又要赢大满贯的该死的英国人的样子吗？"

"他送花给我。"伊丰说。

"花，可不是吗！"她的舅舅说，"还给你唱歌，你说过的！"

"他是个时髦的小伙子，"她母亲说，"身材瘦瘦的，做事有点儿派头的，但是他现在没影儿了。你倒是等着瞧，看看山姆到时候会送什么给你。"

"啊，你是被那个钻戒的故事迷了心窍了，"她的舅舅，"你会让这姑娘头脑发热的。那个家伙跟我们一样穷。"

"没有人会跟我们一样穷。"伊丰说道。

"他是替人干活的，"她的舅舅说，"我不否认有一天他可能会有他自己的裁缝店，自己做老板。我看得出他能行，他到底是个犹太人。但是他现在又不是干什么特别的活儿，他没钱。"

"这些人从来都不穷，"她母亲说，"他们只是装穷，这样家里人就不能从他们那里弄到钱了。"

"他就快来了，"伊丰说，"别等他进屋了还在说他，那没礼貌。"

"听听谁在说礼貌的事儿！"她的舅舅说。

"你记不记得那一次，"她母亲说，"我们在斯坦西先生大甩卖的时候碰到他，后来我们去苏利文的酒吧，他请大家喝酒，请了两轮？"

"他就是为了引起伊丰的注意，"她的舅舅说，"招摇他那点儿票子。我打赌他后来只能走路回家。"

"你倒好，"她母亲说，"那你还叫我鼓动伊丰这孩子！"

"我什么时候说过要她因为钱嫁给山姆了？"她的舅舅。

"好，你等着瞧吧，"她母亲说，"那些人的风俗就是这样的。他们想和哪个姑娘订婚了，就会突然拿出一只钻戒，姑娘就会说好。"

"他们要真拿出个钻戒，那也是从当铺里租来的，"她的舅舅说，

"转手就回橱窗里去了。"

"那朱丽亚·贝迪的戒指是怎么回事？"她母亲说，"还有那个叫什么的来着，小波丽的姐姐，她们俩都嫁了犹太人，都是那样的。一天傍晚，男的突然说'我要给你看个东西'，戒指就出来了，然后他们就订婚了。我告诉你他们就是这个风俗。"

"好，我当然希望你说得没错，"她的舅舅说，"这位了不起的女士可能就得靠这玩意儿才能打定主意呢。一只钻戒，这算特别的感觉了吧，是不是？"

"一只钻戒，"伊丰说，"至少是个改变吧。"

"说不定他今天晚上就会拿一只来呢！"她母亲说。

"我可不这么想！"伊丰说。

"那你们到底要去哪儿？"她母亲说。

"我也没主意，"伊丰说，"去镇上吧，我想。"

"你们不如去码头逛逛，"她的舅舅说，"可以看邮轮出航。这总比你们坐在那些不透气的酒吧里强，也好过沿着利菲河溜达，闻那河里的臭味儿，回到家浑身都是啤酒味儿。"

"再说了，山姆喜欢大海，"她母亲说，"他成天跟熨斗待在蒸汽腾腾的房间里，都快闷死了。"

"镇上更好玩，"伊丰说，"他们为了'爱尔兰之家'活动张灯结彩。再说我这一天在金斯敦都快无聊死了。"

"你自然是好啊，"她的舅舅说，"付钱的人是山姆！"

"我不喜欢你去那些下三烂的地方，"她母亲说，"那不是山姆的主意，我知道，是你。山姆不是那种坐在酒吧里做梦的人。这也是我喜欢他的另一点。"

"吉姆堡里新建了个休息厅，"伊丰说，"像个真的客厅一样，有花，还有水晶吊灯。可能我们会去那里。"

"那开销也更大！"她的舅舅说。

"山姆才不在乎呢！"她母亲说，"现如今酒吧里有那些休息厅还真是件好事，你可以离啤酒味儿远一些，女士坐在那儿也可以有个正经样子。"

"卖圣诞卡的人来了！"伊丰说着，从椅子上跳起来。

"啊，林奇先生，"姬芮太太说道，"很高兴又见面了，谁能想到这就又过了一年了，感觉好像你昨天才在这儿呢。"

"晚上好，姬芮太太，"林奇先生道，"看到您气色这么好真是我的福气呀，姬芮小姐和奥布里先生也还和您在一块儿。咱们这周遭看到的可尽是变数和破落呀。我听说蒙克斯镇上的那位泰勒太太一年前就过世了。"

"是呀，那个可怜的老太婆，"姬芮太太道，"不过活了七十年也就没啥好抱怨了，你说是不是？毕竟这条命也是从慈悲的主手里借来的呀。"

"我们的日子都是暂借的，姬芮太太，"林奇先生道，"谁知道那位伟大的债主什么时候就要收回去呢，我们都跟这草儿似的，今天还长得茂盛，赶明儿就给扔进炉子里去咯。"

"我们看货吧，"姬芮太太道，"奥布里先生会看着店的。"

伊丰和她母亲走进里屋，林奇先生跟在后面。里屋非常暗，唯一的光线来自深处墙上的一扇窗，结霜的玻璃后面是厨房。屋里有股子卧室的味道，陈年的布料、汗味儿，还有粉尘味儿。姬芮太太打开灯。她和女儿睡的那张山一般的双人床——上面铺着巨大的白色被褥，有黄铜柄和床栏，占了整整半个房间。另一半地方被一张亮闪闪的马鬃沙发占了大半，剩余的空间里有一张铺着丝绒布的小桌子和三把黑色的椅子，并排放在高高的壁炉台前。壁炉台上面摆满了照片和铜质动物，层层叠叠，一直要碰到天花板了。林奇先生打开手提箱，开始把圣诞卡片一张张摆到褪色的红丝绒布上。

"知更鸟和雪挺搭，"姬芮太太道，"驿站马车很流行，还有夜晚亮灯的教堂那一张。"

"圣诞节节期的传统主题，"林奇先生说，"大家伙儿喜闻乐见的。"

"哦，看哪，"伊丰说，"那是我见过的最棒的一张！那才是真的特别呢。"她把那张卡片举到半空。金色带光泽的硬纸框，中间是一小块正方形的白色丝绸，上面绣着一些玫瑰。

"那是个新鲜玩意儿，"林奇先生说道，"而且还有点儿贵。"

"那异想天开的东西不像张正经圣诞卡片，"姬芮太太说，"我一直觉得一幅漂亮的图配上一首漂亮的诗，这就够了。气氛对了就行。"

"山姆来了。"奥布里先生在店里说。

山姆走过来，站在商店的门道里，在电灯光下蹙着眉。他个子矮矮的，奥布里先生叫他"胖墩儿"。他也几乎说不上英俊。他有张苍白的圆脸、局促不安的两只手，但他的眼睛是浅黑色的，一头浓密的黑发就像鸟儿勇敢的羽毛。他穿着自己最好的一套行头，深蓝色带灰条纹，他的丝质领带是淡黄色的。

"进来吧，山姆，"姬芮太太说道，"伊丰早准备好了。林奇先生，这位是古德曼先生。"

"您好啊！"他们互相问候。

"你今晚真是帅极了，山姆，"姬芮太太说，"会是个特别的夜晚吧？"

"我们在挑选圣诞卡片，"伊丰说道，"你有没有上面画着牛和驴[1]的，林奇先生？"

"这儿，"林奇先生说，"我们有牛和驴，这里还有马厩里的主耶稣，边上是他母亲。这张上有东方三博士带着他们的珍贵礼物，这

---

1 西方传统的耶稣诞生剧里常有一头牛和一头驴在马厩边，其他常见人物包括其母玛利亚、玛利亚的丈夫约瑟夫，以及前来朝圣的东方三博士。

张是天使们晚上对那些可怜的牧羊人显灵，这是引领他们的光辉之星。希律王统治年间，耶稣在朱迪亚的伯利恒出生时——"

"我还是最喜欢这张。"伊丰说。

"你看，山姆，太美了，不是吗？"她举起有金边的那张卡。

"你们俩快去吧，"姬芮太太说，"别拿这些圣诞卡片烦山姆了。"

"没事，"山姆说，"我和你们一样也过圣诞节的，姬芮太太。我把这看作是某种象征。"

"那就对了，"林奇先生说，"毕竟我们干吗要分你我呢？'在天父的家里，有许多的住处。若是没有，我就早已告诉你们了。'[1]"

"我拿件外套。"伊丰说。

"别让她在外面待太晚，山姆，"姬芮太太说，"那就再见吧，得过个真正愉快的夜晚哦。"

"阿比西尼亚。"伊丰说。

他们从泛着霉味儿的商店里出来，走进宽广温暖飘着香水味儿的夏日黄昏。伊丰仰着头，踩着高跟鞋昂首阔步，一副坏脾气的紧张表情，她总在山姆面前做出这副样子。她不愿意挽他的胳膊，他们有点儿漫无目的地沿着街道往前走着。

"我们去哪儿？"山姆说。

"我随便。"她说。

"我们可以沿着海边散散步，"山姆说，"在日光浴场那头的岩石上坐会儿。"

"那儿风太大了，穿这双鞋我也没法在岩石上走。"

"好吧，我们去镇上吧。"

这时从海那边传来一阵响亮的隆隆声，非常低沉而哀伤。又是一阵，绵延为忧郁的轰鸣，随后慢慢消失了。

---

1 见《圣经·约翰福音》14：2。

"啊，是那艘邮船！"山姆说，"我们看它开走吧，我有很久没看着它开走了。"

他们放快脚步，一直走到海员教堂，然后转身往前，走进热烈的海风里。他们眼前的景象在暮色中熠熠发光，仿佛一张彩色的明信片。邮船早已亮起了灯，仍然泛着日光的水面上现出苍白摇曳的倒影。等到他们走近，船开始慢慢起航，离开巨大的棕色码头。码头上露出一排接一排的人，在渐暗的空气中不安地挥舞着他们的白手绢。这场景完全是无声的。一团蜷曲的黑烟笼罩在金属般的水面上，一时遮住了船身。接着烟散开了，只见船在两座灯塔之间向前驶去，灯塔里的光柱就在那一刻亮了起来，射向辽阔的海面。那里一轮苍白的大月亮正在霍斯黑德半岛的上空慢慢升起。

"月亮已在高空举起明灯。"山姆说。

"我看邮船开走都看了不下一百次了，"伊丰说，"总有一天我要坐在船上。"

"你是想去英格兰吗？"山姆说。

伊丰带着夸张的鄙视看了他一眼。"哪个有灵魂的爱尔兰人不想去英格兰呢？"她说。

他们开始往回走，步子比刚才慢，经过罗斯旅店的金色窗户去坐都柏林的有轨电车。等他们爬上山的时候，船已经往地平线方向驶了一半，船冒出的黑烟融入渐深的夜幕之中。等到他们在尼尔森纪念柱下了电车，天已经完全黑了。

"现在你想去哪儿？"山姆问道。

"别老是没完没了地问我这个问题！"她说，"你就去个你想去的地方，说不定我会跟着来呢！"

山姆抓住她的手臂，这次她没有拒绝。山姆陪她走回奥康奈尔大桥，然后来到码头上。利菲河的水在他们脚下流过，油腻腻、亮闪闪的，几乎和健力士黑啤一样黑，一直流进都柏林湾。如今都柏林湾离这里也不远了。沿着河边的矮堤，每隔一段距离有一盏街灯，灯杆上的铁花格上挂着装满花的金属篮子，桥上挂的一面旗帜上用英语和爱尔兰语写着"愿您在爱尔兰宾至如归"。有一股垃圾和花粉混在一起的味道。

山姆引着伊丰面向河水，他的手臂悄悄挽住她的腰，想在河边来点儿煽情的感觉。月亮已经升到屋顶上去了。但是伊丰坚决地说："这里下水道的味儿能把人熏死。我们去吉姆堡吧，试试那个新的休息厅。"

他们来到通往吉姆堡的小路上。那是条脏兮兮、黑乎乎的小街道，但是街那头的亮光和远远传来的喧嚣声宣告了那个小酒吧的位置。吉姆堡一度是这里唯一的酒吧，位于地下，上面是个临街的杂货铺，店铺上面就是之前提到的休息厅。底下楼梯口传来男人和酒的气味，还有钢琴的叮当声和男人们的吵嚷声。

山姆和伊丰转到旁边，爬上一段铺着地毯的亮堂堂的楼梯，浓浓的新油漆味扑鼻而来。他们进了休息厅，门在他们身后轻轻地关上了。这里一切都静悄悄的。伊丰走过厚厚的地毯，在一张胖胖的棉布沙发里坐下，理了理裙子。她在吧台后面镀金的镜子里能看到山姆的脸，他在给她点一杯加酸橙的杜松子酒，给自己要了杯干黑啤。有那么一瞬间，伊丰把她的想象之光聚焦在山姆身上，却只是注意到他带着歉意把身体靠向男招待，他站在那里的时候那双小脚转过去的样子多么古怪呀。他压低声音点酒，就好像是在药店里买什么见不得人的东西。屋子里散坐着几对情侣，在昏暗的灯光下依偎在一起，窃窃私语。

等山姆端着酒走过来，伊丰大声地说："感觉像是在教堂里似的，哪像个酒吧！"

"嘘！"山姆说。一两个人瞪着他们看。山姆挨着她在沙发上坐下，尽量缩紧身子。他又朝她靠近了些，却像只刺猬似的越发蜷缩起来，为了尽量靠近但又不至于冒犯了女方。他把玻璃杯放到桌上，开始绞尽脑汁找话说，找简单的话，但最终可以引出更重要的话来。他的手白白胖胖，抚摸着伊丰瘦削的棕色的手。她的手无精打采地搁在那里，是他熟悉的样子。他轻轻捏了捏那手，试图让她的背更靠近自己，更往沙发里面坐。于是他们就那样一声不响地坐了一会儿，山姆摸索着，握着，伊丰浑身僵硬。铺着地毯的寂静无助于他们俩的对话。男招待把一个杯子碰得"叮当"一声响，屋里的人全都吓了一跳。

"这地方会让我得心脏病的，"伊丰说，"就像很多死人在开派对。我们去楼下看看是什么样的吧。我还从没去过这里的楼下。"

"这不好，"山姆说，"女士们是不去楼下的。要不我们回亨利大街吧？那里有个小小的咖啡吧，你有一次挺喜欢的。"

"那个地方很傻！"伊丰说，"反正我是要下楼去的，你爱干什么随便你。"她大声说道，然后站起身，坚决地朝大门走去。山姆因为尴尬而涨红了脸，他也跳了起来，急急忙忙喝了一大口啤酒，跟着伊丰出去了。他们下楼来到街上，然后沿着通往地下室的铁楼梯往下走。闹声和气味都比之前更大了。

伊丰走到一半的时候犹豫起来。"你最好走在前面。"她说。山姆跌跌撞撞地越过她，推开了酒吧那扇已经发黑的大门。他也从来没有下过这些楼梯。

他们走进一个非常大的房间，屋顶很矮，墙上贴着白色的瓷砖，没遮没拦的灯光十分刺眼。地板黏糊糊的，都是泼出来的酒水和啤酒沫，空气很浑浊。钢琴弹出的曲调被持续不断的噪声吸收淹没，能感觉到而不是听到"砰砰"重复的节奏。一大堆男人围着酒吧正中的圆形吧台，伊丰进门的时候他们都转身盯着她看。乍一看在场的好像没有女人，但是随着光影摇曳，还是可以观察到有一两个女人躲在黑暗的角落里。

"这里确实有女人！"伊丰胜利地喊道。

"但不是什么正经女人，"山姆说，"你要喝什么？"他不喜欢被盯着看。

"威士忌。"伊丰说。她不愿意坐下来，而是站着轻轻摇晃身体，扶着一根铁柱子，酒吧间里围着一圈这样的铁柱子。她旁边的几个男人肆无忌惮地上下打量她，还评头论足的。她脸有点儿红，但还是直视前方，两只眼睛亮亮的。

可怜的山姆费了好大劲才挤到吧台边上。挡在他路上的人都不急着让开，虽然看他的眼神还算友好。男招待是楼上那位同事的阴间版，他刻意先招待了两个比山姆晚到的客人，然后才带着嘲讽的礼貌把山姆的酒递给了他。

"这里难道不比上面强吗？"伊丰喊道，山姆回到她身边，她一把抓过酒杯。

"喝这玩意儿会让你脸红脖子粗的！"一个男人尖声说道，他就站在伊丰边上。

"去你妈的吧！"山姆回喊道，大惊小怪地把伊丰推搡到屋子中间的一块地方。他紧紧握住她的手臂，站在那里。

她不再努力去听他都说了什么，身处这样一个嘈杂、拥挤、醉醺醺的地方，她要充分享受其中的乐趣。等到半杯威士忌下肚，她已经明显玩得很开心了。此刻她正漂浮在噪声和骚动的混沌潮水之上。

过了没多久，有特别的好戏看了：吧台附近好像有人在闹事。有个人挥舞着手臂，生气地叫喊着。接着就听到酒吧老板用更高的声音喊道："你要是再把手举起来，先生，你就得到大街上去了！小鬼，把那位绅士拎到大街上去！"

人们迅速从各个角落里涌向前看热闹。钢琴骤然停下，说话声突然变得刺耳难听。一个头发上插了支红色康乃馨、散发着浓烈香水味儿的女人走过来，站在伊丰边上，她光着的手臂挨着女孩的袖子。伊丰立即意识到那根本不是个正经女人，她朝边上挪了挪，不想跟她接触。女人挑衅地瞪了她一眼。

"我们该开路了。"山姆对伊丰说。

"啊闭嘴吧！"她说，发光的眼睛越过他，望向正在上演好戏的地方。

一个瘦瘦的高个子年轻人，也就是小鬼的指定猎物，正前后摇摆着身体，还起劲儿地晃着他的拳头。他努力想说话，无疑是为了侮辱别人或者为自己辩解，但因为要说的话太复杂，以至于他好几次从头开始，却还是没法让人听明白。他的对手是个带科克口音的结实家伙，只要年轻人一开口，他就轻蔑地哼哼。突然，他对着年轻人的肚子狠狠打了一拳。年轻人摇摇晃晃，在一片哄笑声中蹒跚后退，一脸极度的惊讶。为了保持平衡，他灵活地扭动脚跟，蓦地发现自己正和伊丰面对面。

"啊！"年轻人说。他站定身体，保持着正要转身的动作，一只手像跳芭蕾似的伸向前，任由白痴般的愉悦神情慢慢地让自己的五官变样。又一阵哄堂大笑。

"啊！"年轻人说，"我以为花儿全都谢了，可是这里却有一朵待放的玫瑰！"他似乎又能说话了。

戴着红色康乃馨的女人在伊丰肩头拍了一下。"来呀小妞，"她叫道，"给这位好好绅士来句聪明话吧！"

瘦瘦的年轻人转向女人。"你别惹这位年轻女士，"他喊道，"她和你可不是一种人！"话音刚落，他飞快地伸手把红色康乃馨从女人头上扯了下来，然后又一个趔趄把花扔进了伊丰裙子的胸口。人群里响起一阵欢呼声。

伊丰飞快地跳开去。女人如闪电般转过身，对着年轻人的脸就是一巴掌。但女人的护花使者动作更快，那个棕色皮肤的男人伸出猿猴般的手臂，一把把挂在伊丰胸前的花揪下来，还就势推了她一把，一下把她推得贴到墙上。人们按捺住欣喜，陷入一阵短暂的安静。这时，大伙儿为了看得更清楚，都已经爬到椅子上来了，一排排咧着嘴、胡子拉碴的脸透过烟雾瞪眼往下瞅着。伊丰满脸通红。有那么一会儿，她一动不动地靠在那里，好像被钉在瓷砖上似的。山姆拉起她的手，飞快地领着她走出了酒吧。

厚重的大门在他们身后关上前，他们听到有人在喊，喊声跟着他们传到大街上。"楼上安全些，先生！"一个女人的声音。

伊丰走到路面上便挣脱了山姆的手，开始往前奔。她跑得像只兔子，沿着黑漆漆臭乎乎的街道一直跑到码头边的街灯处。山姆在这里追上了她，她正靠着河边的矮堤低着头呼呼直喘气。

"哦，我亲爱的，我不是说——"山姆开口道，但是他被打断了。街灯之外雾蒙蒙的黑暗中出现了第三个人，就是那个瘦瘦的年轻人，也在奔跑。他抓住了山姆的手臂。

"您别见怪，先生，"年轻人说道，"您别见怪！那是一份献礼，一份真诚的献礼，来自爱尔兰的一位诗人——真正的诗人，先生——"他站在那里，一只手仍然抓着山姆，眼睛睁得大大地瞪着伊丰，另一只手在衣服口袋里摸索着。

"没关系，"山姆说，"当然不是你的错，只是我们现在必须走了。"他客气却也很用力地想把自己的胳膊从抓着他的手指里挣脱出来。

年轻人抓得牢牢的。"只要我能找到那首该死的诗，"他说，"一份真诚的献礼，卑微而真诚的献礼，献给自然的奇迹之一，一个美丽的女人就是自然的奇迹之一，一朵鲜花——"

"是的，是的，好吧，"山姆说，"我们不介意，我们就是这会儿必须走了，要赶电车。"

"——恰如其分的敬意，"年轻人说道，"鲜花赠佳人！"他突然松手放开了山姆，行了个优雅的礼。这个姿势显然很难保持，他脚后跟慢慢擦着码头边缘往下滑，直到重重地撞上了一个金属花篮。

"我说到花儿了吧？"他叫道，"花儿在这里！献给她的花儿，一份礼物，一份献礼——"他的手猛地插进花篮里，拉出一大把天竺葵，还带着很多泥。泥落到了地上，有一大堆，几乎盖住了伊丰的鞋子。

"快走吧！"山姆说。但是伊丰早就转身快步走开了，她甩着手臂，一面走一面蹬着脚，想蹬掉些泥。山姆飞快地跟上，那个年轻人跟在山姆身后，还在说话。

"她叫什么名字？"他叫着，声音有些委屈，"她叫什么名字，她让玫瑰花瓣从天而降，哦，那样的眼睛和嘴唇，这些是我的诗里写到的——"他们三个朝奥康耐尔街的方向走着，排成一字纵队，脚步越来越快。年轻人从花篮里拔出花儿，用手指一下下撸过花茎，这样他手里就满捧着花瓣，然后他越过山姆的脑袋，把花瓣撒在伊丰身上。

这一小队人马快到奥康耐尔大桥时，突然出现了一个警察。"行了，年轻人，"警察说，"我得提醒你，你糟蹋的这些花可是用公家的钱养活的，你这样是可以被起诉的。"

"自然的意图是——"年轻人开口道。

"可能确实是那样，"警察说，"而我的意图是把你抓起来，以蓄意、恶意破坏论罪。"这两人的身影重合起来。山姆和伊丰抽身离开了。

经过汉娜书店的时候山姆追上了她。她的脸板得像石头。他开始问她身体是否舒服。

一开始她什么也不愿说，却在桥上猛地一转身，往韦斯特摩兰大街方向走去。接着，她疲惫不堪地喊道："哦，你安静一下吧，我受够了，去搭电车就是了。"

山姆举起双手，伸向前，摊开手掌。他默默地在她身后跟了一会儿，羽毛般的黑发在眼睛前面一跳一跳。"伊丰，"他又开口了，"先别走吧。让我来帮你忘记那些事情。如果你就这样走了，我们之间隔着那些事儿，你永远不会原谅我的。"

伊丰慢下脚步，回头闷闷不乐地看着他。"不是说没什么大不了的吗，"她说道，"我也没有受什么惊吓。只是我本来以为今晚也许会是个——特别开心的夜晚。我太傻了，就这么回事！"

山姆两只手在胸前交叉着，接着又一次向前伸开来。他让她停下来，面对他。他们已经在街上走得很远了。"还是可以的，"他热切地说道，"一个特别的夜晚。别因为气恼把今晚给毁了。再等等，还不到末班车时间呢。"

伊丰犹豫了一下，山姆挽住她有气无力的手臂。"可是都这个点儿了，我们还能去哪儿呢？"

"那你就别操心了！"山姆突然信心十足地说，"你就跟着我走吧，你要是乖乖听话，我可有个特别的东西要给你看哦。"

"东西——给我看？"伊丰说。她由着他领着自己往格拉夫顿街的方向走去。他们在街角转弯的时候，山姆大胆地和她交叉手指，把她纤细的手捏在自己掌心里。她非常轻地回握了一下，算是默许。于是他们就这样忐忑不安地牵着手走了一条街。黑漆漆的圣斯蒂芬绿地出现在他们面前，他们穿过马路朝绿地走去。还有一些人聚在谢尔本酒店外的金色光亮里，但是广场另一头已经空无一人。山姆开始拖着她往前走，悄悄地挨近栅栏边。

"穿着这双鞋走路我的脚真是完了，"伊丰说，"你要去的地方在哪里啊？"

"就在这里。"山姆说。他停下脚步，突然指着栅栏上的一个洞。"这里缺了一根杆子，我们可以进公园里面去。"

"这不行的吧，"伊丰说，"这会儿已经对公众关门了。"

"我们不是公众，我和你。"山姆说。他勇敢地把脚伸进洞里，弯腰钻到了另一边。接着他不容分说地把姑娘也拉了过去。

她轻轻叫了一声，发现自己踏在一堆湿漉漉的低矮灌木丛里。"这儿太可怕了，我的袜子都钩破了！"

"把你的手再给我。"山姆说。他抓住她的两只手，把她整个人半拎起来，脚落到黑漆漆的草坪上。她在湿润松软的草地上走了几步，脚底感觉到了小径上铺着的硬沙砾。他们出现在水边明亮的月光下。湖面上一轮大月亮仰面看着他们，轮廓清晰，几乎是满月，亮得晃眼。

"哦天哪！"伊丰说道，诡异的光辉让她一时无语。他们手拉手站着，望向湖水的黑色镜面，他们的身后拖着长长的月光下的影子。

伊丰开始紧张地四处张望。"山姆，"她耳语道，"我不喜欢这样待在这里，有人会发现我们的，拜托，我们回去吧——"

"我不会伤害你的，"山姆说道，也是耳语，带着欣喜、抚慰的温柔的耳语，"我会照顾你，我会一直照顾你的。我只是想给你看点儿好东西。"

"嗯——？"伊丰说。她跟着他走了几步，抬头看他的脸。

"就在这里。"山姆说。

"哪里？"

"这里，看——"他伸手指向一个黑色的影子。

伊丰猛地推开他往后缩。黑暗中那个东西仿佛是只怪物。接着她看清楚了，那是一棵倒在地上的大树，就横在河边的小路上，树顶的枝丫刚刚碰到水面。

"那是什么？"她厌恶地问道。

"一棵倒在地上的大树，"山姆说，"我不知道是什么树。"

伊丰看着他。她看到黑暗中他的两只眼睛在月亮倒影的光亮中几乎像只猫一样，但他不是看着她。

"可你说要给我看个东西。"

"是的，这个，这棵可怜的大树。"

伊丰一时说不出话来。接着她便抽泣起来，一面说道："那么说你不让我坐电车，让我走了一英里路，又钩破丝袜，就是为了让我看这个，这棵又脏又烂的长满蛆的老树！"她扯响了嗓门，伸手发疯似的乱挥乱打一气，抽落好多树叶，落在月光下山姆圆圆的脸上。

"可是，别这样，"山姆在她身边平静地说道，"你只要看看它，伊丰，安静一分钟，然后看看它。它那么美，尽管一棵树像这样躺着确实很让看的人伤心。它还那么鲜活，绿色的叶子都在地上，就好像一朵被摘下来的鲜花。我知道这让人伤心，但是，到我身边来，我们来做一对树枝上的小鸟吧。"虽然她不愿意，他还是把她拉到身边，拉进一堆沙沙作响的树叶，像把高高的扇子横在小路上。他非常温柔地在女孩脸颊上亲了一口。

伊丰挣脱他的手，往后趔趄了几步，拍开脖子边几根带树叶的树枝。"就是这样吗？"她恨恨地说道，"你要我看的就是这个？这什么都不是，我恨死了。我恨你那恶心的大树，我恨树上的泥，我恨这些落进我裙子里的虫子。"她哭了起来。

山姆从树叶里走出来，一脸懊悔地站在她边上，想去握她的手。"我只是想让你开心，"他说，"给你看这个是让人伤心，我知道，也不是什么激动人心的东西，但是我觉得它很美，而且——"

"我恨它。"伊丰说着，从他身边跑开了，她穿过草坪，一面跑一面抽泣着。她比他先跑到开了个洞的栅栏边，他只能跟在她后面在街上奔，她裙子上一路往下掉着像是灌木刺的东西。

山姆的自信这会儿全没了。"伊丰，"他喊道，"别生我的气了，伊丰，我不是故意——"

"哦，闭嘴！"伊丰说。

"别再生我的气了。"

"哦，别再没完没了了！"她说。

开往邓莱里的电车摇摇晃晃地来了，山姆仍然跟在伊丰身后，笨拙地想抓住她的手臂，请求她原谅自己。伊丰上了电车，没有回头看他一眼就飞快地爬上了电车二层。山姆仍然站在街上，没有上车，他的两只手向上举着，一副被抛弃了的样子。

上了车，伊丰就没再流眼泪。回到乔治前街后，她在包里翻找那把碰簧锁钥匙，她有很久没拿这把钥匙了，然后她进了店里。店里非常安静。木头和旧纸的熟悉味道弥漫在一片寂静中。最晚归的车子和末班电车在她身后叮当哐啷地驶过，她身前的一片黑暗中可以听到她母亲沉重的呼吸声，她已经在里屋睡着了。但是店里寂静无声，所有架子上的东西都像正在侧耳倾听的动物般警觉又安静。伊丰在原地一动不动地站了十分钟，站了几乎有十五分钟。她长这么大还从来没有一动不动地站过这么长时间。接着她踮起脚尖走进里屋，开始在黑暗中脱衣服。

她母亲和往常一样睡在深陷下去的大床中央。伊丰的膝盖一碰到床沿，整张床就吱吱嘎嘎又叫又晃起来。母亲醒了。

"是你吗？"伊丰的母亲说，"我没听见你进屋呢。好吧，晚上过得怎么样？你俩都干吗去了？"

"哦，没什么特别的。"伊丰说。她的两条大长腿一甩，伸到衣服底下，在又高又冷的床沿很不舒服地躺了下来。

"你总那么说，"她母亲说，"可你们肯定做了些什么吧。"

"什么也没做，要我说。"伊丰说道。

"山姆给你看什么东西了吗？"

"没有，没有。"她说。

"别总跟我说那两个字，"她母亲说，"说点儿别的什么，还是说你的舌头给猫咬去了？"

"你买了带玫瑰的那些圣诞卡了吗?"伊丰说。

"我没有,"她母亲说,"十个便士一张呢!关于今天晚上你还有什么要说的吗,还是我们现在就睡觉?"

"是的,"伊丰说,"我会嫁给山姆。"

"赞美上帝!"她母亲说,"这么说,他还是把你给说服了。"

"他没有把我给说服,"伊丰说道,"但是我现在要嫁给他了,我已经决定了。"

"你决定了,是吗?"她母亲说,"好吧,我也很高兴。那我能不能问问,陛下您为什么偏偏今天晚上决定了呢?"

"不为什么,"伊丰说,"不为什么,不为什么。"她把脑袋伸到被子底下,屁股开始向着床中间挪过去。

"你真是累人!"她母亲说,"你就一点儿不能告诉我为什么吗?"

"不能,"伊丰说,"这是件悲伤的事,"她又加了一句,"哦,真是件悲伤的事!"接着她沉默了,不再开口。

商店和里屋终于都完全安静下来了。凌晨之前不会再有电车开过了。伊丰把脸深深地埋进枕头,埋得那么深,她母亲应该听不到她开始哭起来了。长夜漫漫。